रानी दुर्गावती

एक बलिदान गाथा

रानी दुर्गावती

एक बलिदान गाथा

शंकर दयाल भारद्वाज

ज्ञान गंगा, दिल्ली

प्रकाशक : ज्ञान गंगा, 2/42, अंसारी रोड, दरियागंज, नई दिल्ली–110002
 / संस्करण : 2024 / मूल्य : चार सौ रुपए
मुद्रक : नरुला प्रिंटर्स, दिल्ली ISBN 978-93-86054-99-9

RANI DURGAVATI
by Shri Shankar Dayal Bhardwaj ₹ 400.00
Published by **GYAN GANGA**
2/42, Ansari Road, Daryaganj, New Delhi-2

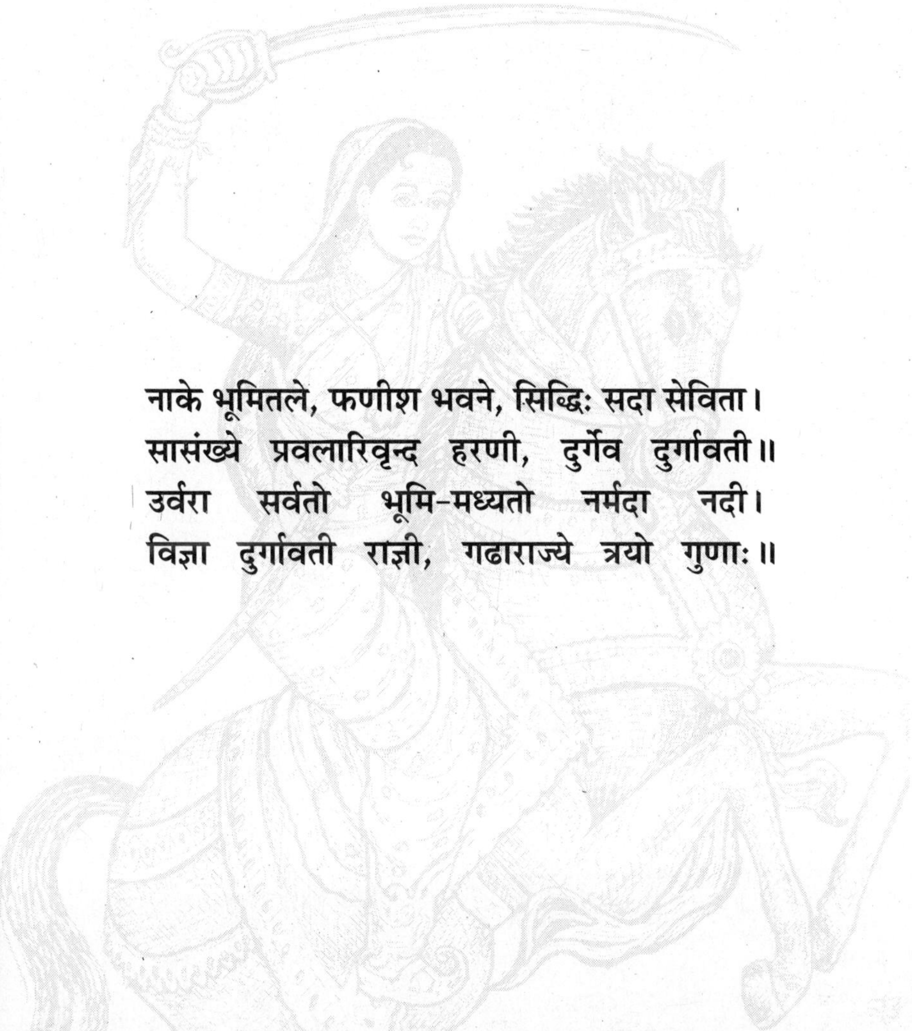

नाके भूमितले, फणीश भवने, सिद्धिः सदा सेविता।
सासंख्ये प्रवलारिवृन्द हरणी, दुर्गेव दुर्गावती।।
उर्वरा सर्वतो भूमि-मध्यतो नर्मदा नदी।
विज्ञा दुर्गावती राज्ञी, गढाराज्ये त्रयो गुणाः।।

भूमिका

गढ़ामंडला की पुण्य धरा से महारानी दुर्गावती का बलिदान चार सौ वर्षों से ललकार रहा है। गौरव के स्वर में रानी दुर्गावती स्वयं ही पूरी गेय गाथा है। अतीत के उन उदास दिनों में अकबर के साम्राज्य में स्वाभिमानपूर्वक जीना अपराध था। भारतीय जीवनदर्शन के विरुद्ध साम्राज्य के बुनियाद की सबसे कीमती ईंट थी, दुर्गावती और उनका बलिदान। रानी युद्धभूमि में दोनों हाथों से तलवार चलाती दिखती है, वह भी अकबर के असभ्य योद्धाओं के बीच में। रानी जानती थी कि उसकी विजय संभव नहीं है, किंतु पूरे भारतवर्ष को संदेश देना था कि आततायी के सामने झुकना अनुचित है। स्वाभिमान से समझौता करना भी पराजय है। स्वाभिमानपूर्वक जीने के लिए ही जीवन मिला है। दास बनकर जीना तो क्षण-क्षण का मरना है। हमें ऐसा जीवन जीना होगा, जिसे तेजस्वी जीवन कहा जा सके और पीढ़ियाँ जीवन जीने की कला सीख जाएँ।

कैसा विचित्र समय था? जब हिंदू राजाओं ने अकबर की अधीनता स्वीकार करने में विचार ही करना त्याग दिया था। वे सीधे शरणागत हो रहे थे। रानी दुर्गावती की दृढ़ता, शासन करने की शैली तथा प्रजा-रंजन बादशाह अकबर को भी चिढ़ाता था। एक विधवा रानी का सुयोग्य शासन जहाँपनाह को खटक रहा था। अकबर ने संदेश भेजा—"रानी, पिंजरे में कैद हो जाओ, तभी सुरक्षित रहोगी और वह पिंजरा होगा, मुगल बादशाह अकबर का।" सोने का सही पिंजरा तो पिंजरा होता है। गुलामी तो गुलामी होती है। कितना निकृष्ट संदेश रहा होगा? रानी दुर्गावती ने इस संदेश के उत्तर में अकबर को उसकी औकात बता दी। रानी संस्कृति की पूजक थी, गीता रानी का प्रिय ग्रंथ था।

पंडितों से गीता प्रवचन सुनती थी। रानी जीना भी जानती थी और मृत्यु का वरण करना भी। उन्हें पुनर्जन्म पर भी विश्वास था। वह देशाभिमान भी जानती थी और युद्ध के मैदान में रणचंडी बनना भी। ऐसी मनस्विनी रानी अकबर की नौकरानी कैसे बन सकती थी?

धरती में कितने ही राजा-महाराजा और सम्राट हुए हैं, किंतु आज कोई नहीं है। अमर वही हुए हैं, जिनका स्वाभिमान जीवित रहा है। रानी मरकर भी अमर हो गई। अकबर की सेना ने युद्ध जीता होगा, किंतु नभमंडल में कीर्ति की पताका तो दुर्गावती की ही फहरा रही है।

दुर्गावती की गाथा गोंडवाना की लोककथाओं में जीवित है, उन्हें जन-जन पूजता है। महारानी दुर्गावती के जीवन-चरित्र को अनेक लेखकों ने लिखा है। दुर्गावती के बलिदान स्थल से जन्म स्थल तक अनेक अभिलेख, आलेख तथा पुरातत्व के अवशेष मिल जाते हैं। दुर्गावती शोध संस्थान, जबलपुर ने रानी के जीवन-चरित्र और उनके रेखांकित स्थलों पर अनुसंधान भी किया है। दुर्गावती का जीवनवृत्त सुना, समझा और पढ़ा जा रहा है।

इसी कड़ी में श्री शंकर दयाल भारद्वाजजी ने 'रानी दुर्गावती : एक बलिदान गाथा' पुस्तक की रचना की है। इतिहास पर रुचि तथा गहरी पैठ के चलते उन्होंने अनेक ऐतिहासिक नाटक तथा उपन्यास इसके पूर्व भी लिखे हैं, जो पाठकों के द्वारा सहर्ष स्वीकृत किए गए हैं। वे ऐसे जीवन-चरित्र लिखने में सिद्धहस्त हैं। प्रस्तुत रचना 'रानी दुर्गावती : एक बलिदान गाथा' में लेखक ने महारानी दुर्गावती के जीवन-चरित्र को बहुत ही सुंदर पिरोया है। यह गाथा इतिहास के उस महिमामयी जीवन-दर्शन का दर्पण सिद्ध होगी, जिस चरित्र को बलिदानी महारानी दुर्गावती ने जिया है। मैं 'रानी दुर्गावती : एक बलिदान गाथा' को पढ़कर रोमांचित हुए बिना नहीं रह पाया। निश्चित ही यह गाथा दुर्गावती की संपूर्णता जानने में सहायक सिद्ध होगी तथा पाठकों के लिए प्रिय रचना होगी।

—डॉ. पवन कुमार तिवारी

मनोगत

प्रातः स्मरणीय पावन शृंखला में अवतारों के बाद जिनका भी स्मरण किया जाता है, उनमें से मातृ-शक्ति का स्मरण हमें मातृ-भक्ति भावना का संबल देता है। इसके साथ शौर्य, देशानुराग, पवित्रता तथा स्वाभिमान का साहस प्रदान करता है। भारतीय इतिहास में वैदिक काल से लेकर वर्तमान तक ऐसी अनेक नारी विभूतियों के नाम स्मरण में आते हैं, जिनकी आँच से हमारे व्यक्तित्व में ओज का संचार हो जाता है। इसी परंपरा में महारानी दुर्गावती का नाम बड़ी ही श्रद्धा से लिया जाता है। महारानी दुर्गावती सोलहवीं शताब्दी में गढ़ामंडला की महारानी थीं, जिनके बलिदान ने समूचे इतिहास को झकझोर कर रख दिया था। यत्र-तत्र महारानी दुर्गावती की गाथा सुनने को मिल जाती है। गढ़ामंडला, बुंदेलखंड तथा विंध्य क्षेत्र के लोकगीतों में रानी आज भी रची-बसी है। यहाँ के रमैनी गायक जिस तरह से रो-रोकर दुर्गावती की गाथा प्रस्तुत किया करते थे, उससे पूरा समाज आंदोलित हो जाता था। इतिहास के आँगन में बिखरी पड़ी हुई दुर्गावती की सामग्री को कई लेखकों की लेखनी ने सहेजा है। लेखकों में मत की विभिन्नता हो सकती है। भिन्न मतों के बाद भी एक बात को सबकी लेखनी ने उजागर किया है, वह है, दुर्गावती का शौर्य, दुर्गावती द्वारा किए गए जनहित कार्य, उनका जिया हुआ स्वाभिमान और आकाश तक उन्नत उनका शक्तिशाली मनोबल।

रानी ने बादशाह अकबर की सशक्त सेना से मोरचा लिया था, जिस सेना के नाम से ही समर्पण हो जाते थे। बाज बहादुर को रानी ने कई बार हराया था। इन युद्धों का नायकत्व स्वयं रानी ने किया था। रानी ने कई बार

अकबर की सेना को खदेड़ा था। अंततः रानी ने परम वीरता से युद्ध करते हुए बलिदान का वरण किया, किंतु अपनी संस्कृति, स्वाभिमान और देश-निष्ठा पर समझौते का दाग नहीं लगने दिया। उन दिनों इतिहास लेखन निष्पक्ष नहीं होता था। इतिहास लिखने वाला जिसके पक्ष में होता था, उसी का इतिहास लिखा जाता था, किंतु लिखते-लिखते कभी-कभी जब इतिहासकार का मन बेचैन हो जाता था, तो वह अपनी लेखनी को सत्य की भूमि में भी उतार देता था। जैसे—अबुल फजल ने लिखा, "दुर्गावती का जन्म राठ, जिला हमीरपुर उत्तर प्रदेश में हुआ और पिता का नाम शालिवाहन था।" किंतु सत्य यह है कि दुर्गावती का जन्म महोबा जिला हमीरपुर में हुआ था और उनके पिता कीर्तिदेव सिंह, कालिंजर के राजा थे। वहीं पर जब अबुल फजल ने दुर्गावती के पराक्रम को लिखने के लिए लेखनी चलाई, तो शौर्य का वर्णन करने में उनकी लेखनी दुर्गावती के तलवार की धार को रोक नहीं पाई।

भारत माता वीर प्रसूता है। जब यह इतिहास देखते हैं, तो एक बड़ी मालिका दिखाई पड़ती है, वीर प्रतापी पुरुषों की भी और वीरांगनाओं की भी, किंतु वीर माताओं में महारानी दुर्गावती का स्थान माला की प्रमुख मणि के रूप में दैदीप्यमान होता है।

दुर्गावती ऐश्वर्य में पैदा हुई, ऐश्वर्य में पली-बड़ी। ऐश्वर्यशाली राज्य का संचालन किया और उसी स्वाभिमानी शान से वीरगति प्राप्त कर ली, मानो दुर्गावती शस्त्र लेकर पैदा हुई थी। जीवन भर दुर्गा देवी के व्रत का पालन किया, पापियों का संहार किया और अपना बलिदान करके स्वाभिमान का पाठ पढ़ा गई।

दुर्गावती ने जब सुना कि उनके युद्धबंदी पिता की बर्बर योद्धा ने हत्या कर दी, तो वह विचलित हो गई। उसके मन में इन पापियों से प्रतिशोध की ज्वाला भभक उठी, जो आजीवन दहकती रही। पति की मृत्यु पर पुत्र और कर्तव्य आगे आ गया। सुख-दुःख को समान भाव से जीने वाली नायिका थी दुर्गावती। जो विपत्ति नियति ने दी, उसे सहा और डटकर मुकाबला किया। 'जियो और जीने दो' के सिद्धांत को न मानने वाले मुगल बादशाह

की धमकी पर कभी परवाह नहीं की। ईंट का जवाब पत्थर से दिया। कभी टूटी नहीं, कभी झुकी नहीं। पति के आदेश के कारण वह सहगामिनी नहीं बनी। उसके हृदय रूपी अथाह सागर में पति प्रेम का अमृत छलकता रहा, जो प्रजा के वात्सल्य का रस बन गया।

दुर्गावती अपनी तरह से बढ़ी, अपनी तरह से खेली, अपनी तरह से व्यूह रचना की, अपनी तरह से विवाह किया, अपनी तरह से जिया और अपनी तरह से मृत्यु का वरण किया। वह एक क्षण को भी अबला नहीं रही। एक क्षण को पराधीन नहीं रही। जीवन में कभी भी अनिर्णय की स्थिति नहीं बनी। दुर्गावती की तलवार की धार कभी भी धीमी नहीं पड़ी। दुर्गावती ने शौर्य और स्वाभिमान की गाथा को अपने रक्त से लिखा। मुझे भी सोचना पड़ता है, इस देवी की गाथा किस स्याही से लिखूँ? यदि कोई मुझसे पूछे कि भारत भूमि में जन्मी तीन महायशी नारियों के नाम बताइए, तो मैं सीता, सावित्री के बाद महारानी दुर्गावती का नाम लूँगा।

कई इतिहासकारों ने लिखा है कि अकबर ने साम्राज्य विस्तार के कारण महारानी दुर्गावती सरीखी रानी पर आक्रमण किया और राज्य को नष्ट करने में तुल गया। अकबर के मन में राज्य विस्तार की अभिलाषा थी। वह वैभव का लालची था। परिस्थितियाँ उसके अनुकूल होती रहीं। सफलता, धन, राज्य विस्तार, वैभव और राजाओं का अनुचर बनना, यह सब बढ़ता रहा। इस वैभव को इतिहासकारों ने अकबर की राष्ट्रीयता कह दी, जो सर्वथा अनुचित था। अकबर अफगानों से डरता था और कई अफगान दुर्गावती की सेना में नायक थे। अकबर तो सीधे-साधे हिंदुओं से भी डरता था। हिंदू बहुत जल्दी खुश हो जाते थे। अकबर ने जजिया कर माफ करके हिंदुओं के मन में अच्छी भावना भर दी और एक-एक करके सबकी समाधि बना दी। भारतीय इतिहास में कई राजाओं का और उनके शासन का उत्तम वर्णन है।

अशोक सम्राट् पराजितों की दुर्दशा देखकर अपनी विजय पर पछताया था। उसे वैराग्य हुआ था, किंतु अकबर ने विजय के उपरांत धन और सेना की ही वृद्धि नहीं की, बल्कि अपने हरम में अनगिनत सुंदरियों को भी प्रवेश

कराया। इसके साथ ही अकबर विजय के उपरांत पीड़ित मानवता की हँसी उड़ाता था। इसमें अकबर के आनंद की मर्यादा भारतीय पद्धति की नहीं थी। खून की नदियों में नहाते समाज को देखकर उसे आनंद की अनुभूति होती थी। उस समय वह चापलूसों से चाटुकारिता सुनता था और नृत्य-गायन में मस्त रहता था। जब अकबर को अपने आप से भय लगता था कि उस पर कोई हमला न कर दे, तब वह उन तमाम लोगों को भी ठिकाने लगा देता था, जो इस्लाम को मानने वाले थे। अकबर कभी भी निश्चिंत नहीं रह पाया, किंतु अकबर भाग्यशाली था। हर बगावत पर अंततः अकबर ही जीता। राजपूताने के संबंधी बनने के कारण अकबर विख्यात होने लगा। रानी दुर्गावती ठीक इसके विरुद्ध सशक्त पहरेदार रही। इतिहास की अपनी इबारत भले कुछ न बोले, किंतु ऐतिहासिक सत्य यही था। जब शहजादे सलीम ने मिथ्या लेखक अबुल फजल की हत्या कराई, तब अकबर अपने परिवार में ही संघर्ष कर रहा था। यह सब उस अतीत की वजह से हुआ, जिस अतीत में दुर्गावती जैसी देवियों की समाधि बन गई थी। हिंदुओं का नैतिक बल गिर गया, वे स्वाभिमान विहीन जीवन जी रहे थे। लेखकों का मत है कि दुर्गावती अत्यंत सुंदर थीं और दलपति शाह शक्तिशाली और वैभवशाली नरेश थे। दोनों का विवाह दुर्गावती के पिता की मूक सहमति से हुआ था। दुर्गावती का पाणिग्रहण कालिंजर में न होकर सिंगौरगढ़ में हुआ। 'अकबरनामा' में भी दुर्गावती के सटीक निशाने पर सराहना की गई है। दुर्गावती शिकार की शौकीन थीं और शेरों का शिकार करती थीं।

मनियागढ़ में जो देवी का मंदिर था, उसे गढ़ामंडला की प्रजा भी पूजती थी और कालिंजर की भी। दलपति शाह के वंश के बारे में लेखक मतैक्य नहीं हैं, किंतु इनकी उत्पत्ति क्षत्रियों से हुई थी। चंदेल राजा अपने को श्रेष्ठ मानते थे। इस तथ्य को सभी स्वीकार करते हैं कि दुर्गावती और दलपति शाह की भेंट शिकार खेलते समय हुई और वे एक-दूसरे से आकृष्ट हो गए। गढ़ामंडला कालिंजर से लगा हुआ समर्थ राज्य था। अतः मित्रता स्थापित करना स्वाभाविक थी। महाराज संग्राम शाह कब तक जीवित रहे, इस पर

इतिहासकार मतैक्य नहीं है। रामनगर के शिलालेख के आधार पर दलपति शाह का पुत्र वीरनारायण जब तीन वर्ष का था, तभी दलपति शाह का देहांत हो गया था, किंतु अबुल फजल ने लिखा है कि वीरनारायण तब पाँच वर्ष के थे। यह ऐतिहासिक तथ्य कहीं-कहीं पर तालमेल नहीं खाते, किंतु इतिहास के साथ ऐसा होना स्वाभाविक है। दुर्गावती परदा नहीं करती थी। इस बात का विरोध भी हुआ था, किंतु दुर्गावती अपने निर्णय पर हमेशा अटल रहती थी।

आधार सिंह की कार्यक्षमता तथा स्वामिभक्ति की प्रशंसा हुई है। बाज बहादुर के चाचा फतेह खाँ को रानी ने स्वयं मारा था तथा उसकी संपूर्ण सेना नष्ट कर दी थी। रानी ने जन साधारण के लिए अनेक कार्य किए थे, जिसमें बाँध बनाना, ताल खुदवाना आदि सम्मिलित थे। रामचेरी दुर्गावती की सखी थी, जो कालिंजर से साथ-साथ आई थी और जिसका विवाह दुर्गावती के ही मंडप में हुआ था।

दुर्गावती के संबंध में मध्य प्रदेश के अनेक गैजेटियर में सामग्री मिल जाती है। शिलालेखों से भी कुछ सामग्री प्राप्त हुई है। दुर्गावती की लड़ाई का वर्णन 'अकबरनामा' और लोकगीतों में मिलता है। दुर्गावती के हाथी सरमन को लोकगीतों ने बहुत सराहा है। विदेशी भी दुर्गावती की कीर्ति सुनकर प्रभावित हुए बिना नहीं रहे।

पूर्व इतिहासकार विसेंट स्मिथ का मत है कि अकबर द्वारा दुर्गावती जैसी सत्चरित्र और भली रानी पर हुआ यह आक्रमण बिल्कुल न्यायसंगत नहीं था। प्रख्यात लेखक रामभरोसे अग्रवालजी मानते हैं कि अकबर की विस्तार नीति, रानी का वैभव तथा बाज बहादुर के भड़कावे के कारण दुर्गावती पर आक्रमण हुआ।

रानी की हार के कारण भी अनेक हैं। कुछ लोगों की भूमिका भी संदिग्ध है। रानी की सेना कम होना, रानी की सेना में मतभेद होना, अकबर की कूटनीति द्वारा रानी के एक सेनावाहिनी प्रमुख बदन सिंह को अपनी ओर मिला लेना, जिसके कारण नरई नाले में बाढ़ आना, पुत्र वीरनारायण को महत्त्वपूर्ण सेना का पद देना आदि उन कारणों में शामिल है।

अंततः रानी दुर्गावती अपने प्रजा का पालन करनेवाली माता तथा रणभूमि की रणचंडी थी, जिसके नेतृत्व में शत्रु समूहों का नाश हुआ है। गढ़ेशनृप वर्णन में एक श्लोक आया है जिसमें रानी की इस तरह प्रशंसा है—

नाके भूमितले फणीश-भवने सिद्धिःसदा सेविता।
यासंख्ये प्रबलारिवृन्द हरणी, दुर्गेव दुर्गावती॥

गोस्वामी तुलसीदास समकालीन कवि थे, जिनकी रचनाएँ दुर्गावती के बलिदान के बाद लिखी गईं, किंतु जिस क्षेत्र में तुलसीदास का प्रादुर्भाव हुआ, उस क्षेत्र में दुर्गावती की गाथा लोकगीतों में गाई जाने लगी। तुलसीदासजी दुर्गावती के पावन बलिदान से प्रभावित थे और अकबर के शासन से त्रस्त। उन्होंने अकबर की अधीनता स्वीकार नहीं की थी। स्वतंत्र भजन करते हुए, जन जागरण कर रहे थे। उन्होंने 'दोहावली' में अपनी मनोव्यथा का वर्णन कर दिया। वर्तमान कभी भी कवि से अछूता नहीं रह सकता है। उन्होंने लिखा—

साम न दाम न भेद कलि, केवल दंड कराल॥

(दोहावली 559)

गोस्वामीजी ने लिखा—जवन महामहिपाल अर्थात् अकबर के पास साम, दाम और भेद नहीं था, केवल सैन्य बल था, जिसके द्वारा वह केवल कराल दंड दे सकता था, जो वीरनारायण यानी दुर्गावती के साथ किया।

रानी ने अपने बलिदान से देश का मस्तक उन्नत किया है। गढ़ामंडला ही नहीं, वरन् प्रत्येक भारतवासी रानी दुर्गावती के बलिदान का पुण्य स्मरण रखता है। रानी का व्यक्तित्व और कृतित्व, दोनों ही असाधारण थे। इस उपन्यास के द्वारा यदि मैं रानी दुर्गावती के शौर्य, देशाभिमान तथा सांस्कृतिक निष्ठा को पहुँचा पाता हूँ, तो अपना परिश्रम सार्थक मानूँगा।

विद्याभारती महाकौशल प्रांत का सौभाग्य है कि इसका प्रधान कार्यालय महारानी दुर्गावती की क्रीड़ा स्थली में ही है। विद्याभारती महाकौशल प्रांत ने विगत सत्र में बुंदेलखंड केसरी महाराज छत्रसाल को केंद्र में रखकर समूचे

प्रदेश में जन-जागरण किया था। इतिहास से रुचि रखनेवाले, महापुरुषों से अतीव श्रद्धा तथा उनके कृतित्व को नया आयाम देनेवाले, प्रांत के आदरणीय संगठन मंत्री डॉ. पवन कुमार तिवारीजी ने महाराज छत्रसाल की यशोगाथा तथा उनके लोकव्यापी चरित्र के प्रकाशन के लिए अनेक कार्य संपादित किए हैं, जिनमें महाराज छत्रसाल संबंधी साहित्य का सृजन, महाराज छत्रसाल के जीवन वृत्त पर आधारित प्रश्नमंच तथा महाराज छत्रसाल की स्मृति में 52 फुट ऊँची प्रतिमा का निर्माण सम्मिलित है।

विद्याभारती ने यह वर्ष 2017-18 महारानी दुर्गावती को केंद्र में रखकर लोकव्यापी कार्य प्रारंभ किया है। अ.प्र.सिं.वि.वि. रीवा एवं हिमाचल प्रदेश वि.वि. के पूर्व कुलपति प्रो. ए.डी.एन. वाजपेयीजी एवं डॉ. ए.बी. श्रीवास्तवजी (निदेशक, रानी दुर्गावती शोध संस्थान) के नेतृत्व में रानी दुर्गावती शोध संस्थान, जबलपुर के दल ने उन सभी स्थलों का अवलोकन तथा अध्ययन किया है, जो स्थल महारानी दुर्गावती से संबंधित हैं। नर्रई नाले से कालिंजर तक की कठिन यात्रा करके, इतिहास के प्राचीन पृष्ठों को पुनः अध्ययन करने का पुनीत कार्य हुआ है। 'रानी दुर्गावती : एक बलिदान गाथा' भी उसी कार्य का एक प्रयास है। पुस्तक लेखन की प्रेरणा देनेवाले आदरणीय डॉ. पवन कुमार तिवारीजी का मैं हृदय से आभारी हूँ, जिनकी प्रेरणा से मैंने इस पुस्तक का लेखन किया है। आशा है, यह कृति रानी दुर्गावती के ऐतिहासिक तथ्यों तथा उस बलिदान गाथा को जन-जन तक पहुँचाने में सहायक सिद्ध होगी।

'रानी दुर्गावती : एक बलिदान गाथा' के टंकण में श्री विजय कुमार पांडेय ने अपना सहयोग प्रदान किया है। इस सहयोग के लिए धन्यवाद।

अपिच—

अंत में, मैं उन सभी लेखकों, कवियों, लोकगायकों, इतिहासकारों तथा किस्सागोई परंपरा के कथाकारों को हृदय से प्रणाम् करता हूँ, जिनके होते रानी दुर्गावती की गाथा भुलाई नहीं जा सकी। उन शिलालेखों को मेरा प्रणाम, जिन्होंने अपने वक्षस्थल पर कथा को उत्कीर्ण किया है और इतिहास को

धूमिल होने से बचा लिया है। अकबर के जमाने के इतिहासकार अबुल फजल को भी सत्भाव से प्रणाम निवेदित करता हूँ, जिन्होंने रुचिपूर्वक दुर्गावती को यत्र-तत्र स्थान दिया।

'रानी दुर्गावती : एक बलिदान गाथा' को पुस्तकाकार करते हुए मुझे परम् संतोष हो रहा है कि प्रातः स्मरणीया रानी दुर्गावती का जीवन-चरित्र आपके हाथों में सौंप रहा हूँ।

'जय दुर्गे दुर्गावती'

—शंकर दयाल भारद्वाज

एक

महाराज कीर्तिदेव सिंह कालिंजर किले के समीप दुर्गा मंदिर से माँ भवानी की पूजा करके लौट रहे थे। उनके आगे-आगे पंडितजी और पीछे सैनिक चल रहे थे। पूरे किले में भक्ति का माहौल था। महारानी को प्रसव पीड़ा थी। कालिंजर के शासक का जन्म होना था। कीर्तिदेव सिंह किले के अंदर प्रवेश करके अपने वृहद् कक्ष में पधारे, जहाँ ज्योतिष के जानकारों का जमघट था। महाराज बैठे ही थे, तभी दौड़ती हुई धाय ने शुभ संदेश दिया। "महाराज की जय हो! कन्यारत्न की प्राप्ति हुई है।" दोपहर पूर्व शुभ-मुहूर्त में कन्या का जन्म हुआ था। संभवत: महाराज कीर्तिदेव सिंह को पुत्र की अभिलाषा थी, जो सिंहासन में बैठकर उनकी कीर्ति पताका फहरा सके, तथापि वे अपनी पहली संतान के आगमन पर बहुत खुश हुए। ज्योतिषाचार्यों से फलादेश करने की विनय की। सभी ज्योतिषी एक-एक करके अपनी गणित-फलित लगाने लगे। अंतत: एक ज्योतिषी ने बताया, कन्या तेजस्वी होगी। शासक बनेगी। प्रजा का अपार सम्मान मिलेगा। इसकी कीर्ति सदा-सदा भूमंडल पर स्थायी रहेगी। इसका दांपत्य जीवन संक्षिप्त किंतु श्रेष्ठ होगा। जीवन में अत्यंत प्रतिष्ठा प्राप्त होगी, किंतु व्यक्तिगत जीवन सुख और दु:ख से भरा रहेगा।

ज्योतिषी की बात सुनकर महाराज कीर्तिदेव सिंह निश्चित नहीं कर पा रहे थे कि ज्योतिषी ने किस भाषा में क्या बताया है? फिर भी, उनका सुख सिर चढ़कर बोल रहा था। पंडितों को हाथ खोलकर दान दिया। कालिंजर विकट बीहड़ है, जहाँ शत्रुओं का जाना आसान नहीं है, किंतु सुरम्य है। दक्षिण की ओर जाने का सरल मार्ग है। सामरिक दृष्टि से अत्यंत महत्त्वपूर्ण है।

इन दिनों हिंदू राजाओं की पराजय का सिलसिला चल रहा था। भारतभूमि वीरों से खाली नहीं है, किंतु पता नहीं यह कैसा कालखंड था कि वही भूमि कायरों से उर्वर हो गई थी? जो वीर थे, वे भी दिशाहीन थे। आश्चर्य की बात यह थी कि भारतीय वीर मुगलों के इशारों पर चलने लगे थे। इसके पूर्व कालखंड में, जो राजा-महाराजा अफगानों के साथ थे, उनकी निष्ठा मुगलों से हो गई। इसलिए हिंदू राजाओं का कोई अगुआ नहीं था। आगे चलकर इतिहास ने यही रोना रोया। कुल मिलाकर वह समय उपस्थित था, जब हिंदू राजाओं का आत्मसम्मान स्वर्ग सिधार चुका था। उनकी मनोवृत्ति गुलाम हो चुकी थी। वे अपने प्राणों की सुरक्षा को महत्त्व दे रहे थे। उनका विवेक समाप्त हो चुका था। वे जीवित होने के बाद भी अंतरात्मा से मृतक थे। ऐसे ही समय में दुर्गावती का बचपन कालिंजर की भूमि में खेलता हुआ बड़ा हो रहा था। उसकी किशोरावस्था में बहादुरी की चमक थी। हिंदुत्व का तेज था। ऐसा लग रहा था कि किसी मरुभूमि में सहकार उग आया हो। हिंदुओं के अस्ताचलगामी स्वाभिमान सूर्य के छिपने से दुर्गावती के रूप में स्वाभिमान की चाँदनी कालिंजर के उदयाचल से उदित हो रही थी।

कालिंजर की घटना है। सायं का समय था। बाजार भरा हुआ था। दुर्गावती अपने अश्व प्रशिक्षक के साथ बाजार की ओर निकली थी। दुर्गावती का अश्व द्रुत गति से बाजार में प्रविष्ट हो गया। भीड़-भाड़ में भी दुर्गावती के अश्व को मार्ग मिल जाता था, किंतु प्रशिक्षक को मार्ग नहीं मिला। उनका अश्व पीछे रह गया। तभी बाजार में भगदड़ मच गई। 'बचो-बचो' शब्द सुनाई देने लगे। लोग भाग रहे थे। दुर्गावती ने देखा, एक मदमस्त हाथी भागा जा रहा है। यद्यपि महावत हाथी पर बैठा था, अंकुश भी मार रहा था, किंतु सब बेअसर था। दौड़ता हुआ हाथी आगे निकल गया। दुर्गावती के अश्व ने पीछा किया। दुर्गावती ने देखा, हाथी का आनंद कितना भयदायक है। दुर्गावती हाथी के पास पहुँच गईं। महावत ने किसी तरह से हाथी को वश में किया। वह हाथी से उतरकर जंजीर कस रहा था, तभी हाथीशाला के पास दुर्गावती अपने अश्व से उतरी। एक तेजस्वी बालिका, जिसकी आयु 10 वर्ष थी, ने कहा—"महावत

चाचा, मुझे हाथी से सैर करनी है।" महावत पहचानता था कि यह राजकुमारी दुर्गावती है। वह समझाते हुए बोला—

महावत : इसे बाँध दूँ, फिर दूसरा हाथी खोलता हूँ।

दुर्गावती : मुझे इसी हाथी से सैर करनी है।

महावत : नहीं बिटिया! जंगली हाथी है, अभी तौर-तरीके नहीं जानता।

दुर्गावती : मुझे तो इसी हाथी से सैर करनी है।

महावत : जिद न करो बिटिया, अभी यह सवारी के योग्य नहीं है।

दुर्गावती : नहीं चाचा, हाथी ही तो है। क्या हम इसके आधार पर चलेंगे, या हमारे आधार पर यह चलेगा?

महावत : आपके आधार पर यह चलेगा, किंतु चलना तो सीख जाए।

दुर्गावती : यह आज ही सीख जाएगा। हम इसी से जाएँगे।

महावत : जिद न करो, दूसरे हाथी को चुन लो।

दुर्गावती : चुन लिया चाचा। जिसे चुन लिया, उसे चुन लिया। आप इसे ले चलिये।

स्वयं दुर्गावती ने हाथी के पास जाकर उसे बैठने का इशारा किया। इशारा पाते ही मतवाला हाथी, तुरंत बैठ गया। वह अपनी पीठ हिलाकर मानो बैठने का निमंत्रण दे रहा था। उसके मुख और तुंड से भी प्रसन्नता प्रकट हो रही थी। दुर्गावती तुरंत हाथी पर बैठ गई। दुर्गावती के बैठते ही हाथी खड़ा हो गया और पूरी मस्ती से सूंड़ को उठाकर सैर कराने लगा। लगता था, हाथी जंगल से भागकर नहीं, बल्कि किसी सरकस से भागकर आया था। बड़ी देर तक दुर्गावती को घुमाता रहा और सूँड़ उठाकर दुर्गावती के हाथों का स्पर्श लेता रहा।

हाथी का यह दृश्य देखकर महावत हैरान था। महावत ने कहा—"बेटी! तुम देवी हो जो ऐसे उद्दंड हाथी को खिलौना बना लिया।" दुर्गावती बोली—"यह हमारे देवता भी हैं और सैनिक भी। भला इनसे क्या डरना?" बाजार ने यह दृश्य देखा कि पहले यही हाथी भय प्रदान कर रहा था और वही हाथी गणेश बन गया, किसी को सीख देना तो दुर्गावती से सीखना चाहिए। इस छोटी-सी लड़की का साहस तो देखो, साक्षात् गजवाहिनी दुर्गा है। दुर्गावती

चाहती थी यह घटना को प्रजा न कहे, किंतु कीर्ति तो कौमुदी है, जब चाँद निकलता है, चाँदनी दिखाई देती है। महाराज कीर्तिदेव सिंह पुत्री की गाथा सुनकर बोले—"दुर्गावती एक दिन दुर्गावती जैसी पूजी जाएगी। इसके हर कार्य साहस से भरे होते हैं और पूरे होते हैं।"

दुर्गावती के बचपन में अनेक ऐसे शौर्य अध्याय जुड़ गए थे, जिनको प्रजारंजन भी कह सकते हैं। दिन ढलने वाला था, आकाश में पक्षी उड़ते हुए दिखाई दे रहे थे। दुर्गावती धनुष-बाण का अभ्यास कर रही थी। इतने में देखा कि एक बाज पक्षी आकाश से उतरा और एक लावे पर झपट पड़ा। लावा अपनी जान बचाकर एक झाड़ी में छुप गया। बाज फिर से आकाश की ओर चला गया। जैसे लावा झाड़ी से निकला, फिर से बाज लावे पर झपटने के लिए टूट पड़ा। उसी समय दुर्गावती ने अपने चढ़े हुए बाण को बाज की ओर मोड़ दिया। बाण जाकर बाज की गरदन में लगा और बिंधा हुआ बाण सहित बाज धरती पर गिर गया। प्रशिक्षक ने दुर्गावती का जब लक्ष्य-बेध देखा तो दंग रह गया। उसने कहा, "विद्यार्थी गुरु से अधिक श्रेष्ठ है।"

दुर्गावती की शिक्षा घर में ही प्रारंभ हुई। उनको पढ़ाने के लिए गुरुजी नियमित आते थे। भाषा, राजनीति, संस्कृत तथा अन्य उपयोगी शिक्षा प्रदान करते थे। साथ ही शौर्य, पराक्रम, घुड़सवारी, तलवारबाजी, तैराकी आदि की शिक्षा का समुचित प्रबंध था। दुर्गावती स्वयं भी शारीरिक शिक्षा में निपुण थीं। जहाँ पर वह 13 वर्ष की अवस्था में 'वाल्मीकि रामायण' को पढ़ लेती थीं, वहीं पर तलवारबाजी में उसके सामने अच्छे-अच्छे योद्धा नहीं टिकते थे। घुड़सवारी की इतनी विज्ञ थी कि दोनों पैरों में ऐड़ लगाकर, मुँह में घोड़े की बागडोर को पकड़कर दोनों हाथों से तलवार युद्ध का अभ्यास कर लेती थी। दुर्गावती की इस तैयारी को देखकर महाराज कीर्तिदेव सिंह कहते थे कि यह दुर्गावती नहीं, यह तो दुर्गा का अवतार है। एक दिन दुर्गावती ने महाराज से कहा—"महाराज, एक संदेश आया है। समीप के गाँव में एक बाघ ने कई प्रजाजनों को हताहत किया है। मैं उसे मारने जा रही हूँ।" महाराज कीर्तिदेव सिंह जानते थे कि दुर्गावती की धनुष विद्या अत्यंत प्रखर है। इसका निशाना

अचूक है और इतनी निडर है कि भय भी इससे भय खाता है, किंतु एक पिता अपनी किशोर संतान को बाघ के मुख में कैसे जाने दे? कीर्तिदेव सिंह बोले, "ठीक है। विचार करूँगा। वैसे आपकी अवस्था अभी शेर से सामना करने की नहीं है।" शिकार दल को लेकर महाराज कीर्तिदेव सिंह गाँव की ओर प्रस्थान किए। साथ में दुर्गावती भी थी। दुर्गावती की सहेली रामचेरी छाया की तरह दुर्गावती के साथ थी। उसे भी तमाम विद्याओं का अभ्यास था। गाँव पहुँचने के बाद महाराज हाथी से उतरे। मचान बाँधा गया। मचान के पास शिकार बाँधा। हाँका डालने की तैयारी की गई। दूर मचान में दुर्गावती और रामचेरी को बैठा दिया गया, जिससे दुर्गावती सिंह के शिकार का दृश्य देख सके, किंतु घंटों की प्रतीक्षा के बाद जब सिंह नहीं निकला, तो थककर दुर्गावती ने अपना धनुष-बाण उठाया, रामचेरी को लिया और बाहर निकल गई। मचान से कुछ दूर टहलते हुए, जैसे वे गली के पास निकलीं तो सामने से सिंह आता हुआ दिखाई दिया। रामचेरी ने इशारा किया। दुर्गावती बोली—"तू झट से पेड़ में चढ़ जा। पता नहीं खूँखार जानवर क्या कर डाले?" और पर्वत की तरह अडिग दुर्गावती ने अपना बायाँ पैर आगे जमाया। नुकीला तीक्ष्ण बाण निकाला, धनुष पर चढ़ाया और आते हुए सिंह पर निशाना साधकर छोड़ दिया। बाण सीधे सिंह की गरदन में लगा और इतनी तेजी से लगा कि गले को फाड़कर बाहर झाँकने लगा। सिंह ने जोर की दहाड़ भरी, उछला और वहीं गिर गया। रामचेरी चिल्लाकर पेड़ से कूद पड़ी। शिकार खेलने गए महाराज कीर्तिदेव सिंह के सैनिक दौड़ पड़े। महाराज कीर्तिदेव सिंह भी मचान से उतरकर नीचे आए। सिंह उठने की स्थिति में नहीं था। पास जाकर देखा तो सिंह एक बाण में ही मर गया था। इस बात की ख्याति स्थान-स्थान पर फैल गई कि राजकुमारी दुर्गावती सिंह का शिकार करने में महाराज से भी अधिक निपुण है।

पुत्री की बहादुरी और इच्छाशक्ति को देखकर महाराज बहुत खुश हुए कि उनकी एकमात्र संतान शासन करने योग्य है। वह कालिंजर के राज्य का विधिवत संचालन कर सकती है। 14 वर्ष की दुर्गावती शरीर से हृष्ट-पुष्ट, विचारों से परिपूर्ण तथा निर्णायक मति की तेजस्विनी दिखती थी। महाराज ने

सोचा, सबकुछ होने के बाद भी आखिर पुत्री ही है, अतएव सुयोग्य राजा से इसका विवाह तो करना ही होगा। सुयोग्य राजा सोचते ही महाराजा कीर्तिदेव सिंह उदास हो गए। राजाओं की कायरता के कारण उन्हें हमेशा बेचैनी रहती थी। ऐसा कोई है, जो दुर्गावती के योग्य हो ? इर्द-गिर्द के राजाओं को देखकर कीर्तिदेव सिंह का मन बैठ जाता था। पिता इसी सोच में रहते थे कि आखिर योग्य वर कैसे मिले ? इधर, दुर्गावती कुछ सैनिकों और रामचेरी के साथ कभी शिकार खेलने निकल जाती, तो कभी अपने राज्य को देखने के लिए। एक दिन दुर्गावती ने अपने सैनिक से सुना कि गढ़ा राज्य में बंदूक का इस्तेमाल बहुत होता है। साथ ही, मुगल सेना के पास आग्नेयास्त्र हैं। बंदूक के प्रयोग से दुर्गावती को मोह था। वह कालिंजर और गढ़ा की सीमा में शिकार खेलने की दृष्टि से अपनी छावनी में जा पहुँची। उन दिनों दुर्गा पूजन का उत्सव चल रहा था। दो कोस की दूरी पर मनियागढ़ नाम का एक स्थान या जहाँ पर एक पठार के ऊपर बड़ा किला था। एक बस्ती थी, राजमहल था और एक भव्य मंदिर था। बस्ती में गोंड जाति के लोग ही अधिकांश रहते थे। उस ऊँचे पठार पर चढ़कर चारों तरफ देखना बहुत सुंदर लगता था। दुर्गा पूजन उत्सव में गढ़ा के राजा भी मनियागढ़ में आते थे। दुर्गावती ने सोचा, हो सकता है, इस मेले में बंदूक देखने को मिल जाए। अपने कुछ सैनिक और रामचेरी के साथ दुर्गावती ने मनियागढ़ की ओर प्रस्थान किया। जंगली क्षेत्र वन्य पशुओं से सदा भरा रहता था। कभी भी कोई हिंसक पशु बस्ती में आकर उत्पात मचा जाता था। रामचेरी ने बताया, "सुना जाता है, गढ़ा के महाराज शेर के बहुत बड़े शिकारी हैं। देखने में कामदेव जैसे हैं। उनकी बातचीत सरस तथा विनोदप्रिय है।" रामचेरी की बात सुनकर दुर्गावती बोली—"तू मंदिर देखने जा रही है कि राजा-महाराजा देखने जा रही है ?" दोनों सहेलियाँ बात करते हुए मनियागढ़ के नीचे बहने वाली केन नदी के पास पहुँच गईं जहाँ पर कुछ श्रद्धालु स्नान कर रहे थे। कुछ गा रहे थे, नाच रहे थे और उनके कोलाहल के साथ केन नदी का कल-कल निनाद सम्मिश्रण होकर मानो संगत कर रहा था। वृक्षों की हरियाली, नदी की लहर, चमकती हुई धूप, श्रद्धा से भरे हुए नर-नारी यह सारा

दृश्य देखकर दुर्गावती का मन खुश हो गया।

तमाम लोगों में अधिकांश स्त्री-पुरुष साँवले थे। स्त्रियाँ काली होने के बाद भी सुगठित थीं। पुरुष ठिगने होने के बाद भी पुष्ट दिखाई देते थे। तभी बड़ा जोर का कोलाहल हुआ। स्त्री-पुरुष भागने लगे। रामचेरी चिल्लाई—"दुर्गावती, शस्त्र धारण करो। परीक्षा का समय आ गया है।" गिरते-पड़ते लोग घाट से बाहर हो गए। इस पार दुर्गावती और उस पार भागता हुआ कोलाहल। बीच में केन नदी। दुर्गावती ने तत्परता से प्रत्यंचा चढ़ाई, बाण साधा। रामचेरी ने भी भाला उठाया। कुछ पीछे सैनिक तेजी से आ रहे थे। दुर्गावती ने जब घाट की ओर देखा तो एक शेरनी अपने दो नन्हे शावकों के साथ घाट के पास आकर खड़ी हो गई। दुर्गा माता की तीन सुंदर सवारियों को देखकर दुर्गावती का हाथ ढीला पड़ गया। माँ अपने शावकों के साथ है। रामचेरी, यह तो अबध्य है। क्या होगा शावकों का? कौन पालन-पोषण करेगा? किसी को क्षति तो पहुँचाई नहीं। रामचेरी डर रही थी और बोली—"छलाँग लगाकर इस पार आ गई तो? हमला बोल दिया तो?" दुर्गावती ने समझाया। "गहरा पानी, चौड़ा घाट, साथ में शावक। शेरनी इधर नहीं आ सकती। सिंह महाराज होते तो विचार करते। माता अपने बच्चों की जान जोखिम में नहीं डालेगी। चलो, इन्हें छोड़ देते हैं।" रामचेरी बोली—"सिंह महाराज होते तो क्या मार डालती? शेरनी को अकेला कर देती?" इसी वार्त्तालाप के बीच पेड़ों के झुरमुट में शेरनी ओझल हो गई। तब तक सैनिक दुर्गावती के समीप आ गए। दुर्गावती सैनिकों के साथ अपने पड़ाव में चली गई। पड़ाव में महाराज कीर्तिदेव सिंह प्रतीक्षा कर रहे थे। रामचेरी ने पूरा आँखों-देखा हाल महाराज को वह सुनाया। दुर्गावती अपना शिकारी वेश बदलने चली गई। दोपहर चढ़ रही थी। भूख बढ़ रही थी। जंगल में पकता हुआ भोजन क्षुधावर्धन कर रहा था। जंगल का सुख जंगली होने के बाद भी अनुपम है।

□

दो

पड़ाव में खा-पीकर दुर्गावती और रामचेरी अपने कक्ष में आराम करने लगी। पर दोपहर को नींद कैसे आए? जंगल शांत था, किंतु दुर्गावती का मन अशांत था। कभी-कभार चिड़ियों की चीं-चीं सुनाई देती थी। रामचेरी बोली—"राजकुमारी द्वारा किस तत्त्व का चिंतन चल रहा है?"

दुर्गावती : मैं केन नदी की सुंदरता को याद कर रही हूँ।

रामचेरी : तुम्हें शेरनी के दूधिया शावक याद नहीं आते? कैसे उछलते-कूदते माँ के साथ निश्चिंत खेल रहे थे? माँ सचमुच भगवान् होती है। फिर किस तरह पेड़ों के झुरमुट में छिप गई? क्या शावकों को पता होगा कि वे एक दिन सिंह बननेवाले हैं, जिनके दहाड़ने से सारा जंगल कनकना जाएगा? सच में, शावकों को पता नहीं होगा कि वे बहुत ख़तरनाक होनेवाले हैं। इसी का नाम शैशव है। खूँखार सिंहों का भी शैशव, दुलारा होता है।

दुर्गावती : तू जंगल में मुझे पढ़ाने के लिए आई है?

रामचेरी : क्या कोई गंभीर चिंतन चल रहा है, अपने आनेवाले भविष्य का, जो मेरी बात अच्छी नहीं लगी?

दुर्गावती : चुप नहीं रहेगी?

रामचेरी : क्या चुप के समानांतर चुप रहने की विधि लागू हो चुकी है?

दुर्गावती : रामचेरी, पिताजी नाराज हैं।

रामचेरी : भला किसलिए?

दुर्गावती : उस बुढ़ऊ राजा को लेकर।

रामचेरी : बुढ़ऊ राजा सुनते ही खिलखिलाकर लिपट गई।

रामचेरी : अच्छा राजा सरकार, जिन्होंने विवाह का प्रस्ताव भेजा था?

दुर्गावती : बहुत न उछल।

रामचेरी : किसने बताया कि हमारे होनेवाले जीजा सरकार बुढ़ऊ हैं?

दुर्गावती : बुढ़ऊ का नख-शिख वर्णन तो तेरी ही जलती जुबान से सुना था।

रामचेरी : अच्छा तो पुनः परायण सुनना चाहती है।

दुर्गावती : रामचेरी, सही-सही बता, कैसे हैं? पिताजी के कक्ष के पार्श्व में एक कक्ष है, जिसमें मात्र परदा लगा है। उन्हें सुनाई देगा। मैं 'हाँ-हूँ' नहीं कर पाऊँगी। सुनने का आनंद लूँगी। तू जोर-जोर से उस राजा का आँखों-देखा हाल सुनाना।

दोनों सहेलियाँ महाराज कीर्तिदेव सिंह के कक्ष के पास के कक्ष में चली गईं। उसी समय कीर्तिदेव सिंह को जल पीने की इच्छा हुई। सेविका ने पानी पिलाया। पान खाकर महाराज दोपहर ढलने की प्रतीक्षा करने लगे।

रामचेरी : दुर्गावती, तूने उत्तर दे दिया न ? तू सो रही है, तो जाग। वह बहुत बड़े राजा हैं। उनके हजारों खेत हैं। भैंसों का कारोबार है। पहले से भी चार रानियाँ हैं। दो रानियों ने तो माला जपकर राजमहल का वातावरण आध्यात्मिक बना दिया है।

दुर्गावती : चुप कर।

रामचेरी : क्या चुप करना? राजा मे तुझे चाहा है। तू नवेली महारानी बनकर जाएगी। तेरा राज चलेगा। वे ऊँचे खानदान के क्षत्रिय हैं।

दुर्गावती : तू चुप नहीं रहेगी?

रामचेरी : मैंने तेरी तरफ से बातें की। वे बड़े लज्जालु हैं। आगे के दाँत गिर जाने के कारण वे बात करने में भी लज्जा करते थे।

दुर्गावती : दाँत नहीं हैं?

रामचेरी : अरे, हिलकर नहीं गिरे हैं, आखेट में मुख से बाहर हुए हैं। बड़े शिकारी राजा हैं, पर अब शिकार नहीं कर पाते।

दुर्गावती : भला क्यों ?

रामचेरी : दूर का धुँधला दिखता है। सिर के बाल भी गायब हैं। कभी-कभी तो उन्हें देखकर राजर्षि की कल्पना होती है।

दुर्गावती (जोर से) : ऐसे खूसट से मुझे नहीं रचाना ब्याह।

दुर्गावती की आवाज सुनकर रामचेरी चुप हो गई। दोनों सहेलियाँ बड़ी देर तक चुपचाप महाराज की आहट की प्रतीक्षा करती रहीं। इतना तो तय हो गया कि महाराज ने दुर्गावती की इच्छा को जान लिया है। कुछ देर में महाराज कक्ष से बाहर निकले और उद्विग्न होकर टहलने लगे। कई ऐसे रिश्ते आए जो समकक्ष क्षत्रियों के थे, किंतु क्षत्रिय तेज समाप्त हो जाने के कारण और क्षत्रिय राजाओं के मुगलों के गुलाम होने के कारण दुर्गावती ने सभी रिश्ते नामंजूर कर दिए थे। महाराज कीर्तिदेव सिंह को दुर्गावती के विवाह की चिंता सताती रहती थी। कभी-कभी वह भाग्य को ऊपर छोड़कर चुप हो जाते थे। मौका पाकर दुर्गावती रामचेरी के साथ कक्ष से बाहर निकली, तब तक संध्या का रंग चढ़ने लगा था। पक्षी चहकने लगे थे। वातावरण में आर्द्रता आने लगी थी। पड़ाव के सामने कुरसी पर महाराज कीर्तिदेव सिंह बैठे हुए थे। उनके पास आकर दुर्गावती ने आग्रह किया "मेरी मनियागढ़ पर्वत की देवी पूजन हेतु कल जाने की अभिलाषा है। रामचेरी और कुछ सैनिकों के साथ मैं भवानी माँ के दर्शन कर आऊँ।" कीर्तिदेव सिंह बोले—"सुना है, गढ़ा के श्रद्धालु मनियागढ़ में पूजन करने आते हैं। पास के परगने में सिंह का आतंक है। होशियार रहना। सुना तो यह भी है कि राजा दलपति शाह भी प्रजा रक्षण के लिए सिंह का वध करने आनेवाले हैं। यदि संभव हुआ तो मैं भी मनियागढ़ देवी दर्शन करूँगा। कभी मनियागढ़ कालिंजर का हिस्सा था ?" रामचेरी बोली—"महाराज, क्या गढ़ा के महाराज दलपति शाह क्षत्रिय नहीं हैं।" महाराज कीर्तिदेव सिंह बोले—"उनके आचरण तो क्षत्रियों जैसे ही हैं और बहुत से लोग उन्हें क्षत्रिय मानते भी हैं।

जिनके हाथ का छुआ पानी ब्राह्मण पी लेता है, उसे हम क्षत्रिय मानते हैं। उसके यहाँ ब्राह्मण भोजन करते हैं, तो उसके क्षत्रिय होने से कोई इनकार नहीं कर सकता, किंतु उतने चोखे क्षत्रिय नहीं हैं, जितने चोखे करचुली हैं।" रामचेरी बोली—"महाराज! आप बहुत चोखे क्षत्रिय हैं" और ऐसा कहकर वह दुर्गावती की ओर देखने लगी। दुर्गावती बोली—"हमारे गुरुजी ने बताया था कि क्षत्रिय जाति नहीं है, क्षत्रिय धर्म होता है। जब हमें 'रघुवंशम्' पढ़ा रहे थे, तब एक श्लोक आया था—क्षतात् त्रायते, इति क्षत्री अर्थात् जो आपत्ति से रक्षा करे वह क्षत्री है। मेरा मानना यह है कि जो स्वाभिमानी है, जो देश की रक्षा करने में सक्षम है, वही क्षत्रिय है।" दुर्गावती की बात सुन लेने के बाद महाराज कीर्तिदेव सिंह बोले—"क्षत्रिय की व्याख्या करना अपनी जगह है और बिरादरी में किसी को क्षत्रिय बनाना और बात। दलपति शाह के बारे में संपूर्ण जानकारी नहीं है, किंतु पता लगाया जाएगा। कल देवी दर्शन जाने की तैयारी करो।" भोजन करने के उपरांत दुर्गावती रामचेरी के साथ अपने शयनकक्ष में आ गई। दासियों के समूह को अतिशीघ्र बाहर करके राजकुमारी ने रामचेरी से कहा—"तू ये बता दलपति शाह के बारे में कि वे क्षत्रिय हैं या नहीं, यह कैसे पता चल सकता है? उनका आचरण तो क्षत्रियों जैसा है।" रामचेरी बोली—"तू सोच मत, नहीं तो तुझे नींद नहीं आएगी। कल मनियागढ़ में राज्य के ढेर से लोग आएँगे। पढ़े-लिखे पंडित आएँगे, भाट आएँगे, विरूदाबली बखान करनेवाले आएँगे। मैं उनसे सब हाल-चाल जान लूँगी। तू अभी सो जा। जंगल में नींद न आए तब भी थकान नहीं लगती, किंतु न सोने से तेज घटता है। कल सीधी चढ़ाई भी चढ़ना है, केन नदी में नहाना भी है, माँ भवानी का अभिषेक भी करना है और उन तमाम लोगों से भेंट करनी है, जो गढ़ाराज्य के जानकार हैं। शिकारी वेश में नहीं चलना, वरना कोई राजकुमारी नहीं मानेंगे।" रामचेरी की बात सुनकर दुर्गावती को बड़ी सांत्वना मिली और वह सोने का उपक्रम करने लगी।

दुर्गावती के कानों में प्रात:काल का सुमधुर संगीत सुनाई पड़ रहा था। पेड़ों के झुनझुने बजने लगे थे। वह उठकर बैठी। धुँधला-धुँधला दिखाई दे रहा था। रामचेरी अभी भी लंबे-लंबे खर्राटे लेते सुनाई दे रही थी। रानी दुर्गावती धरती

माँ ने को छुआ, जैसे प्रणाम कर रही हो और धीरे-से खड़ी हो गई। अपने हाथ ऊपर किए और अपने को लंबा करते हुए शरीर को ढीला छोड़ दिया। धीरे-धीरे चलते हुए बाहर का दृश्य देखा। ठंडी हवा चल रही थी। मन हुआ, उछलकर बाहर चली जाए, किंतु राजकुमारी थी। राजकुमारी की मर्यादाएँ होती है। अतः रामचेरी को आवाज दी कि बाहर देख, बाहर आकाश में कोई चित्रकार सूरज का चित्र बना रहा है। अभी तो लाल रंग भर ही दिया है। वह चित्र ऊपर उठे और जगत् की प्रदर्शनी में देखा जा सके, इसके पहले उसे देख लेना चाहिए। रामचेरी अधसोई थी। "झटपट उठी, आँखें मलीं और बाहर निकलकर सूर्यदेव को प्रणाम किया। आज बड़ी देर तक सोती रह गई। मैं जाग क्यों नहीं पाई? लंबा सपना था। इन दिनों जो सपने तेरी आँख को आने चाहिए, वह मेरी आँख को आते हैं। पता नहीं रातभर सपने में तरह-तरह के क्षत्रियों की खोज करती रहती हूँ?" रामचेरी बोली। दुर्गावती ने कहा, "बहुत होशियार न बन, वैसे ही बहुत देर हो चुकी है। दुर्गा माता की पूजा करने जाना है। चल, जल्दी तैयार हो।"

सुप्रभात की वेला में दोनों सहेलियाँ परिचारिकाओं के साथ पूजन-सामग्री इकट्ठा करके पूजन के लिए चल पड़ीं। दिनमणि चढ़ रहे थे। अपना भास्वर तेज प्रकट करने के लिए सूर्य को भी तो समय चाहिए। कुछ सैनिकों के साथ प्राचीन पर्वत की चढ़ाई को ध्यान में रखकर पूजा दल चल पड़ा। एक शीतल कुंड में पहुँचकर सभी लोग सुस्ताने लगे। दुर्गावती ने हाथ-मुख धोया, दो चुल्लू जल पिया, एक बार पेड़ की ओर ओझल सूर्य को अंदाजा और जैसे चलने को तैयार हुए कि एक भक्त मंडली आ गई जो वहाँ के लोकगीत भगत को बड़े ही अभिनय के साथ गा रही थी। कई लोग देवी के स्वांग रचे थे। एक पुरुष साक्षात् काली बना हुआ तलवार लेकर नृत्य कर रहा था। एक बार तो उसे देखने पर सहसा आँखें मुँद गईं। सामने जलता हुआ खप्पर और नाचती हुई काली भक्तों की भावपूर्ण प्रस्तुति, उन्माद में नाचते लोग देखकर दुर्गावती का मन श्रद्धा से भर गया। कुछ दूर की यात्रा करने के बाद दुर्गा देवी का मंदिर मिल गया। दुर्गाजी की विशाल प्रतिमा, जिसकी आठों भुजाओं में शस्त्र, नीचे वध किया हुआ पापी महिषासुर। देवी शांत, सुकुमार, ध्यानमग्न जैसे मुसकरा

रही हो। ठीक वैसे ही दुर्गा के सामने दुर्गावती खड़ी हो गई। दुर्गावती का सौंदर्य भी जैसे शरीर से फूट-फूटकर निकल रहा था। शरीर में शक्ति और सौंदर्य का अद्‌भुत सम्मिश्रण देवी होने की कहानी कह रहा था। वहाँ खड़े भक्त लोग कभी अष्टभुजा दुर्गा को देखते तो कभी दुर्गावती को। दुर्गावती और दुर्गा के बीच कटा हुआ महिषासुर किसने मारा है, यह पता नहीं लग रहा था। जैसे कोई दो महान् वीरों के बीच में आनेवाला सिंह जब दो बाणों से मरता है और दोनों बाण एक साथ लगते हैं, तब तय नहीं हो पाता किसके प्रहार से सिंह मरा है ? उसी तरह दुर्गा और दुर्गावती के बीच में पड़ा हुआ निशाचर लग रहा था कि पता नहीं किस देवी ने मारा होगा ? पाप के संहार से संतुष्टि का सुख मूर्ति में भी विराजमान था और दुर्गावती के आँखों में भी ? सहसा दुर्गावती ने हाथ जोड़कर माँ अष्टभुजा से प्रार्थना की।

देहि सौभाग्यमारोग्यम् देहि में परमं सुखम्।
रूपम् देहि जयम्देहि, यशोदेहि, द्विषोजहि॥

दुर्गावती का स्वर प्रखर था। अनुष्टुप छंद में गायन था। उच्चारण की मधुरता थी। भक्ति की पराकाष्ठा थी, जैसे श्लोक का एक-एक शब्द भक्ति के अमृत से नहाया हुआ देवी के चरणों में चढ़ गया हो। सभी श्रोता भाव विभोर हो गए। दुर्गावती ने सिर झुकाया और पंडितजी को पूजन के लिए इंगित किया। अपने आराध्य से महती श्रद्धा को देखकर पंडितजी सोचने लगे, 'इस देवी का उच्चारण तो मुझसे भी श्रेष्ठ है। इसकी भक्ति तो मुझसे भी अखंड है। इसके रोम-रोम में दुर्गा का ओज नृत्य कर रहा है। लग रहा है मानो कोई दुर्गा स्वरूपा दुर्गा की पूजा करने की अभिलाषी हुई है।' फिर भी, पंडितजी ने पूजन करा दिया। पूजनोपरांत दुर्गावती अक्षत-पुष्प लेकर अलौकिक मुद्रा में लौकिक विनती करने लगी। पीछे से भक्त मंडली लोकगीत का गायन कर रही थी, जिसमें दुर्गा माता के बल पराक्रम और सौंदर्य का वर्णन था। पुष्प चढ़ाने के बाद देवी माँ को प्रणाम करते हुए, दुर्गावती ने पंडितजी को प्रणाम किया औ उन्हें रजत मुद्रा देती हुई चल पड़ी।

मंदिरों में किसी एक मूर्ति की स्थापना नहीं होती। जहाँ दुर्गाजी होती हैं,

वहाँ इर्द-गिर्द महादेव रहते हैं। इसके पूर्व भैरव बाबा का स्थान होता है। घंटे घड़ियासालो की सज्जा होती है। हनुमानजी महाराज की स्थापना होती है। परिक्रमा और परकोटे होते हैं। दुर्गावती ने चारों ओर घूमकर सभी मंदिरों में माथा टेका। सबका आशीर्वाद लिया और अधबनी सीढ़ियों के ऊबड़-खाबड़ वन्य पथ से चलते हुए वन का सौंदर्य विलोकने लगी। दुर्गावती ने यह दूसरा रास्ता जंगल की शोभा देखने के लिए चुना था। यद्यपि इस मार्ग से उसे एक घंटे अधिक चलकर पड़ाव में पहुँचना था, किंतु परिचायिका और सैनिक पीछे चलने के लिए तत्पर थे। साथ में रामचेरी चल रही थी। कुछ आगे चलने के बाद दुर्गावती रुकी। रामचेरी से पूछा, "मेरा धनुष-बाण किधर है ?" दुर्गावती के रुकते ही सैनिक दौड़कर आया और दुर्गावती का धनुष-बाण उन्हें दे दिया। वहीं पर रुककर दुर्गावती ने धनुष धारण किया, निषंग बाँधा और वीर वेश बनाकर चल पड़ी। रामचेरी बोली—"अब दुर्गा देवी लग रही है। अभी तो दुर्गा की भक्त दिखाई दे रही थी।" ललाट का टीका नाक की ओर बहने लगा, जिसको पोंछते हुए मस्तक आरक्त हो गया। कुछ दूर चलने के बाद पेड़ की छाया में दुर्गावती श्रम परिहार के लिए खड़ी हो गई, क्योंकि पीछे आ रहे लोग अधिक दूर दिख रहे थे। तभी एक जोर की आवाज आई, जैसे बाईं ओर के झुरमुट से कोई चला आ रहा हो। उस आवाज के पीछे भीड़ जैसी आवाज सुनाई पड़ रही थी। पत्तों की खड़खड़ाहट, शिकारियों की आवाज जंगल में स्पष्ट सुनाई देती है। दुर्गावती ने कहा—"लगता है, कोई जंगली जानवर का हाँका हो रहा है। सँभल जाना चाहिए।" इतना कहने के बाद अपने तूणीर से एक नुकीला बाण निकाला। धनुष की डोरी देखी जो कसी हुई थी, उसमें बाण चढ़ाया और रामचेरी से बोली, "तू डर मत, मैं हूँ न ? मेरे बाणों के सामने युवा सिंह की भी कोई बिसात नहीं।" बात करते-करते कुछ ही समय बीता था कि आवाज तेज हो गई। एक पूरा लंबा वयस्क नाहर सामने आ गया। दुर्गावती ने अपनी धनुष की डोरी खींची और पूरी ताकत से बाण का संधान कर दिया। फिर उतनी ही त्वरा से दूसरा बाण धनुष में चढ़ा लिया। बाण सीधे जाकर नाहर की गरदन में धँस गया। गिरता हुआ नाहर दुर्गावती नहीं देख पाई, क्योंकि उसी

समय वह फिर से बाण चढ़ाने लगी थी। नाहर के गिरते ही रामचेरी सँभलकर दुर्गावती के पीछे खड़ी हो गई, किंतु उसी समय एक शिकारी पुरुष और उसके पीछे कई लोग खड़े हो गए। आपस में बात कर रहे थे—"महाराज! आपने तो एक बाण में ही इतने बड़े नाहर का वध कर दिया?" महाराज ने देखा, नाहर सचमुच तड़प रहा था। उसके शांत होने में अभी देरी थी, किंतु उसकी गरदन के दोनों ओर बाण बिंधे थे। पुरुष ने कहा—"मैंने तो एक ही बाण चलाया है। यह दूसरा बाण किधर से आ गया?" सामने देखा तो एक युवती धनुष में बाण चढ़ाए खड़ी थी। दुर्गावती को देखकर शिकारी पुरुष विचार करने लगा, क्या साक्षात् दुर्गा देवी मेरी रक्षा करने के लिए धनुष-बाण धारण किया है? क्योंकि मेरे एक बाण से नाहर मर नहीं सकता। नाहर का अवलोकन करने के बाद जब ऐसा लगा कि नाहर मर चुका है तो वह पुरुष दुर्गावती के पास पहुँचा और बोला—"देवी! नाहर का वध आपने किया है, इस पर आपका अधिकार है।" दुर्गावती बोली—"अपना परिचय दीजिए।"

पुरुष : यह बात तो मुझे पहले पूछनी चाहिए थी, किंतु इस शिष्टाचार में आपकी शिक्षा मुझसे श्रेष्ठ है। देवी, मैं गढ़ाराज्य का सेवक दलपति शाह हूँ।

दुर्गावती : आप तो महाराज हैं, फिर इस बात को छिपा क्यों रहे हैं?

पुरुष : वास्तव में, राजा प्रजा का सेवक ही होता है। क्या मैं आपका परिचय जान सकता हूँ?

दुर्गावती : कालिंजर के महाराज कीर्तिदेव सिंह की पुत्री हूँ। मुझे दुर्गावती के नाम से पुकारते हैं। मैं यहाँ माँ दुर्गा की पूजा करने आई थी। आपने नाहर को मारकर मेरी प्राण रक्षा की है।

दलपति शाह : यह तो आपकी विनम्रता है। वास्तव में, आपके बाण से नाहर का वध हुआ है। यह सही है कि यह हाँका मैंने डलवाया था। नाहर का वध करना आवश्यक था, क्योंकि यह प्रजा के लिए खतरा था।

दुर्गावती : मुझे आज्ञा दें। पिताजी प्रतीक्षा कर रहे होंगे।

दलपति शाह : आपका अश्व साथ में नहीं है क्या?

दुर्गावती : मै पूजा करने के लिए मैं निकली थी। अत: अश्वारोहण स्थगित रखा था। पास में ही हमारा पड़ाव है। आपका स्वागत है।

दलपति शाह : यदि आप मेरे अश्व को स्वीकार करें, तब आपका स्वागत मुझे स्वीकार है।

दुर्गावती : मेरा मन आज अश्वारोहण का नहीं हैं, किंतु अश्व है दर्शनीय।

दलपति शाह : यह ऊँची प्रजाति का अश्व है।

दुर्गावती मन-ही-मन सोचने लगी। जाति-प्रजाति, ऊँच-नीच यह समस्या अभी पीछा नहीं छोड़ रही है। फिर दलपति शाह से बोली—"महाशय! कभी आपके अश्व को देखेंगे। अभी तो आज्ञा दें।" ऐसा कहते हुए, दुर्गावती ने एक बार दलपति शाह की ओर देखा, जैसे उनके चित्र को अंकित कर रही हो, और बिना कुछ कहे चल पड़ी। पीछे-पीछे रामचेरी और सैनिक चलने लगे। दलपति शाह किंकर्तव्यविमूढ़ से खड़े रह गए, जैसे उनका चेत हरण हो गया हो। चमकती हुई देह यष्टि, खनकती हुई आवाज, जैसे अंग-अंग से सौभाग्य की वर्षा हो रही हो। भक्ति और शौर्य की अप्रतिम मूर्ति दुर्गावती को दलपति शाह तब तक देखते रहे जब तक वह पेड़ों की ओट में छिप नहीं गई। दुर्गावती के जाते ही उनकी चेतना लौटी। सेवकों से बोले—"इसका शिकार तो दुर्गावती ने किया है, किंतु मुझको श्रेय देकर चली गई। इसे ले चलो। लगता है, राजकुमारी दुर्गावती की यह भेंट मेरे जीवन में शौर्य और सौंदर्य की सृष्टि करेगी। मैंने अपने पूरे जीवन में इतना सामर्थ्यशाली और आकर्षक व्यक्तित्व नहीं देखा। दुर्गावती तो मुझे अंदर तक हिला गई।"

□

तीन

पड़ाव में पहुँचने के पहले दुर्गावती ने पीछे मुड़कर देखा। दृश्य ओझल हो चुका था। पीछे-पीछे लगभग दौड़ती हुई रामचेरी चली आ रही थी। एक पेड़ की छाया में खड़ी होकर दुर्गावती पूरे घटनाक्रम को सोचने लगी। रामचेरी ने पास आकर हिलाया, "जागो राजकुमारी, जागो!"

दुर्गावती : क्या सो रही हूँ?

रामचेरी : तो क्या सचमुच जाग गई हो?

दुर्गावती : ऐसा क्यों कहती हो?

रामचेरी : दलपति शाह गढ़ा राज्य के महाराज हैं। वे तुम्हें तब तक अपलक देखते रहे जब तक तू दिखी! पता नहीं आगे का भविष्य कैसा है?

दुर्गावती : क्या सच में हमारी भेंट महाराज दलपति शाह से ही हुई है?

रामचेरी : तुम तो मिलकर आई हो। उनका अश्व क्यों नहीं ले लिया? वे भी तो पहुँचाने को तैयार थे।

दुर्गावती : धत्! एक घोड़े में भला दो लोग कैसे बैठेंगे?

रामचेरी : किंतु वे तो तैयार थे।

दुर्गावती : मुझे स्वप्न जैसा लगता है। जैसे कोई अनूठा स्वप्न देखने से शरीर की दशा होती है, वैसी ही मेरी दशा हो रही थी। मुझे पता नहीं चला, कि मैं पसीना-पसीना क्यों हो गई?

रामचेरी : आज मुझे पता चला कि तू भी डरना जानती है।

दुर्गावती : नाहर को सामने देखकर मैं नहीं डरी, किंतु सामने गढ़ाराज्य

के महाराज को देखकर मेरा पूरा शरीर काँप गया।

रामचेरी : लगता है, यह डर का नहीं बल्कि लज्जा का वेग था।

दुर्गावती : न तो कोई डर था, न कोई लज्जा की बात, किंतु देखने मात्र से दिल-दिमाग काम नहीं कर रहा था। इतना आदर्श पुरुष मैंने पढ़ा तो है, किंतु देखा नहीं। कल्पना से परे श्रेष्ठ पुरुष का सामने प्रकटीकरण क्या यही दशा करता होगा?

रामचेरी : तू अनुरक्त हो चुकी है।

दुर्गावती : क्या इसे ही आकर्षण कहते हैं? मुझे लगता है, उनके सामने मेरी सारी अकड़ निकल गई। ऐसे पुरुष सिंह के सान्निध्य में नारी अपना व्यक्तित्व गढ़ती है।

रामचेरी : तू कम, दलपति शाह अधिक आकर्षित थे। तू तो चल रही थी। चेतना थी, पर वे तो शाश्वत अचेत थे। न एक पग आगे बढ़ सके, न एक पग पीछे। नदी की तरह वहीं पर अपना सारा अस्तित्व लेकर जम गए।

दुर्गावती : नदी की तरह क्या तात्पर्य?

रामचेरी : पगली मत बनो। यह कहानी तो तुमने ही सुनाई थी।

दुर्गावती : (पीछे देखकर) कब?

रामचेरी : पीछे मत देखो। वे तुम्हारा पीछा नहीं कर सकते। न उन्हें इतनी जल्दी है और न तुम्हें होनी चाहिए। पर मुझे लगता है, वे तुझे पाने के लिए प्रयास अवश्य करेंगे और एक दिन तुमको अपने घोड़े में बिठा ले जाएँगे, उस समय तू कुछ न बोल सकेगी।

दुर्गावती : बहुत बोलती है तू।

रामचेरी : पड़ाव के सैनिक आ रहे हैं। दोपहर होने को है। आज की पूजा सफल रही। अब पेट पूजा।

दुर्गावती ने पुनः एक बार उस गली की ओर देखा जिस गली से होकर आई थी। इसके बाद मुड़ी और धीरे-धीरे पड़ाव की ओर आ गई।

इसी विचार के बीच सेनापति ने आकर प्रार्थना की "महाराज! नाहर को क्या ले जाया जाए।" दलपति शाह सोते से जगे, "हाँ सेनापति जी, नाहर को प्रजा के सामने दर्शन के लिए रख दिया जाए। दुर्लभ दृश्य होगा, प्रजा भयमुक्त हो सकेगी।" सेनापति बोला—"आपका अश्व!" महाराज अश्व की लगाम पकड़ते हुए उछलकर घोड़े की पीठ पर बैठ गए। अश्व द्रुतगति से मेले की ओर दौड़ पड़ा।

दुर्गावती रात्रि को सो नहीं सकी। बीच-बीच में उठ बैठती। बेचैन हो जाती। सारा शरीर निर्बल हो रहा था। कभी-कभी मन भी निर्बल हो जाता। जाति-पाँति, वंश, कुल-कुटुंब की पहाड़-सी बाधा पार कर नदी समुद्र से मिलने को व्याकुल हो रही थी, किंतु पर्वताकार परंपराएँ, गोत्र का विमर्श व्याकुल किए जा रहा था। उच्च कुल की मान-मर्यादा भी विचित्र होती है। मनुष्य कितना भी चाहे, पर जाति और धर्म के बंधन से जीते-जी अपने को मुक्त नहीं कर पाता। दुर्गावती सोच रही थी, 'पिताजी तो हमारी माँ भी है। उनके मन को कदापि दुःखी नहीं कर सकती। उनके स्वाभिमान को ठेस पहुँचे, ऐसा मैं कभी नहीं कर सकती।

इधर कालिंजर पर संकट है। कालिंजर की स्वाधीनता बचाना कठिन है। बघेल और परिहार पहले से अलग है। यदि गढ़ाराज्य साथ दे दे, तभी कालिंजर की स्वतंत्रता बचेगी। राजनीतिक स्थितियाँ विकट हैं। लगता है, सभी चिंताओं को छोड़कर दुर्गा की शरण में चली जाऊँ, ऐसा विचार आते ही दुर्गावती करवट लेकर सोने का उपक्रम करने लगी, तो आँखों के सामने दलपति शाह दिख गए, "देवी! यह अश्व आपको पहुँचाने के लिए उपयुक्त रहेगा।" जिस दर्द की अनुभूति अभी दुर्गावती का स्नेहिल हृदय नहीं कर पाया था, उस दर्द ने भी दस्तक दे दी। एक दुर्गावती और हजारों समस्याएँ। दुर्गावती ने आँखें मूँदकर, मुट्ठी मीचकर, श्वासों के आवागमन पर ध्यान देकर सोने का प्रयास किया। कुछ देर में मुट्ठी शिथिल हो गई, निद्रा आई और स्वप्न चलने लगा। वह हाथी पर बैठी अपने गंतव्य की ओर जा रही है। सवेरा हुआ, लोग जगे, दुर्गावती की नींद खुली। रामचेरी ने आकर अभिवादन किया। फिर बोली—"राजकुमारी को

नींद तो आई है न?" दुर्गावती ने कोई उत्तर नहीं दिया।

ब्रह्म मुहूर्त में दुर्गावती रामचेरी को लेकर भवानी की अर्चना करने चल पड़ी। दुर्गावती वीरांगना के वेश में नहीं थी। उसकी काया में तपस्विनी की आभा अलंकृत थी। निःशस्त्र, निराभरण सुंदर देह में प्रार्थना के भाव बह रहे थे। उसके अधखुले अंगों से चंद्रमा की किरणें फूट रही थीं। सूखे हुए, बिना बँधे केश हवा में खेल रहे थे। दोनों हाथों से थाल पकड़े हुए, बिना पदत्राण के भवानी को मनाने जा रही थी। कुछ दूर की यात्रा करने के बाद श्रम सीकर से नहाई गीली देहयष्टि मंदिर में प्रविष्ट हुई। मंदिर में हवन की गंध फैल रही थी। कुछ श्रद्धालु परिक्रमा कर रहे थे। कुछ मंडलियाँ आराधना में जुटी थीं। देवी माँ के सामने थाल को रखती हुई दुर्गावती ने दुर्गा की अर्चना प्रारंभ की।

प्रधान पुजारी के सहयोग से दुर्गावती माँ भवानी की अर्चना में संलग्न थी। पीछे सहयोग करने के लिए रामचेरी तत्पर थी। कभी पुष्प, कभी जल, कभी नारियल, कभी धूप, कभी भोग, कभी द्रव्य, कभी वस्त्र, कभी रजत; जब जैसा पंडितजी माँगते ' रामचेरी देती जाती। पूजा उपरांत दुर्गावती ने प्रार्थना की, "माँ! आपने अपने भगवान् शंकर को पति रूप में पाने के लिए कठिन तपस्या की। आपके भक्त इतनी तपस्या नहीं कर सकते, किंतु सभी अपने-अपने शिव शंकर को पाना चाहते हैं। मैंने भी अपने मन में अपने भगवान् का वरण कर लिया है। मैं यह नहीं जानती हूँ कि यह कैसे संभव होगा, लेकिन मेरे और मेरे कालिंजर के लिए यह आवश्यक है। बचपन में ही मेरी माँ आपके पास आ गई थी। पिताजी ने बताया कि अब आप ही मेरी माँ हैं। अतः जैसे पुत्री माँ से अपनी बात रखती है, उसी तरह मैं आपसे विनती कर रही हूँ। प्रार्थना करना मुझे आता ही नहीं। मुझे माँ से माँगना आता है। माँ, मैं किसी सावित्री, सीता या द्रौपदी की तुलना नहीं कर सकती। यह सभी माताएँ तो हमारे नारी धर्म की आदर्श हैं। माँ, मुझे शक्ति दीजिए कि मैं भारतीय नारी परंपरा के चरण रज को धन्य कर सकूँ।"

दुर्गावती के आँखों से मोतियों की लड़ियाँ भवानी के चरणों में चढ़ गईं। निःशब्द अर्चना करके दुर्गावती ने दुर्गा के चरणों को पकड़ा और अपने को

अर्पित कर दिया। पूजनोपरांत प्रसाद प्राप्त करके दुर्गावती मंदिर से धीरे-धीरे पड़ाव की ओर चल पड़ी। उसके मुख-मंडल में भक्ति की गंभीरता और संतोष की गरिमा विद्यमान थी। दुर्गावती को इस तरह गुम-सुम देखकर रामचेरी भी गंभीरता धारण किए रही। दुर्गावती ने पड़ाव में आकर परिधान बदले। रामचेरी से बोली—"सैनिकों को लेकर मेले चली जाओ। देखो! मेले में नाहर दर्शनार्थ रखा है कि नहीं? इस संबंध में लोगों की चर्चा ज्ञात करनी है। हो सके तो, महाराज दलपति शाह के मन को भी पढ़कर आना अच्छा रहेगा, समझी?"

□

चार

रामचेरी ने 5 सैनिकों के साथ मेले की ओर प्रस्थान किया। दुर्गावती रामचेरी को जाता देखकर पिता के समीप चली आई। महाराज कीर्तिदेव सिंह पूजा के उपरांत अपने दीवान से चर्चा कर रहे थे। "कालिंजर पर यदि आक्रमण होता है, तो हमारा साथ देनेवाला अब कौन है ? रीवा के बघेल राजा और उचेहरा के पड़हार में से कोई भी मुगलों से लड़ने को तैयार नहीं है। दोनों ने अधीनता स्वीकार कर ली। मुगलों की छत्र-छाया में राजा बने रहना चाहते हैं। आक्रमण विहीन सत्ता के लिए अधीनता ही एक मार्ग है। स्वाभिमान तो नहीं रह जाता, किंतु राज्य आक्रमण से सुरक्षित रहता है। कालिंजर स्वतंत्र राज्य है। सामरिक दृष्टि से महत्त्वपूर्ण भू-भाग है, जिसे अधीन करने को सर्वाधिक लड़ाइयाँ लड़ी गई हैं। कालिंजर से दक्षिण सुदूर गढ़ा का विशाल राज्य है। अनेक गढ़ हैं। अभी तक स्वाभिमानपूर्वक स्वाधीन रहा है।"

दीवान और महाराज कीर्तिदेव सिंह की वार्त्ता को दुर्गावती चुपचाप सुन रही थी। दुर्गावती को इतना तो पता था कि बघेल अथवा पड़हार कोई भी सहायता देने की स्थिति में नहीं है। गढ़ा और कालिंजर एक-दूसरे के करीब नहीं हैं। कुछ सोच करके दुर्गावती ने कहा—"गढ़ा राज्य बड़ा राज्य है। क्या गढ़ा राज्य से संधि की जा सकती है ? आपसी सहयोग के बिना मुगलों को हराना संभव नहीं है। रीवा और उचेहरा को जोड़ने के लिए प्रयास करना चाहिए।" कीर्तिदेव सिंह ने कहा—"यही तो दुर्भाग्य है। यदि कालिंजर, उचेहरा, रीवा और गढ़ा एक साथ आ जाए, तो कोई आँख उठाकर नहीं देख सकता किंतु मुगलों की नीति देखो, रीवा बड़ा राज्य है। उसे विचार शून्य कर दिया। उचेहरा भी

रीवा के मार्ग पर चलकर अपने आपको सुरक्षित मानता है। गढ़ा अपनी सीमाओं को प्राकृतिक सुरक्षा के साथ व्यवस्था बनाकर चल रहा है, किंतु अकेला है। कालिंजर को पूर्व, पश्चिम, उत्तर—तीनों स्थानों से भय है।"

दुर्गावती ने प्रश्न किया—"क्या कोई नया संवाद मिला है?" कीर्तिदेव सिंह ने कहा—"बेटी, ऐसी बात नहीं है, किंतु साम्राज्य के आकार को बढ़ाने के लिए आक्रमण और युद्ध निश्चित है। हमें एक-दो दिन में यहाँ से कालिंजर के लिए प्रस्थान करना चाहिए।" दीवानजी ने कहा—"गढ़ा राज्य के राजा दलपति शाह मनियागढ़ मेले में आए हैं। क्या उन्हें पता है कि आप यहाँ पर उपस्थित है?" कीर्तिदेव सिंह बोले—"उन्हें संदेश नहीं दिया और उनकी ओर से कोई प्रस्ताव भी नहीं है। यदि मुगलों के विरुद्ध उनका कोई प्रस्ताव आता है, तो विचार करेंगे।" दुर्गावती बोली—"गढ़ा नरेश को इस हेतु प्रस्ताव दिया जा सकता है।" कीर्तिदेव सिंह ने बात टालते हुए कहा—"अभी समय नहीं आया और यह पहल तो गढ़ा को भी करनी चाहिए। यद्यपि शेरशाह विस्तृत भू-भाग वाले और प्राकृतिक रूप से अपराजेय गढ़ा पर पहले आक्रमण नहीं करेगा। उसे पहाड़, नदी, पर्वत में भटकने का भय बना रहता है, पर कालिंजर तो शेरशाह के लिए छोटा-सा लक्ष्य है। यही चिंता है।" वार्त्तालाप पूरा होते ही दुर्गावती अपने कक्ष में चली गई और बिस्तर पर बैठकर कुछ सोचने लगी। दोपहर हो रही थी। रामचेरी घबराई हुई आकर बैठ गई। दुर्गावती ने पूछा—"क्या हुआ? इतनी लंबी-लंबी श्वास क्यों ले रही हो?"

रामचेरी बोली—"जंगल में एक बड़ा नाहर दिखा है, भयाक्रांत करनेवाला। हम तो किसी तरह बच-बचाकर आ गए।" दुर्गावती बोली—"बस! इतने में घबरा गई?" रामचेरी ने कहा—"तुम साथ में होती तो और बात थी। अकेले किसी नाहर का सामना करना मुझे नहीं आता।" दुर्गावती ने पीठ पर हाथ रखा, "तुम्हारा डर मुझे बनावटी दिख रहा है। आगे की कहानी सुना।" रामचेरी को थोड़ी सी हँसी आई, फिर बोली—"राजकुमारी दलपति शाह से मिलना है क्या?" दुर्गावती चुपचाप रामचेरी की ओर देखती रही।

रामचेरी ने कहा—"मुझे क्या देखती है? तुम्हें बुलावा आया है, तुम्हारे दलपति शाह का। दीवान आया है, पत्र लेकर। महाराज कीर्तिदेव सिंह के समीप।"

दुर्गावती ने कहा—"तू जिस काम के लिए गई थी, उसे बता?" "रामचेरी बताने लगी, वही तो सब हो रहा है। महाराज ने मुझे देखते ही बुलाया और तुझे पूछने लगे। तेरे एक बाण ने क्या जादू किया है? ठीक निशाने पर तीर चलाया है। महाराजा की आँखें सुर्ख थीं। लग रहा था, रातभर नींद नहीं आई। ऐसे तीर घाव भले न करें, लेकिन आसानी से निकलते नहीं है।" दुर्गावती बोली—"बकवास किए जा रही है। तू कल्पना के आकाश में चक्कर लगा रही है। अनुमान के आधार पर वक्तव्य दिए जा रही है।" रामचेरी ने कहा, "नहीं, मैं अपनी बातों में मिर्च-मसाला कभी नहीं लगाती, वह भी जब तेरा प्रसंग हो। महाराज दलपति शाह ने मुझसे पूछा, "राजकुमारी दुर्गावती का पड़ाव कहाँ पर है?" तब मैंने बताया कि "सीमा के पास महाराज कीर्तिदेव सिंह आए हुए हैं।" यह सुनते ही दलपति शाह खुश हो गए। तुरंत पत्र लिखा और दीवान को भेजकर सप्रेम बुलाया है।" इधर, रामचेरी और दुर्गावती की बातें हो रही थीं, उधर दलपति शाह के दीवान ने महाराज कीर्तिदेव सिंह को अपने महाराज का निमंत्रण-पत्र दिया। महाराज कीर्तिदेव सिंह ने पत्र को देखा, जो कि बहुत ही सुंदर लिखावट में सुसज्जित करके लिखा गया था।

नर्मदे हर

महाराज कीर्तिदेव सिंह जू को दलपति शाह का सादर अभिनंदन!

मुझे आज ही ज्ञात हुआ कि महाराज कीर्तिदेव सिंह सीमा-प्रदेश के पार पधार चुके है, जो मनियागढ़ मंदिर से बहुत दूर नहीं है। मेरा आग्रह है कि आप मनियागढ़ मंदिर में पधारकर हमारे राज्य की शोभा बढ़ाएँ तथा अतिथि सेवा का हमें सुअवसर प्रदान करें। वर्तमान राजनीतिक परिस्थिति तथा सामरिक प्रयोजन हमें एक साथ विचार करने को भी विवश करता है। हमारे धर्म स्थान पूरे देश के ही एकता के सूत्र रहे हैं। हम संपूर्ण भारतवर्ष की धार्मिक भावना की अंतरंग एकता को जानते-पहचानते हैं। हम आपका हृदय से स्वागत करते हैं। यदि

आप हमारा आमंत्रण स्वीकार करने की कृपा करते हैं तो हमें अपने मन की बात कहने का सुअवसर प्राप्त होगा। हम आपकी प्रतीक्षा के निमित्त ही खुश हैं।

आपका

दलपति शाह

महाराज कीर्तिदेव सिंह अपने कक्ष में पत्र को पढ़ रहे थे। सैनिक बाहर प्रतीक्षा कर रहे थे। दीवानजी अतिथि कक्ष में पधारे थे। उधर जलपान की व्यवस्था हो रही थी, इधर रामचेरी दुर्गावती को यात्रा का वृत्तांत सुना रही थी।

रामचेरी बोली—"राजकुमारीजी, आपकी आज्ञा शिरोधार्य करके 5 सैनिकों के साथ घोड़े की पीठ पर लगभग उड़ती हुई, मनियागढ़ के मंदिर के पास पहुँच गई। मुझे आता देखकर भीड़ से कुछ स्त्री-पुरुष मुझे ही देखने लगे। ऐसा देख रहे थे कि कोई विचित्र चीज आसमान से उतर रही हो। मैं भीड़ में पैदल जाने लगी। मेरे अश्व के समीप सैनिक रुक गए। एक व्यक्ति ने पूछा—'देवी दर्शन करना है ?' उसका लहजा अलग था। मैंने उत्तर में मुसकरा दिया और आगे बढ़ गई। एक भीड़ नाहर को देख रही थी। नाहर वास्तव में बड़े आकार का खूँखार जानवर दिख रहा था। नाहर के देखनेवालों में चर्चा चल रही थी, "महाराज दलपति शाह ने मारा। किसी परदेशी लड़की के प्राण बचा लिये। लड़की अपने राज्य की तो नहीं है। कहते हैं, किसी देश की राजकुमारी है। घूमने आई थी। पर लड़की भी कम नहीं थी। नाहर के सामने खड़ी हो गई, निडर। अच्छा हुआ जो महाराज ने नाहर की इहलीला समाप्त कर दी। नहीं तो नाहर लड़की को खा ही जाता।" दूसरे ने कहा, 'लड़की भी धनुष-बाण धारण किए थी। लंबी, दुबली, गोरी, सुंदर और देवियों जैसी आभा थी। लगता है, कोई दुर्गा देवी है। नाहर की सवारी करने को खड़ी थी। महाराज ने नाहर को मार गिराया, वरना वह दुर्गा नाहर पर चढ़कर दर्शन देनेवाली थी।"

एक महिला बोली—"देवी नहीं है वह। वह कालिंजर की राजकुमारी है। मृगया खेलने में उसका कोई सानी नहीं है। महाराज उसको तो देखते ही रह गए। कहते हैं, जिस अश्व को महाराज के अलावा कोई छू नहीं सकता,

वह उस अश्व को राजकुमारी को दे रहे थे। बड़ी सुंदर जोड़ी थी। राजा को चाहिए था कि उसे अपनी रानी बनाकर ले आएँ, पर महाराज हाथ मलते रह गए। राजकुमारी परी की तरह उतरी और नदी की तरह बह गई। ऐसी विभूति बार-बार थोड़ी भेंटती है?" एक औरत बोल रही थी—"तब से राजा उदास है। रात को भोजन भी नहीं किया।" उनके ललाट पर चिंता की रेखाएँ उभर आई। रामचेरी बोले जा रही थी और दुर्गावती श्रीमद्भागवत की तरह कथा को सुन रही थी। कथा पर इतना विभोर देखकर रामचेरी ने दुर्गावती को हिलाया बोली—"उन्हें क्या पता कि हमारी राजकुमारी की भी यही दशा है?"

□

पाँच

महाराज कीर्तिदेव सिंह ने दीवान को संदेश भेजा कि वे महाराज दलपति शाह के पड़ाव में कल आएँगे। दीवान संदेश लेकर लौट गया। तब महाराजा कीर्तिदेव सिंह ने राजकुमारी दुर्गावती को बुलाया और सारी बात सुनाई। दुर्गावती का दिन बड़ी मुश्किल से कटा। न तो शिकार को गई, न भजन करने में मन लगा। आज खेलने में भी मन नहीं लग रहा था। धनुष-बाण का अभ्यास भी नहीं किया। घुड़सवारी के लिए बैठी और थोड़ी दूर जाकर लौट आई। दुर्गावती की यह दशा देखकर रामचेरी ने कहा—"उदास मत हो। कल तो भेंट होनी ही है। खुश रह। खा-पी, नहीं तो कांति मैली पड़ जाएगी।" दूसरे दिन चलने की तैयारी होने लगी। दुर्गावती आज घोड़े पर नहीं जाएगी। आज उसे हाथी की सवारी करनी है। कीर्तिदेव सिंह भी अपने हाथी से जा रहे हैं। कुछ सैनिक घोड़े से जा रहे हैं। दुर्गावती के साथ हाथी पर रामचेरी भी बैठी है। हाथी चल पड़ा। रामचेरी ने कहा—"आज तू बड़ी देर तक आईने के सामने खड़ी रही। ऐसा लग रहा था कि तू शिकार खेलने के लिए पड़ाव में नहीं जा रही, बल्कि ससुराल जा रही है। तुझको इतना सजता-सँवरता मैंने कभी नहीं देखा।" दुर्गावती ने नाराज होकर रामचेरी की ओर देखा। देखते ही रामचेरी को याद आया, "तू तो गढ़ा राज्य की महारानी जैसी सजी है। सिर्फ तेरी ठोढ़ी पर गुदा हुआ तिल नहीं है। थोड़ा-सा काजल लगा दूँ?" दुर्गावती यह सुनकर फिर से आँख दिखाई, "तू चुप नहीं रहेगी? जो मन पड़ेगा, बके जा रही है।" बात करते हुए कुछ समय व्यतीत हुआ। जंगल के बीचोबीच जा रहे कीर्तिदेव सिंह के दल का वन्यप्राणी अभिवादन कर रहे थे। दौड़-दौड़कर

मृग दाहिने हो रहे थे, जो दुर्गावती के लिए शुभ संकेत था। रामचेरी से रहा नहीं गया। वह बोली—"जैसे रामजी की बरात में पशु-पक्षी अनुकूल होकर के बरात का दर्शन कर रहे थे, वैसे ही मृग तेरे साथ कर रहे हैं। लगता है कि तू महारानी होने जा रही है।" इस बार दुर्गावती ने रामचेरी की पीठ पर दुलार भरा मुक्का जमा दिया। रामचेरी बोली—"जब तू और दलपति शाह मिलेंगे, उस समय का मैं चित्र बनाऊँगी।" कुछ देर बाद महाराज पड़ाव पर पहुँच गए। दलपति शाह ने आगे आकर महाराज का स्वागत किया। दूर से दलपति शाह को देखते ही दुर्गावती के मुर्झाए मुख-मंडल पर सैकड़ों गुलाब मुसकरा उठे। थोड़ी देर देखने के बाद जैसे ही दलपति शाह का ध्यान दुर्गावती पर गया, वह पीछे मुड़कर रामचेरी से बात करने लगी। दोनों महाराज आसन पर बैठे और अपनी राजनीतिक चर्चा करने लगे। निकट के कक्ष में गढ़ा की स्त्रियाँ और दासियाँ दुर्गावती के स्वागत में लग गई थीं। एक घंटे की चर्चा के बाद पूरे दल ने जलपान किया और जाने की तैयारी करने लगे। महाराजा दलपति शाह ने कीर्तिदेव सिंहजी को अपने राज्य की भेंट दी, साथ ही बोले—"आपके साथ राजकुमारी दुर्गावती आई हैं।" दुर्गावती का नाम जबान में आते ही दलपति शाह की जीभ लड़खड़ा गई, "राजकुमारी के योग्य उन्हें भेंट करना चाहता हूँ।" दलपति शाह की इच्छानुसार दुर्गावती रामचेरी के साथ आई। तब महाराज दलपति शाह ने हीरे का कीमती हार दुर्गावती को भेंट करना चाहा। एक बड़ा असमंजस था कि यह हार महाराज दुर्गावती को पहनाए अथवा हाथ में दें? बड़ी देर तक यथास्थिति में दुर्गावती और दलपति शाह खड़े रहे। अंततः थाल में हार को रखकर दुर्गावती को सौंप दिया। दुर्गावती ने थाल लेते हुए महाराज की ओर देखा। दोनों की नजरें मिलीं और महाराज ने थाल को अपने हाथ से छोड़ दिया। सोने का थाल लिये हुए दुर्गावती मुड़ी और उसे रामचेरी के हाथों में देकर नीचे सिर किए हुए अपनी सवारी की ओर चल पड़ी। महाराज कीर्तिदेव सिंह का दल दोपहर पूर्व अपने पड़ाव पहुँच गया। दुर्गावती अपने हाथी से उतरकर धीरे-धीरे कक्ष में आकर घटनाक्रम को सोचने लगी। रामचेरी ने कहा, "वस्त्र बदल लीजिए और यदि आज्ञा हो तो यह हार दलपति शाह

की ओर से मैं आपके कंठ में धारण करा दूँ?" रामचेरी की बात सुनकर दुर्गावती देखती रह गई। कोई उत्तर नहीं दिया।

कुछ समय उपरांत रामचेरी बाहर निकली और राजकुमारी के लिए भोजन की व्यवस्था हेतु भोजन कक्ष में गई। तब तक एक सैन्य दल-सा जत्था आकर पड़ाव के सामने खड़ा हो गया। उसमें कई बैलों में सामग्री लदी हुई थी। कुछ लोग उस सामग्री को उतारकर पड़ाव के सामने रखने लगे। आनेवाली सामग्री में गढ़ा के वस्त्र, आभूषण, कलाकारी की वस्तुएँ तथा एक उत्तम कोटि का तुरंग था। यह देखकर रामचेरी भागती हुई दुर्गावती के कक्ष में प्रविष्ट हुई। प्रविष्ट होते ही दुर्गावती बोली—"रामचेरी, तू तो भोजन-पानी लेने के लिए गई थी। खाली हाथ कैसे लौट आई?" रामचेरी ने बताया, "गई तो थी, किंतु तुम्हारा दहेज देखकर लौट आई।" दुर्गावती ने कहा, "मेरा दहेज? कुछ समझी नहीं।" रामचेरी ने समझाया, "महाराज दलपति शाह ने तुम्हारे लिये दहेज भेजा है। बैलों में लदी हुई गढ़ा राज्य की कलाकृतियाँ, आभूषण, अलंकार तथा अनेक वस्तुएँ; किंतु एक ऐसा उपहार भेजा है, जिसे देखकर तू खुश हो जाएगी।"

दुर्गावती ने पूछा—"भला ऐसा कौन सा उपहार हो सकता है, जिससे मैं खुश हो जाऊँ?" रामचेरी ने कहा, "वह उपहार है, दलपति शाह का प्रिय अश्व, जिसे उस दिन तुझको दे रहे थे।"

दुर्गावती : क्या?

रामचेरी : हाँ, वही अश्व जो दलपति शाह को परम प्रिय है।

दुर्गावती : कहाँ है?

रामचेरी : ठीक बाहर खड़ा है। अपनी होनेवाली रानी को पीठ पर बिठाने के लिए पागल है, पर जरा सँभलकर बैठना।

दुर्गावती : क्यों?

रामचेरी : कहीं दलपति शाह का यह घोड़ा रुक्मिणी की तरह तेरा हरण करके न ले जाए?

दुर्गावती : चुप, झूठी कहीं की!

रामचेरी : मैं झूठी नहीं हूँ। चल, बाहर देख। सुंदर अश्व तेरी प्रतीक्षा कर रहा है।

दुर्गावती ने झाँककर देखा। सचमुच उच्चैश्रवा जैसा सुंदर अनूप अश्व मानो रानी दुर्गावती की प्रतीक्षा कर रहा हो। दुर्गावती कक्ष से बाहर आई। अश्व की गरदन थपथपाई मुख पर हाथ फेरा, जैसे अश्व का कुशल क्षेम पूछ रही हो और पुरानी पहचान हो। रामचेरी ने हँसते हुए कहा—"अश्व का स्पर्श तुझे कालिंजर के स्पर्श से अलग अनुभूति दे रहा होगा?" दुर्गावती ने कहा—"तू अपने प्रेम मनोविज्ञान को जरा चुप रख। पशु-पक्षी भी प्रेम की मूक भाषा के जानकार होते हैं। हमारे अतिथि अश्व के दाने-पानी का प्रबंध किया जाए।"

□

छह

रामचेरी ने भोजन लाकर दुर्गावती के सामने परोस दिया। भोजन को देखकर दुर्गावती ने कहा, "आज भूख ही नहीं है।" भोजन सुस्वाद और अच्छा बना था। जंगल की हवाओं के साथ व्यंजन की गंध बह रही थी, पर दुर्गावती की भूख पर किसी और ने अधिकार जमा लिया था। रामचेरी बोली, "भोजन तो करना होगा। जो मन करता है, उसे पाने के लिए मन बेचैन रहता है, किंतु इच्छा-इच्छा है और मनुष्य-मनुष्य। स्त्री जाति के लिए तो इच्छाएँ सिर्फ इच्छाएँ होती हैं। अपने मन से वह मित्र भी नहीं बना सकती।" रामचेरी की बात सुनकर दुर्गावती थोड़ा मुसकराई और भोजन प्रारंभ कर दिया। भोजन करने के बाद रामचेरी बोली—"थोड़ा सा आराम कर लें। इसके बाद आगे की चर्चा करेंगे।" रामचेरी की बात पूरी नहीं हुई कि दुर्गावती ने कहा—"तू कागज, दवात और कलम ले आ।" दुर्गावती की बात सुनकर रामचेरी ने कहा, "कविता लिखनी है?" दुर्गावती हँसी और बोली, "चित्र बनाना है।" "तू कब से चित्र बनाने लगी?" रामचेरी ने आश्चर्य भरी नजरों से देखा। दुर्गावती ने बताया, "चित्र नहीं बनाऊँगी, पत्र लिखूँगी।"

रामचेरी : किसे पत्र लिखेगी?

दुर्गावती : तेरे मोहनदास को।

रामचेरी : तुझे कैसे पता कि मोहनदास मेरा है?

दुर्गावती : मैं सब जानती हूँ।

रामचेरी : मोहनदास को तो मैंने सहायक के नाते काम दिया है कि वह तेरे दलपति शाह से मिला दे।

दुर्गावती : पगली, उन्हीं को पत्र लिखना है और तुझे यह पत्र उनके पास तक भेजना होगा।

रामचेरी ने लेखन-सामग्री का प्रबंध किया और दुर्गावती के पास रखते हुए बोली—"एकांत में तू प्रणय साधना रच। मैं तब तक बाहर पता करके आती हूँ।" रामचेरी के जाने के बाद दुर्गावती ने पत्र लिखना प्रारंभ किया। एक घंटे बाद रामचेरी लौटी तब तक पत्र लिखा जा चुका था। रामचेरी बोली—"पूरे आकाश पर बादल घिर गए हैं। अपने तंबू यद्यपि वर्षा का सामना कर लेंगे, किंतु भारी वर्षा से सब अस्त-व्यस्त हो जाएगा। ऐसे मौसम में जाते भी नहीं बनेगा। मुझे लगता है, अभी बहुत समय है। मैं देवी दर्शन के बहाने यह पत्र दे आऊँ।" दुर्गावती बोली—"महाराज को पता है कि तू सवेरे देवी-दर्शन को गई थी। इतनी भगवत भक्ति उनके मन में कहीं प्रश्न पैदा न कर दे।" रामचेरी बोली—"मैं उन्हें समझा लूँगी। तू पत्र को व्यवस्थित बना।" यह कहती हुई रामचेरी महाराज कीर्तिदेव सिंह के पास गई। कीर्तिदेव सिंह से निवेदन किया, "महाराज! प्रात:काल मैं देवी दर्शन के लिए गई तो थी, किंतु सवारी का दर्शन करके लौट आई। यदि आपकी आज्ञा हो, तो मैं देवी-दर्शन कर आऊँ? राजकुमारी दुर्गावती आपके साथ रहेगी। "

छाया की तरह दुर्गावती का पीछा करनेवाली रामचेरी को महाराज ने जाने की आज्ञा दी और दुर्गावती को मंत्रणा करने के लिए अपने पास बुला लिया। इधर रामचेरी घोड़े से दौड़ती हुई मनियागढ़ मंदिर के पास महाराज दलपति शाह के आवास के समीप पहुँच गई। कुछ दूर पहले घोड़े से उतरकर मेले में आए लोगों के बीच चलती हुई वह मेले का हिस्सा बन गई। वह मोहनदास को खोजती हुई आगे बढ़ रही थी। इधर-उधर देखती हुई आखिरकार मोहनदास के पास पहुँच गई। मोहनदास के पास पहुँचकर रामचेरी ने कहा—"आपसे बात करनी है।" रामचेरी की बात सुनकर मोहनदास के चेहरे में प्रसन्नता की लहर दौड़ गई थी। वह रामचेरी के साथ कुछ दूर जाकर के एक पेड़ के नीचे खड़ा हो गया।

मोहनदास : इस वर्षा में कहाँ घूम रही हैं, वह भी अकेले। राजकुमारी कहाँ हैं?

रामचेरी : मैं तो तेरे पास आई हूँ। राजकुमारी के साथ बात नहीं हो पाती। क्या सिर्फ राजकुमारियों की जिंदगी होती है?

मोहनदास : अच्छा! तो चेली और चेलों की भी जिंदगी होती है?

रामचेरी : जिंदगी तो सभी जीते हैं और अपने-अपने हिस्से की जीते हैं। ईश्वर ने सभी को उनके आधार पर परम सुख प्रदान किया है। राजा को जो सुख राज करने में मिलता है, प्रजा को सहायक बनने में।

मोहनदास : राजकुमारी की सहायिका क्या कहना चाहती है?

रामचेरी : राजकुमारी के मन में जो स्थान दलपति शाह का है, वही स्थान मेरे मन में...

मोहनदास : पूरा वाक्य सुने बिना मेरे समझ में कुछ भी नहीं आता है। क्या तुम वही कह रही हो, जो मैं सुनना चाहता हूँ?

रामचेरी : आपकी समझ एकदम सही है, किंतु मैं शब्दों के द्वारा यह बात नहीं कह पाऊँगी। यदि आपको इसके बाद भी समझ नहीं आता तो मैं आपके चरणों की पूजा कर सकती हूँ।

मोहनदास : मुझे पता है। जिस देवी की मैं पूजा कर रहा था, वह देवी आज साकार हो गई। आज से मैं आपका सेवक। क्या आज्ञा है?

रामचेरी : मैं एक प्रयोजन से आपके पास आई हूँ। राजकुमारी दुर्गावती का पत्र महाराज दलपति शाह तक भेजना है। यह कार्य आपके अलावा कोई नहीं कर सकता।

मोहनदास : यह तो मेरा सौभाग्य है। जिस पत्र के कारण मेरी रामचेरी से बात हो सकी, वह पत्र निश्चित ही दुर्गावती को दलपति शाह से मिला देगा।

रामचेरी ने अपने हृदय में छुपाए पत्र को निकालकर मोहनदास को दे दिया। हीरे के हार जैसा पत्र को समझकर मोहनदास ने पत्र को सिर से लगाया और रामचेरी से बोला, "आप निश्चिंत हो जाइए। यह पत्र महाराज को प्राप्त

हो जाएगा।" रामचेरी ने मोहनदास के हाथों को पकड़कर होंठों से लगा लिया। होंठों से लगाते ही रामचेरी की आँखों से आँसू गिरे, जिसने मोहनदास के हाथ को छूकर उसे विह्वल बना दिया। मोहनदास बोला—"अब मैं सदा-सदा के लिए तुम्हारा हो चुका हूँ। हमारा भाग्य भी विलंब नहीं करेगा।" रामचेरी लौटी और बिना कुछ कहे अपने अश्व की ओर बढ़ गई। मोहनदास पत्र लेकर महाराज दलपति शाह के आवास की ओर चल पड़ा। दोपहर ढल चुकी थी। महाराज दलपति शाह आराम करके शिकार की तैयारी में थे। शिकारी वस्त्र धारण करते समय ही मोहनदास कक्ष में प्रविष्ट हो गया। महाराज ने पूछा, "क्या बात है मोहनदास ?" मोहनदास बोला—"महाराज! राजकुमारी दुर्गावती ने एक पत्र भेजा है।"

दलपतिशाह : राजकुमारी ने!

मोहनदास : हाँ, महाराज! राजकुमारी दुर्गावती का पत्र है।

दलपतिशाह : तुम्हें कैसे मिला ?

मोहनदास : उसकी सहचरी रामचेरी ने यह पत्र लाकर मुझे दिया है, वह भी अकेले में।

दलपतिशाह : कब ?

मोहनदास : अभी-अभी महाराज, बस कुछ ही दूर गई होगी।

दलपति शाह ने कहा, "पत्र कहाँ है ?" मोहनदास ने पत्र महाराज के हाथों में दिया और प्रणाम करके चल पड़ा। महाराज अधोवस्त्र पहने थे। ऊपर का वेश धारण करना था, तभी हाथ में पत्र आ गया। उनके कंठ में स्वर्ण हार तथा कुछ और मालाएँ चमक रही थीं, किंतु वे वेश धारण न कर पत्र को अत्यंत उत्कंठा से पढ़ने लगे। पत्र को एक-दो बार पढ़ने के बाद उन्होंने बाहर झाँका तो दरवाजे पर मोहनदास खड़ा था। उन्होंने इशारे से बुलाया और बोले—

दलपति शाह : पत्र लाने का पुरस्कार लेते जाओ।

मोहनदास : पुरस्कार तो मुझे मिल चुका है।

दलपति शाह : क्या मिल चुका है ?

मोहनदास : आपके चेहरे की प्रसन्नता देखकर मुझे लग रहा है कि हमारे

राज्य को महारानी प्राप्त हो गई है।

दलपति शाह : मोहन, अभी देर है, किंतु तुम तो पुरस्कार ले लो और अपने कंठाभरण उतारकर मोहनदास को पहना दिया।

अपना शिकारी वेश धारण कर महाराज पत्र को लेकर अपने अश्व में सवार हुए और जंगल की ओर निकल गए। कुछ दूर चलने के बाद मचान पर चढ़ गए और शेर की प्रतीक्षा करने लगे। हाँका पड़नेवाला था। पत्र पढ़ने का फिर से मन किया। प्रेमी का पत्र भी विचित्र होता है। हजार बार पढ़ने को मन करता है। प्रेमपत्र के इतने पाठ किए जाते हैं, जितने मंत्र के जाप नहीं किए जाते। पत्र खोलकर महाराज पढ़ने लगे।

"मैं आपको किस रिश्ते से संबोधन करूँ? जो रिश्ता विवाह के बाद होता है, वही रिश्ता संबोधन के लिए उपयुक्त होता है। विवाह पूर्व यदि मैं कोई संबोधन आपको करती हूँ, तो हो सकता है, वह अधूरा हो और पत्र के पूरे भाष्य को बदल दे। अत: आपको जो उपयुक्त लगे, वह संबोधन पढ़ने का कष्ट करें। यदि सबसे ऊपर आप 'प्राणनाथ' पढ़ना चाहते हैं, तो मैं लिखना वही चाहती थी, किंतु यह अधिकार अभी आपके द्वारा मेरे हाथ को नहीं दिया गया है। जिस दिन आप मेरा पाणिग्रहण कर लेंगे, यह हाथ लिखने में और जिह्वा 'प्राणनाथ' कहने में समर्थ हो जाएगी। उस दिवस की मैं प्रतीक्षा कर रही हूँ।

अपिच्—

विगत वर्ष मैंने अपने शिक्षक से श्रीमद् भागवत सुनी थी। श्रीमद् भागवत के रुक्मिणी प्रसंग में रुक्मिणीजी ने द्वारिकाधीश को पत्र लिखा था। मैं वही शब्द उतार रही हूँ, क्योंकि इससे सुंदर अभिव्यक्ति मैं नहीं कर सकती और संभवत: इससे सुंदर पत्र मैंने पढ़ा भी नहीं। जो विनती रुक्मिणीजी ने द्वारिकाधीश से की है, वही विनती मेरी भी है। यदि मैं आपके योग्य हूँ तथा अपने व्यक्तित्व तथा साहचर्य के योग्य मुझे मानते हैं, तो मुझे अपना कर धन्य करें। कितना अच्छा होगा, मैं आपके जीवन की सहचरी बनकर आपकी सेवा करूँ? यदि ऐसा संभव होता है, तो मेरा जीवन धन्य हो जाएगा, वरना मेरा जन्म लेना व्यर्थ है।

क्षत्रियों के यहाँ विवाह भी युद्ध होते हैं। बिना युद्ध के कोई भी कार्य

क्षत्रिय करें तो उनको ख्याति नहीं मिलती। मुझे इस बात से भय बना रहता है कि क्षत्रियत्व हमारे बीच में कहीं खलनायक न बन जाए। अत: मैं अपने आपको आपके चरणों में समर्पित करती हूँ। अब आपका दायित्व है कि आप मुझे अपना लें। स्वाभिमानपूर्वक यदि मेरा विवाह होता है, तो बहुत ही अच्छा रहेगा। यदि यह संभव न हुआ, तो मैं आपके साथ गढ़ा चलने के लिए प्रतीक्षा कर रही हूँ। इस वन प्रदेश में आपसे मिलना और बातें करना संभव नहीं है। आप महाराज हैं और मैं अपने पिता के साथ हूँ। यदि आप मेरे पत्र का उत्तर देते हैं, तो मेरी चिंता समाप्त हो जाएगी। आशा है, आप उत्तर देने में विलंब नहीं करेंगे। मुझे लगता है कि जब मैं अगली श्वास लूँ, इससे पहले आपका उत्तर मिल जाए। आपके उत्तर को बेचैन।

आपकी/दुर्गावती

दलपति शाह ने मंच से खड़े होकर इधर-उधर देखा। दूर तक कोई वन्य प्राणी न देखकर मंच से उतरे और घोड़े पर सवार होकर दुर्गावती के पड़ाव की ओर चल पड़े। महाराज ऐसे जा रहे थे, मानो किसी शिकार का पीछा कर रहे हों। कुछ दूर चलने के बाद उन्होंने पीछे मुड़कर देखा कि उनके कुछ सैनिक और मोहनदास उनकी सुरक्षा के लिए चल दिए हैं। कुछ ही देर में दुर्गावती के पड़ाव के पास से निकलते हुए महाराज की दृष्टि दुर्गावती पर पड़ी। वह एक पेड़ के नीचे खड़ी हुई रामचेरी की प्रतीक्षा कर रही थी। महाराज का अश्व दुर्गावती के पास खड़ा हुआ और उतरते ही महाराज दलपति शाह ने कहा, "राजकुमारी दुर्गावती, मैं आपको लेने आ गया।" दुर्गावती ने मुड़कर देखा, "क्या महाराज पत्र का उत्तर दे रहे हैं?" महाराज बोले—"आप यही समझें। अब मैं अकेले नहीं जा रहा। लगता है, तुम मेरे साथ चल रही हो, किंतु भूल गया हूँ, मैं कहाँ जा रहा हूँ? अब मैं अपने शिविर का पता ही भूल गया हूँ। बिना मन के चला जा रहा हूँ। पानी टपक रहा हैं, आकाश गीला है। धरती आर्द्र है। जब पूरी तरह से भीग जाइएगा, तब अपने शिविर में चली जाइएगा। यदि मैं दुबारा अपने चाँद को देखने के लिए लौटा, तो संध्या का काला, गाढ़ा रंग

तुम्हारी भीगी चाँदनी को देखने नहीं देगा। लज्जा के आवरण में ढकी मुसकान पढ़ने में मुझे किसी गुरु की जरूरत नहीं है।" दुर्गावती ने दोनों हाथ जोड़ लिये। महाराज पुनः अश्व पर सवार होकर के मृगया का अभिनय करने लगे। पीछे-पीछे दूर से आता हुआ सैन्य दल पुनः ओझल हो गया।

शाम ढलने लगी थी। हल्की-हल्की बूँदा-बाँदी हो रही थी। दुर्गावती रामचेरी की प्रतीक्षा के लिए खड़ी थी, किंतु अब प्रतीक्षा समाप्त हो चुकी थी। जो शब्द दुर्गावती के श्रवणपुट सुनना चाहते थे, वह सुन चुके थे। वह भीगती हुई धीरे-धीरे अपने आवास की ओर चल पड़ी। बादल गरज रहे थे। बिजली कौंध रही थी। जमीन गीली हो रही थी और दुर्गावती के अंग-अंग से जैसे गुलाब की महक फैलने लगी थी।

□

सात

दुर्गावती आवास पर पहुँचकर मन-ही-मन अपने आराध्य की स्तुति करने लगी, "जिस हेतु मैं यहाँ आई थी वह प्रयोजन पूरा होता हुआ दिखता है। यह आपकी कृपा का फल है।" तभी रामचेरी ने प्रवेश किया।

दुर्गावती : बड़ी देर कर दी, रामचेरी?

रामचेरी : राजकुमारीजी, मैं मोहनदास की प्रतीक्षा करती रह गई।

दुर्गावती : क्या बताना चाहती हो?

रामचेरी : पत्र तो तुरंत ही पहुँच गया था, किंतु उत्तर की प्रतीक्षा में देर हो गई। मोहनदास उस पत्र का उत्तर लेकर लौटा ही नहीं।

दुर्गावती : हो सकता है, महाराज ने उत्तर ही न दिया हो?

रामचेरी : नहीं, राजकुमारी। महाराज तो आपके नाम की माला जपते हैं। वह उत्तर कैसे नहीं देंगे? लगता है, मोहनदास ने संवदिया का कार्य किया ही नहीं।

दुर्गावती : यह बात तो ठीक है। राजा को उत्तर तो देना चाहिए।

रामचेरी : मोहनदास लौटा ही नहीं। महाराज ने उसे शिकार जाते समय साथ ले लिया। संभव है, वे उत्तर भेजें। आपके प्रश्न का उत्तर तो आना ही है। यदि आप इंद्रदेव को भी पत्र देती, तो वह भी प्रतिक्रिया करने में देर न करता।

दुर्गावती : इंद्रादि तो देवता है, तुरंत प्रकट हो जाते।

रामचेरी : आपके जीवनधन भी प्रकट होंगे। ऐसा हो ही नहीं सकता कि आपका पत्र पहुँचे और प्रतिक्रिया न हो।

रात्रि ने परिधान बदल लिये थे। घने बादल छाए थे। चंद्रमा अपने अस्तित्व के लिए मेघों को परे कर रहा था। महाराज कीर्तिदेव सिंह के कक्ष में भीतर दीपक जल रहा था। तभी संदेशवाहक आया और दुर्गावती को संदेश दिया कि आपको महाराज ने बुलाया है। बिना विलंब किए दुर्गावती पिता के कक्ष में पहुँच गई। दुर्गावती के बैठते ही महाराज बोले—"मौसम बिगड़ने के कारण एक-दो दिन रुकना पड़ सकता है। गढ़ा समृद्ध और बड़ा राज्य हो गया है, देखने योग्य है। गढ़ा क्षत्रियों ने बहादुरी का परिचय दिया है। इनके राज्य का विस्तार और प्रजा पालन श्रेष्ठ है।" दुर्गावती बोली—"महाराज! इसे गोंडवाना क्यों कहते हैं?" महाराज हँसते हुए बोले—"यहाँ गोंड भी रहते हैं।" दुर्गावती ने फिर प्रश्न किया—"महाराज, दलपति शाह तो क्षत्रिय है, फिर उन्हें शाह राजा क्यों कहा जाता है?" महाराज कीर्तिदेव सिंह ने हँसते हुए उत्तर दिया—"निश्चित ही दलपति शाह क्षत्रिय है, किंतु उनके क्षत्रिय होने की विचित्र कथा है। कोई प्रामाणिक इतिहास नहीं बल्कि दंत कथाओं के आधार पर वे क्षत्रिय सिद्ध होते हैं।" दुर्गावती ने कहा—"कैसे?" महाराज कीर्तिदेव सिंह दलपति शाह के वंश की कथा सुनाने लगे।

कोई सवा सौ साल पहले की बात है। जदुराय नाम का एक क्षत्रिय था। वह लांजी के हैहयवंशी राजा के यहाँ नौकरी करने चला गया। कुछ समय बाद लांजी का राजा अमरकंटक यात्रा में जदुराय को भी सुरक्षा के लिए ले लिया। पैदल तीर्थ-यात्रा की तीसरी रात्रि में एक जंगल में ही पड़ाव डालना पड़ा। भोजनोपरांत राजा सो रहे थे। संयोगवश अर्द्धरात्रि में सभी सैनिक भी सो गए, किंतु कर्तव्यनिष्ठ जदुराय पहरा दे रहे थे। हाथ में भाला और कमर से लटकी तलवार।

"अर्द्धरात्रि को उसी पगडंडी से किसी के चलने की आहट आई। जदुराय ने ध्यान से देखा, चाँदनी रात में एक वनवासी दंपत्ती सुंदर स्त्री-पुरुष का जोड़ा अपने साथ एक लाल मुँह का बंदर लिये चले जा रहे हैं। बंदर के हाथ में कई मोर पंख थे। जब बंदर जदुराय के पास से निकला तो उसके हाथ से एक मोर पंख गिर गया अथवा उसने गिरा दिया। कुछ देर बाद सैनिक जागे।

जदुराय को सोने के लिए भेज दिया और स्वयं पहरा देने लगे। अपने आवास में जाकर जदुराय सो गया। सोते समय, उसे स्वप्न चलने लगा। स्वप्न में एक घट लिये हुए नर्मदाजी प्रकट हुई। नर्मदाजी बोली—"भक्त! मैं तुम्हें दर्शन देने के लिए आई हूँ। जब तुम पहरा दे रहे थे, तब वनवासी रूप में राम-जानकी हनुमान के साथ जा रहे थे। तुम्हें दर्शन मिल गए हैं, परंतु तुम पहचान नहीं पाए। अमरकंटक यात्रा के बाद तुम दक्षिण चले जाना। वहाँ तुम्हें सौरभ नाम का तपस्वी मिलेगा। वह तुम्हारा पूर्व जन्म का गुरु है। उसकी सेवा करना। आज्ञा पालन करना। वह तपस्वी तुम्हें राजा बना सकता है।"

"जदुराय ने 15 दिन बाद लांजी के राजा की नौकरी छोड़कर अपना प्रारब्ध खोजने दक्षिण की ओर निकल गए। तपस्वी सौरभानंद की प्रसिद्धि पूरे क्षेत्र में व्याप्त थी। नर्मदा किनारे तप कर रहे सौरभ की जदुराय ने सेवा प्रारंभ की। सौरभानंद ने आज्ञा दी, तुम्हें राज्य प्राप्त होगा, किंतु शासन चलाने के लिए योग्य मंत्री का अभाव रहेगा। अतः राज्य प्राप्त होते ही मुझे बुला लेना। अब जाओ। गढ़ कटंगा गोंड राजा के यहाँ नौकरी कर लो।" जदुराय ने गढ़ कटंगा के राजा नागराज के यहाँ नौकरी कर ली।

"कालांतर में राजा नागराज की कन्या राजकुमारी के विवाह में अवरोध उत्पन्न हो रहे थे। काशी से आए एक प्रसिद्ध ज्योतिषी ने बताया कि विजयादशमी के दिन मंदिर के सामने सभी लोग जो विवाह योग्य हों खड़े हो जाएँ। नीलकंठ पक्षी, जिसके ऊपर बैठ जाए, वही राजकुमारी का पति होगा। कई स्वजातीय युवक मंदिर प्रांगण में खड़े थे। सैनिक के रूप में जदुराय भी खड़ा था। पेड़ में बैठा पक्षी उड़कर जदुराय के सिर पर बैठ गया। जदुराय यद्यपि गोंड राजकुमारी से विवाह नहीं करना चाहते थे, किंतु विधिवश उनका विवाह राजकुमारी से हो गया। जदुराय राजा बन गया, किंतु राजकुमारी रत्नावली निस्संतान स्वर्ग सिधारी। तब राजा जदुराय ने एक क्षत्रिय कन्या से विवाह किया। उसी वंश की चौथी पीढ़ी के राजा हैं, संग्राम सिंह।" रामचेरी बोली—"महाराज, तब तो दलपति शाह क्षत्रिय हुए?" महाराज कीर्तिदेव सिंह ने कहा, "क्षत्रिय हैं। क्षत्रिय जैसे उनके आचरण और कार्य हैं, पर हमारी बिरादरी उन्हें क्षत्रिय नहीं

मानती।" दुर्गावती पूरी कहानी सुनकर बोली—"विवाद से हमें क्या लेना-देना है? एक ऐसा राजा, जो हर तरह से श्रेष्ठ है, उसके बारे में कुल गोत्र और वंश की समीक्षा व्यर्थ है।" कीर्तिदेव सिंह ने कहा—"बात तो सही है, किंतु छोटे-छोटे राजा जो उनसे ईर्ष्या रखते हैं, उन्हें इस बात से तसल्ली मिलती है कि वे स्वयं अच्छे क्षत्रिय हैं, ऊँचे वंश के हैं, किंतु दलपति शाह उतने चोखे क्षत्रिय नहीं हैं। यद्यपि आज ऐसा कोई यहाँ का क्षत्रिय नहीं है, जो उनसे मित्रता न करना चाहता हो। उनके पिताजी संग्राम सिंह बहुत अच्छे लड़ाके थे। उनकी युद्ध शैली से खुश होकर लोदी बादशाह ने उन्हें 'शाह' की उपाधि दी थी। तब वे संग्राम सिंह से संग्राम शाह हो गए। दलपति सिंह ने भी पिता की पदवी को अपने नाम के साथ जोड़ लिया और वो दलपति शाह कहलाए। उनके पिताजी कई गढ़ बनवाए हैं जिसमें सिंगौरगढ़ सर्वश्रेष्ठ है। जैसे चंदेल दुर्गा पूजक हैं, वैसे ही यह वंश भी दुर्गा पूजक है। दुर्गा देवी के भक्त भैरव की इस वंश पर कृपा है। भैरव ने ही संग्राम सिंह को वरदान दिया था कि तुम्हारे राज्य की कीर्ति अक्षय रहेगी। आज गढ़ा एक समृद्ध राज्य है।" तब तक वार्त्ता करते हुए रात्रि का पहला प्रहर समाप्त होने की सूचना जंगल के पशु देने लगे।

□

आठ

इधर, भींगी दुर्गावती के दर्शन कर लेने के बाद महाराज दलपति शाह बार-बार उसी रूप राशि को सोच रहे थे। शय्या पर करवट बदलते हुए उन्हें राजकुमारी के अटक-अटककर निकले हुए शब्द सुनाई दे रहे थे। महाराज! यह मृगया का समय नहीं है। संध्या होनेवाली है। बूँद-बूँद पानी घनीभूत हो सकता है। अपने आवास पधारें अथवा आतिथ्य स्वीकार करें। जंगल कितना भी अपना हो, आखिर जंगल-जंगल होता है। बेरहम और संकटापन्न। खेल में भी कभी चूक नहीं होनी चाहिए।"

घोड़े पर सवार मेरा मन मुड़ रहा था, पर मैं दुर्गावती की रूप माधुरी को पीता हुआ-सा भीगता हुआ यहाँ आ गया। यदि कहीं महाराज कीर्तिदेव सिंह कालिंजर के लिए कल ही प्रस्थान कर दिए, तो राजकुमारी से भेंट नहीं होगी। मुझे लगता है, दुर्गावती अब गढ़ा का भविष्य बन गई है।" नींद न आने के कारण महाराज शय्या से उठ गए। प्रकाश टिमटिमा रहा था। चाँद भी बदली की गोद में समाया हुआ प्रतीत हो रहा था। रात्रि प्रहरी के रूप में मोहनदास खड़ा था। महाराज को टहलते देख सावधान हुआ। महाराज दलपति शाह ने मोहन से कहा—"नींद ही नहीं आती। रामचेरी को संदेश भेजो, मैं राजकुमारी के दर्शन करना चाहता हूँ।" मोहनदास बोला—"महाराज! क्या अभी रात्रि में?"

दलपति शाह : क्या संभव है?

मोहनदास : नहीं महाराज। मार्ग भी कठिन है, मिलना और कठिन है।

दलपति शाह : क्यों?

मोहनदास : मार्ग में जानवरों का भय है। फिर, रामचेरी भी तो सो रही होगी।

दलपति शाह : कल प्रात:काल निमंत्रण लेकर चले जाओ। महाराज से कहो कि मौसम यात्रा के योग्य नहीं है। आपको महाराज ने शिकार खेलने का निमंत्रण दिया है।

मोहनदास : जो आज्ञा, महाराज! सूरज निकलने के पहले आपका संदेश महाराज तक पहुँच जाएगा।

महाराज पुन: शयन के लिए चले गए। पता नहीं कब नींद आई? जब सूरज चढ़ चुका था, तब तक महाराज सोते रहे। इधर मोहनदास ऊषा के अभिनंदन के साथ ही महाराज कीर्तिदेव सिंह के पड़ाव में पहुँच गया। रक्षक से बोला—"महाराज दलपति शाह का संदेश लेकर आया हूँ।" कुछ देर के उपरांत महाराज ने मोहनदास को बुलाया। मोहनदास ने कक्ष में प्रवेश करके महाराज को प्रणाम किया तथा महाराज दलपति शाह का संदेश सुनाया, "महाराज ने प्रार्थना की है कि मौसम को देखते हुए आज की यात्रा निरस्त कर दें। आज पुन: शिकार खेलने का निमंत्रण भेजा है। छोटे जंगलों में पशुओं की भरमार है। आज के शिकार में निश्चित ही नाहर से भेंट हो जाएगी। मुझे आज्ञा दीजिए।" महाराज कीर्तिदेव सिंह बोले—"महाराजा दलपति शाह की इच्छा का हम आदर करते हैं। उन्होंने हमारा ध्यान रखा। हम शिकार खेलने के लिए अवश्य आएँगे।" रामचेरी ने देखा कि मोहनदास महाराज से भेंट करने गया है, तो तुरंत जाकर राजकुमारी को बताया। दुर्गावती ने निर्देश दिया कि जब मोहनदास लौटने लगे तो उसे मेरे पास ले आना। कुछ देर में जब मोहनदास लौटा तो रामचेरी सामने खड़ी थी। मोहनदास को पुलकित देखकर रामचेरी ने इशारा करके बुलाया। जैसे ही मोहनदास समीप पहुँचा, रामचेरी बोली—"राजकुमारी ने बुलाया है।" मोहनदास ने राजकुमारी को प्रणाम किया। फिर बोला, महाराज कीर्तिदेव सिंह ने शिकार खेलने का निमंत्रण स्वीकार कर लिया है। "महाराज दलपति शाह आपको शिकार करते हुए देखना चाहते हैं, यद्यपि वह स्वयं शिकार हो चुके हैं।" रामचेरी भी सकुचा रही थी। संदेश से दुर्गावती प्रसन्न हुई। मोहनदास से

संदेश भिजवाया, "मैं अब निश्चित ही शिकार में सफल हो जाऊँगी।"

दोपहर बाद जंगल के बीचोबीच बनाए गए मंचों में एक में दलपति शाह कुछ दूरी पर दूसरे मंच में रामचेरी के साथ राजकुमारी दुर्गावती शिकार की प्रतीक्षा करने लगी। दूर जंगल से हाँके हो रहे थे। हाँके में गाजे-बाजे के कारण वन्य प्राणी अपना स्थान छोड़कर भागने लगते हैं। कई हिरण, सूअर तथा अन्य प्राणी मंच के पास से भाग रहे थे। कुछ देर में दुर्गावती ने देखा, दलपति शाह अपने घोड़े से निकल रहे हैं। संभवतः वह तीसरे मंच में जा रहे थे। दलपति शाह को देखकर दुर्गावती रामचेरी को देखने लगी। दलपति शाह समझ गए कि लज्जा के कारण ऐसी प्रतिक्रिया होती ही है। कुछ दूर आगे चलने पर महाराजा मुड़े और दुर्गावती को देखते हुए देखा। उनके समझ में आ गया कि वह उनको देखने के लिए अनदेखा कर रही थी। महाराजा का ध्यान दुर्गावती पर था और सामने से तेंदुआ चला आ रहा था। दुर्गावती चिल्लाई, "महाराज! सामने देखिए। तेंदुआ आ रहा है, परे हो जाइए।" अश्व, जिस पर महाराज सवारी कर रहे थे, ने तेंदुए को देखकर अपनी दिशा बदल दी। वह मचान की ओर तेजी से जाने लगा। कुछ देर तक तेंदुआ ठिठका और मुड़कर जैसे ही महाराज का पीछा करना चाहा, दुर्गावती का बाण उसके कान को छूता हुआ गरदन में धँस गया। रामचेरी चिल्लाई, किंतु तेंदुआ वहीं पर ढेर हो गया। महाराज अपने मंच पर चढ़ चुके थे, किंतु दुर्गावती ने अपना शिकार कर लिया था। इतनी त्वरा, इतना सधा निशाना और इतनी प्रखरता से चलाया हुआ बाण देखकर रामचेरी दोहरी हो रही थी। महाराज ने भी देखा कि दुर्गावती ने तेंदुए का शिकार कर लिया। महाराज दलपति शाह मंच से उतरकर नीचे आ गए। दुर्गावती भी दौड़कर तेंदुए के पास पहुँच गई। महाराज कीर्तिदेव सिंह भी वहीं पर आ गए। सबने दुर्गावती के बाण संधान की प्रशंसा की। मुसकराते हुए दलपति शाह बोले—"अब आपने मेरी रक्षा का जैसे जिम्मा ही ले लिया है।" शिकार के बाद कीर्तिदेव सिंह के साथ दलपति शाह भी पड़ाव में आ गए। सायं तक पड़ाव में रहे। महाराज से बातें कीं और विदा लेकर प्रस्थान किया। दलपति शाह के प्रस्थान के बाद कीर्तिदेव सिंह ने दुर्गावती को बुलाया। कीर्तिदेव सिंह

बोले—"दलपति शाह बहुत समझदार और निर्णायक बुद्धि का राजा है। यहाँ पर रुकने से हमारा राजकीय कार्य बाधित होता है। अत: कल सुबह कालिंजर चलना है। महाराज दलपति सिंह ने हमारा निमंत्रण स्वीकार कर लिया है। पाँचवें दिन वे कालिंजर पधारेंगे तथा सेना के साथ आतिथ्य स्वीकार करेंगे।"

चार दिन की प्रतीक्षा के बाद महाराज के दर्शन होंगे, इस सांत्वना के साथ दुर्गावती रामचेरी के पास लौट गई। दोनों सहेलियाँ आपस में बात करने लगीं। दुर्गावती ने रामचेरी से कहा—"तू मोहनदास से बात कर ले। हम साथ-साथ रहें, यही हमारी इच्छा है। मोहनदास तो तुझे यात्रा के पहले सुलभ हो सकता है। संभव है, उसे रहा नहीं जाएगा। तुझसे मिलने वह जरूर आएगा।" रामचेरी कुछ बोल नहीं रही थी। वह भी गंभीर हो गई थी। रात्रि विश्राम के बाद महाराज कीर्तिदेव सिंह की सवारी तैयार हो रही थी। हाथी पर महाराज की गद्दी बनाई गई और शंख ध्वनि के साथ महाराज ने प्रस्थान किया। हाथी पर ही राजकुमारी दुर्गावती अपनी सहेली रामचेरी के साथ सवार हुई। प्रात:कालीन जंगल जैसे जागकर बैठा हुआ था। बार-बार दुर्गावती वन पथों को देखकर कुछ सोच रही थी। रामचेरी भी सोच रही थी कि कल से आज तक मोहनदास से भेंट नहीं हुई। ढाई कोस चलने के बाद जलाशय में महाराज का सैनिक दल रुका। महाराज हाथी से उतरे और घने जंगल के बीच अपने इस पड़ाव को देखने लगे। कई साल पहले यहाँ पर महाराज कीर्तिदेव सिंह महारानी के साथ आए थे। शिकार खेलने की दृष्टि से यहाँ पर मंच बना था, तब दुर्गावती का जन्म भी नहीं हुआ था। स्मृतियों को सहेजते हुए असहज महाराज ने पुत्री से बताया, "जब तुम्हारा जन्म नहीं हुआ था, तुम्हारी माँ यहाँ शिकार खेलने आई थी और उसके भाग्य में शेर नहीं था, इसलिए सामने आए एक विशाल शूकर का वध किया था।" दुर्गावती अपनी माँ की आकृति को भूल गई थी। वह माँ के बारे में कुछ प्रश्न करने लगी और निवेदन किया कि यहाँ से दोपहर के बाद चला जाए। उसकी माँ की स्मृति यहाँ पर बिखरी हुई है, वह उसे सहेजना चाहती है। दुर्गावती की इच्छानुसार महाराज ने दोपहर विश्राम वहीं पर तय किया। पेड़ की छाँव में एक परदे में वह विश्राम करने लगे। दुर्गावती और रामचेरी जलाशय

के पास स्नान करने चली गईं। तभी पीछा करता हुआ घुड़सवार, मोहन प्रकट हो गया। रामचेरी मोहनदास को देखते ही प्रसन्नता से पागल हो गई। दौड़कर पास पहुँची और लगभग दोनों लिपट गए। रामचेरी ने कहा—"आते समय भेंट नहीं हुई थी।" मोहनदास बोला—"इसीलिए तो पीछा करता हुआ चला आया। यदि यहाँ न मिलती तो कालिंजर तक पीछा करता। महाराजा ने पत्र भेजा है, अतः यह पत्र दुर्गावती को दीजिए और मेरे बारे में कृपापूर्ण सोचते रहिए। मैं चलता हूँ।" मोहन का अश्व चल पड़ा और रामचेरी हक्की-बक्की सी देखती रह गई। पत्र दुर्गावती के हाथों में दे दिया। दुर्गावती ने कहा, "तुझसे तो कुछ छिपा नहीं है। चल, पत्र सुना।" रामचेरी पत्र पढ़ने लगी।

□

नौ

राजकुमारी दुर्गावती,

आपके यहाँ से प्रस्थान के बाद मुझे ऐसा लगने लगा कि आप मुझे भी साथ लेती गई हैं। कुछ ऐसा आभास होता है कि मेरे इर्द-गिर्द आपका ही आभा मंडल घूम रहा है। अभी भी लगता है कि आप मचान पर बैठी हुई, धनुष में बाण चढ़ाए शिकार करने को तत्पर हैं। लगता है, मैं फिर से उस कानन में घूम आऊँ, शायद उस पेड़ के नीचे भीगती खड़ी हुई मिल जाओ। जंगल के पत्ते-पत्ते में तुम्हारा ही प्रतिबिंब दिखता है। जहाँ-जहाँ गई हो, हर गली सुंदर हो गई है। मुझसे कम उम्र की एक राजकुमारी ने मुझे अंदर-बाहर से समेटकर जैसे अपने में सहेज लिया है। आपके सौंदर्य और शौर्य ने मुझे हतप्रभ कर दिया। मैं यह चाहता हूँ कि गढ़ा राज्य की साम्राज्ञी बनकर हमारे वन प्रदेश और विशाल राज्य को कृत-कृत्य करें।

जब मैंने तुम्हें देखा तो विश्वास ही नहीं हो रहा था कि तुम मानवी हो। तुम्हें देखते ही लगा कि तुम विधाता द्वारा लिखा हुआ सौंदर्य का आलेख हो, किंतु जब तुम्हें धनुष-बाण चलाते हुए देखा, तब ऐसा लगा कि तुम तो शौर्य का शिलालेख हो। मैं तुम्हारे साथ अपने भविष्य की कल्पना सँजो रहा हूँ। यह मेरा पागलपन हो जाएगा, यदि मुझे स्वीकृति नहीं मिलेगी। मैंने आप सबको शिकार खेलने का निमंत्रण नहीं दिया था, बल्कि इस बहाने से आपको पुनः जी भरकर देखना चाहता था। उत्तर से आनेवाली हवाओं को छूकर देखता हूँ तो वही आपके उँगली का स्पर्श झंकृत कर देती है। जब थाल में हार भेंट करते हुए आपकी उँगली छू गई, तब सच में मुझे लगा था कि तुम बिजली का फूल

हो। जिसके स्पर्श से सारे शरीर में नवानुभव का चैतन्य दौड़ गया था और सच कहूँ तो उँगली के स्पर्श से मुझे ऐसा लगा कि जिसका उँगली का स्पर्श इस तरह का है, उसका संपूर्ण आलिंगन कैसा होगा?

आप अन्यथा न लें। अब आपके बिना मेरा कोई भविष्य ही नहीं दिखता। यह आपके पत्र का उत्तर नहीं है बल्कि यह मेरा शाश्वत स्नेह निमंत्रण है। आप मुझे और गढ़ा राज्य के महारानी का पद स्वीकार करें।

—आपका

दलपति शाह

पत्र सुनने के बाद दुर्गावती भी भविष्य के कानन में भटकने लगी। तब रामचेरी ने कहा कि राजकुमारी लगता है, महाराज दलपति शाह पढ़ने के लिए अवंतिका गए थे। उनका हृदय तो मदनमहल है। उस महल पर तुझे बिठा लिया है। तू राज करेगी। यह शिकार-कला, युद्ध-कला अब तेरे काम की चीज नहीं रही। दुर्गावती बोली—"रामचेरी, यह आकस्मिक प्रणय का आवेग है। पुरातन प्रीति भी जब अपना नवीनीकरण करती है, तब ऐसा ही घटित होता है। मुझे कुछ विचार करना होगा।" पत्र को हृदय के मध्य छुपाती हुई दुर्गावती बोली—"चलो, दोपहर हो रही है।" चलती हुई रामचेरी ने कहा—"तू यहीं से लौट जा। गंधर्व विवाह कर ले। मैं साथ हूँ।" दुर्गावती ने टोका, "ऐसी बात नहीं करते। बिना पिता की आज्ञा के मैं इंद्र के बुलाने पर भी स्वर्ग नहीं जा सकती। मेरे लिये पिताजी प्रत्यक्ष देवता हैं।" दुर्गावती की बात सुनकर रामचेरी उसकी प्रशंसा करने लगी, "तेरे हृदय में नारी धर्म की न्यायपालिका बैठी है। तू तो संस्कार की प्रतिमूर्ति और संयम की तपोभूमि है। ऐसे ललित आग्रह को भी तू वर्तमान की मर्यादा भूमि पर उतारकर देखती है। तू प्रतिनिधि है भारतीय नारी अस्मिता की। मुझे पूरा विश्वास है कि कुल-गोत्र आदि की विचित्र व्याख्या को पार करके, तू अभीष्ट को प्राप्त करेगी।" रामचेरी और दुर्गावती की वार्त्ता पूरी नहीं हुई और शिविर आ गया। भोजन तैयार हो चुका था। भोजनोपरांत कीर्तिदेव सिंह का सैन्य दल कालिंजर की ओर पुनः प्रस्थान किया।

मार्ग में महाराज कीर्तिदेव सिंह दुर्गावती के भविष्य के बारे में सोच रहे थे। "दुर्गावती के योग्य वर दलपति शाह ही है। मैंने दलपति शाह को निमंत्रण देकर ठीक ही किया है, किंतु कालिंजर में यह विवाह नहीं हो सकता। राजाओं के बीच में कुल गोत्र की व्याख्या और आलोचना से अच्छा है कि गढ़ा में ही दुर्गावती का विवाह किया जाए। चार दिन बाद दलपति शाह कालिंजर प्रवास पर आ जाएँगे। सेना के साथ उन्हें सुरंग के पास आतिथ्य देना है, और वहीं से दुर्गावती की विदाई हो जाएगी। मैं दुर्गावती का सामना नहीं कर सकता। अत: जाते ही महोबा के लिए विचार करना होगा।" कालिंजर पहुँचकर महाराज ने राज-काज की समीक्षा की। दुर्गावती के साथ कई बार बैठकर पूरी योजना समझाई और भविष्य के लिए मनोभूमि तैयार की। चौथे दिन दोपहर को संदेश मिला कि महाराज दलपति शाह का आगमन हो चुका है। महाराज ने सेनापति भेजकर दलपति शाह से मिलने की सूचना दी और रात्रि के प्रथम प्रहर में दलपति शाह के पड़ाव पर पहुँच गए। दोनों महाराज एकांत में बड़ी देर तक चर्चा की। अंत में महाराज कीर्तिदेव सिंह बोले, "

दुर्गावती की माँ नहीं है। माँ होती तो और बात होती। मैंने ही माँ बनकर पालन-पोषण किया। आज तुम्हें सौंप रहा हूँ। दुर्गावती तुम्हारी हुई। यहाँ विवाह संस्कार नहीं कर रहा। अब अपनी राजधानी में विधिवत् विवाह करें तथा अपनी पत्नी के रूप में स्वीकार करें। मैंने जीवनभर एक पत्नी का व्रत पाला है, मैं ऐसी अपेक्षा आपसे भी करूँगा। दुर्गावती ने एक राजकुमारी का जीवन नहीं जिया है, उसने शासक का जीवन जिया है। यदि उससे कोई गलती हो जाती है तो मेरी प्रार्थना है कि उसे क्षमा करें।"

महाराज की आँखों से पुत्री के लिए अश्रु छलछला आए। महाराज कीर्तिदेव सिंह को हाथ जोड़े झुकता हुआ देखकर दलपति शाह उनके चरणों में गिर गए, "महाराज! आप मेरे पिता तुल्य हैं और आज तो पिता हो ही गए। मैं वचन देता हूँ कि आपने मुझसे जो भी चाहा है, उसका पूर्ण निर्वाह करूँगा।"

महाराज कीर्तिदेव सिंह कालिंजर राजमहल लौट आए। महाराज का हाथी महोबा जाने की तैयारी में सज रहा था। सेना की टुकड़ी प्रस्थान को खड़ी थी।

महाराज कीर्तिदेव सिंह ने पुत्री को बुलाया। दुर्गावती की आँखें भीगी हुई थीं। पिताजी से आँखें नहीं मिला पा रही थी। जैसे ही पुत्री के मुख की ओर महाराज ने देखा तो उनकी आँखों से भी गंगा-जमुना बह निकली। दोनों हाथों से पुत्री को गले लगाते हुए रो पड़े। दुर्गावती ने कहा—"आप तो मेरी माँ भी हैं और पिता भी। आपकी आज्ञा ही मेरा धर्म है।" महाराज कीर्तिदेव सिंह बोले—"मैंने महाराज दलपति शाह को निमंत्रण देकर बुलाया है। वह सेना सहित पधार चुके हैं। आतिथ्य हुआ है। मैं रात्रि में महोबा चला जाऊँगा और दलपति शाह तुम्हें लेकर के अपनी राजधानी। वहीं पर तुम्हारा विवाह संपन्न होगा। हमारी मात्र शुभकामनाएँ रहेंगी। विधाता ने तुम्हारे योग्य वर दलपति शाह को ही भेजा है। कालिंजर भी तुम्हारा है, गढ़ा भी तुम्हारा है, हम सब तुम्हारे साथ हैं। मैं माँ के हिस्से का आँसू इसलिए बहा रहा हूँ क्योंकि मेरे अंदर तुम्हारी माँ जीवित है। मैं तुम्हारे हँसने पर हँसता था और आँसू आने पर रोता था। तुम्हारे भोजन करने के बाद भोजन करता था। मेरा सुख तुम्हारी खुशी थी, किंतु कन्या तो पराया धन है, जिसका धन है उसे देकर के पिता की अंतरात्मा तृप्त हो जाती है। मैं अपने समस्त पुण्यों का फल तुम्हें देता हूँ। समस्त संपत्ति और समस्त राज्य तुम्हारा है। इसके बाद भी पिता हूँ। पिता का हृदय पुत्री के लिए हमेशा रोता रहता है। मैंने परिस्थिति बता दी। कालिंजर की लाज तुम्हारे हाथ में है।" महाराज कीर्तिदेव सिंह पुत्री की ओर देखकर विह्वल होकर रो पड़े।" दुर्गावती भी रोती हुई झुक गई, तभी रामचेरी आ गई। महाराज कीर्तिदेव सिंह बोले—"माँ की एक चिह्नारी माथे की बिंदी मेरे पास रखी है, इसे स्वीकार करो।" और भाल पर बिंदी सजाते हुए महाराज चल पड़े। रामचेरी दुर्गावती को लेकर कक्ष में चली गई। तीसरे प्रहर सुरंग से ही आपको एक कोस की यात्रा करनी है। बड़ी देर तक दुर्गावती आँसू ढुलकाती रही।

□

दस

रात्रि का तीसरा पहर चल रहा था। कालिंजर दुर्ग की सुरंग से दुर्गावती रामचेरी और चार सैनिकों के साथ माँ भद्रकाली का स्मरण करके चल पड़ी। कोई दो घंटे की यात्रा के बाद दुर्गावती सुरंग के द्वार से निकली। सुप्रभात हो रहा था। जीवन का नया प्रभात। वन की सुबह। पक्षी चहचहा रहे थे। आकाश दुर्गावती के अरुण कपोल-सा आरक्त था। रातभर के आँसुओं से सारी प्रकृति गीली हो चुकी थी।

जैसे हिमालय के पावन प्रदेश में रात्रि भर की प्रतीक्षा के बाद उषा काल में आकाश मार्ग से उतरती हुई उर्वशी के विमान को देखकर पुरूवा का हर्ष आकाश तक उछल गया था, ठीक उसी दशा को महाराज दलपति शाह प्राप्त हुए। स्वर्ग की अप्सराओं के लाख समझाने के बाद भी उर्वशी ने धरती में आकर मानवजाति के बड़प्पन को स्वीकार किया था। उसी प्रकार, हजार जाति बंधनों के प्रश्नों का उत्तर देती हुई दुर्गावती ने आदर्श चरित्र से संपन्न राजा दलपति शाह के चरणों में पुष्पांजलि बिखेर दी। झुकती हुई दुर्गावती को दोनों हाथों से पकड़ते हुए दलपति शाह बोले—"देवी, आपने जो निर्णय लिया है, यह प्रेम की पराकाष्ठा और वैचारिक प्रौढ़ता का द्योतक है। आपके इस निर्णय से दलपति शाह आपका आजीवन दास बन गया है। तुम्हारा स्थान चरणों में नहीं, हृदय में है। राजकुमारी, तुम हृदयेश्वरी हो। मैं इस पवित्र माटी के सामने तुम्हें पत्नी के रूप में स्वीकार करता हूँ और उसी पवित्र भावना से पाणिग्रहण करता हूँ। सूर्य, वायु तथा पृथ्वी इसके साक्षी हैं।"

तब तक महाराज दलपति शाह का स्वर्ण जड़ित श्वेत गज आ गया।

महारानी दुर्गावती को ठीक उसी प्रकार श्वेत गज के हेमासन पर विराजित किया, जैसे महालक्ष्मी शुभ्र हाथी के ऊपर बैठकर बैकुंठ का भ्रमण करती हैं। महारानी दुर्गावती के पीछे महाराज दलपति शाह का हाथी, उसके पीछे रामचेरी तथा सैन्य दल ने सिरोंजगढ़ के लिए प्रस्थान किया।

प्राची से सूर्य ने दृश्य का अवलोकन किया। अपने सहस्त्र किरणों से तेज की वर्षा करते हुए भी सूर्य शीतल दिख रहे थे। वन मार्ग में मृगों के झुण्ड दौड़-दौड़ कर हर्ष मना रहे थे। वन के पक्षी आनंद से कोलाहल किए जा रहे थे। राजकुमारी दुर्गावती महारानी दुर्गावती के मार्ग पर चल पड़ी थी। दुर्गावती के नेत्रों से रह-रहकर आँसू ढल आते थे। कभी सुख के, तो कभी पिता की स्मृति के। नारी तुम धन्य हो! तुम्हारे छोटे से हृदय में कितने समुद्रों का बसेरा होता है, संबंधों का भी।

प्रात:काल की वेला में दलपति शाह का सैन्य दल राजकुमारी दुर्गावती को लेकर आगे बढ़ रहा था। जैसे समुद्र की लहर तट की ओर भागी चली जाती है, उसी भाँति सभी लोग मनियागढ़ की ओर बढ़े जा रहे थे। कालिंजर की सीमा पार करके गढ़मंडला की सीमा में प्रवेश करना पहला लक्ष्य था। कालिंजर के सैनिक प्रात:काल राजकुमारी को अवश्य ढूँढ़ेंगे। यदि राजकुमारी नहीं मिलती, जैसा कि तय है, तो सर्वप्रथम गढ़मंडला के सैन्य शिविर की ओर बढ़कर दलपति शाह को अवश्य खोजेंगे। कालिंजर को हड़पने की इच्छा रखनेवाले तथाकथित रखवाले क्षत्रिय कुमार सुमेर सिंह का आचरण तो पढ़ा ही जा सकता है। महाराज ने उसे किले की सुरक्षा का अंतरंग दायित्व दिया था।

दुर्गावती अपना धनुष-बाण तथा एक बंदूक जो महाराज कीर्तिदेव सिंह ने मँगाई थी, अपनी रक्षा के लिए रख ली। रामचेरी और कुछ सैनिकों के साथ राजकुमारी ने प्रस्थान किया। तब दुर्गावती की कमर से तलवार भी लटक रही थी। उसी वेश में दोपहर तक सभी सैनिक भागते रहे। सेना पीछे थी। रामचेरी, दुर्गावती एक साथ और उनके साथ महाराज दलपति शाह। आपस में वार्त्ता नहीं हो पा रही थी। अगले पड़ाव में दुर्गावती का हाथी रुका। राजा-रानी और रामचेरी एक साथ हो गए। वृक्ष की छाया में तीनों खड़े हुए। दलपति शाह

बोले—"राजकुमारी, कालिंजर की ओर से युद्ध की आशंका थी। अभी भी संभव है कि आपकी सेना पीछा कर रही हो।" दुर्गावती बोली—"महाराज हमारी सेना तो हमारे साथ है।"

दलपति शाह : कालिंजर की सेना?

दुर्गावती : हाँ, एक है सुमेर सिंह नाम का अंगरक्षक।

दलपति शाह : क्या चाहता है वह?

दुर्गावती : कालिंजर का राज्य।

दलपति शाह : आपको भी?

दुर्गावती : हमें तो चाहता ही होगा। मैं माध्यम बन सकती हूँ, राज्य प्राप्त करने का।

दलपति शाह : ऐसा कौन है, जो आपको नहीं चाहता हो?

दुर्गावती : यह तो न चाहने वाले ही बता सकते हैं।

दलपति शाह : कितने राजाओं के विवाह प्रस्ताव आपने अस्वीकृत किए हैं?

दुर्गावती : एक को छोड़कर सभी के।

दलपति शाह : वह भाग्यशाली कौन है?

दुर्गावती : भाग्य तो मेरा है। आपकी सहधर्मिणी बनकर प्रजा की सेवा करूँगी।

दलपति शाह : आपका ध्यान प्रजा पर अभी से अधिक है।

दुर्गावती : इस बात से तो ईर्ष्या नहीं हो सकती।

दलपति शाह : आपसे मात्र एक ही चीज हो सकती है।

दुर्गावती : क्या?

दलपति शाह : अथाह प्रेम।

दुर्गावती : महाराज, आपके विशेषण सटीक और चुप करा देनेवाले हैं। आप इतनी बड़ी सेना लेकर पधारे थे। क्या युद्ध की तैयारी में आए थे?

दलपति शाह : हम बारह हजार सैनिकों के साथ आपको लेने आए थे।

दुर्गावती : इतनी तो हमारी पूरी सेना नहीं है।

दलपति शाह : आपके पिताश्री की यही आज्ञा थी कि हमारी सेना की संख्या से अधिक सैनिक लेकर आएँ?

दुर्गावती : क्या पिताजी को युद्ध की आशंका थी?

दलपति शाह : उन्होंने कहा था कि राजपरिवार के षड्यंत्र तथा भितरघात से इनकार नहीं किया जा सकता। कई राजा और क्षत्रिय मिलकर युद्ध कर सकते हैं। इसलिए पूरी तैयारी से आना चाहिए।

दुर्गावती : अर्द्धरात्रि को सुरंग के मार्ग से आप तक पहुँचना उचित माध्यम था। यद्यपि आप इस मार्ग से अवगत थे।

दलपति शाह : अवगत तो कालिंजर के दुश्मन भी थे, किंतु असावधान थे। अच्छा तो यह था कि सुरंग आपके कक्ष से खुल रही थी।

दुर्गावती : रामचेरी तथा हमारे सैनिकों ने हिम्मत से काम लिया। अँधेरी तथा भयानक सुरंग में प्राणों की बाजी लगाकर सुरक्षित ले आए।

तब तक रामचेरी पानी लेकर आती दिखी। दुर्गावती ने कहा—"रामचेरी, इतनी देर क्यों लगा दी? गला सूख रहा है।" रामचेरी ने दुर्गावती को पानी पिलाया। पानी पिलाने के बाद रामचेरी बोली—"मैं कुछ भूल आई।" महाराजा बोले—"रामचेरी, बार-बार कुछ भूल क्यों जाती हो?" दुर्गावती बोली—"वह जानती है हम दो पर्याप्त हैं। इसलिए जान-पहचान को एकांत देकर स्वामिभक्ति दिखा रही है।" रामचेरी ने कहा—"सुराही में थोड़ा-सा पानी शेष है। एक बार और गला सींच लो।" दुर्गावती ने जैसे ही सुराही को ऊपर उठाकर पानी पीने का प्रयास किया, पानी अधिक होने के कारण उसके मुख तथा ऊपर गिर गया। सुराही देती हुई दुर्गावती ने साड़ी के पल्लू से पोंछना चाहा, तभी दलपति शाह ने अपने साफे से दुर्गावती के मुख का पानी पोंछने के बहाने दुर्गावती के अधरों का जल सोख लिया। दुर्गावती सकुचाई। रामचेरी जा रही थी। सैनिकों की टुकड़ी आती हुई दिखाई दे रही थी। महाराज बोले—"आप अपने हाथी पर

विराजें। यात्रा रोकनी नहीं है।" रामचेरी पुनः सुराही लेकर लौट आई। महाराज की यात्रा पुनः चल पड़ी। यात्रा अनवरत चलती रही। दिन के अस्तांचल जाने के पूर्व लगभग दौड़ता हुआ सैन्य दल केन नदी के किनारे पहुँच गया। मनियागढ़ का मंदिर दिख रहा था। गढ़मंडला की सीमा मिल चुकी थी। गढ़मंडला की सीमा पर हाथी के पाँव रखते ही महाराज दलपति सिंह ने रुकने का आदेश दे दिया। सभी हाथी से उतर गए। महाराज दलपति शाह अपने हाथी से उतरकर राजकुमारी दुर्गावती से बोले—"आपका गढ़मंडला में हार्दिक स्वागत है। आप अपने शुभ चरण अपने राज्य में अंकित करें और राज्य लक्ष्मी बनकर धन-धान्य से भर दें।" दलपति शाह ने राजकुमारी के हाथ को अपने हाथों में लेते हुए राज्य की सीमा में प्रवेश कराया। प्रवेश करने के बाद कालिंजर की ओर मुख करके दुर्गावती ने हाथ जोड़ लिया, प्रणाम करती हुई दुर्गावती बोली—"कालिंजर की पवित्र धरती, मुझे क्षमा करो। अपनी बेटी को आशीर्वाद दें कि मैं आपके गौरव की रक्षा कर सकूँ। जय कालिंजर, शत्-शत् प्रणाम।"

दुर्गावती की आँखों से अश्रुधारा बह चली। बहती हुई गंगा-जमुना हिमालय के चट्टान-सी छाती वाले दलपति शाह के वक्ष में जैसे समा गई।

राजकुमारी के हृदय में कालिंजर के लिए पावन प्रेम हिलोरें ले रहा था। जिस भूमि पर खेलकर बड़ी हुई, जीवन जीने की कला सीखी, युद्ध की निपुणता आई, माँ का दुलार पाया, पाला-पोसा, बड़ा किया उसे छोड़कर जाने का दु:ख हो रहा था। नियति के आगे नतमस्तक दुर्गावती कालिंजर की स्मृति कर रही थी। मंदिर समीप था। जहाँ पंद्रह दिन पहले दुर्गावती शिकार खेलने आई थी, उसी स्थल को पाकर नवीन जीवन की कल्पना भी करने लगी। रात्रि विश्राम मनियागढ़ में पहले से ही तय था। सूर्यास्त होने में कुछ क्षण ही शेष थे। राजकुमारी के स्नान का प्रबंध शिविर में किया गया। महाराज ने राजकुमारी को संदेश भेजा, "स्नान के बाद मंदिर जा सकती हैं। अपनी यात्रा का एक सुंदर समापन हो जाएगा।"

स्नान करके नवीन परिधान धारण कर दुर्गावती रामचेरी के साथ मंदिर की ओर चल पड़ी। दुर्गावती के परिधान कालिंजर के नहीं, गढ़मंडला शैली

के थे। पीछे-पीछे दासियाँ और सैनिक चलने लगे। दुर्गावती के मंदिर पहुँचते ही पुजारी ने पहचान लिया और उच्च स्वर से जयघोष किया—

'जय दुर्गा दुर्गावती।'

देवी का पूजन करके शांत अंत:करण से दुर्गावती अपने शिविर में पहुँच गई। जैसे बड़े जलाशय को प्राप्त कर मछली का भय समाप्त हो जाता है, उसी तरह अगाध स्नेह नीर में सुखी मीन की तरह दुर्गावती को गढ़मंडला के शिविर में सुखद अनुभूति हुई। दुर्गावती के मन में सुरक्षा कवच का अपार सुख हिलोरें ले रहा था। अनुकूल प्रेमी पति और समृद्ध राज्य किसी भी रानी के सुख में चार चाँद लगा देता है।

शिविर के बाहर सैनिकों के साथ महाराज विचार-विमर्श कर रहे थे। सुरक्षा रचना, रात्रि जागरण तथा पथ अवलोकन के साथ युद्ध की तैयारी का आदेश देकर विश्राम करने चले गए।

राजकुमारी दुर्गावती का रूप लावण्य, वयसुकुमारिता, चपल व्यक्तित्व तथा शक्ति-सामर्थ्य, विचार करके दलपति शाह को परम कौतूहल हो रहा था। अपने भाग्य की स्वयं जैसे सराहना करते, सुख-सिंधु में तैरते हुए परम विश्रांति से सोने का उपक्रम कर रहे थे, जैसे लहरों से उछलता हुआ सागर अर्द्धरात्रि में विश्रांति से सूर्योदय की किरणों को समेटने के लिए अपनी अतल गहराई की थाह लेता हुआ प्राची की प्रतीक्षा करता है।

मनियागढ़ की सुबह सिंदूरी आभा में चारों दिशाओं में पक्षी प्रणय गीत चहचहा रहे थे। थकी हुई चिड़िया जैसी रामचिंरैया भी दुर्गावती की ओर देखकर चहचहा उठी। दुर्गावती की नींद खुली। "सुप्रभातम्" कहते हुए बैठ गई। हवा में सौरभ घुला हुआ था। सुवासित प्रभात का झोंका अंदर तक आ गया। दुर्गावती के बालों को हिलाता हुआ, बालों के माध्यम से गाल चूम रहा था। पत्तों के द्वारा जंगल संगीत सुना रहा था। सूरज की किरणें धरती रानी का श्रृंगार कर रही थी। दुर्गावती ने अँगड़ाई ली, जैसे खुद को सँभालती हुई-सी, परम सुख से उठकर प्रात:जगत् का अवलोकन करने लगी।

□

ग्यारह

उधर, कालिंजर किले से महाराज महोबा के लिए प्रस्थान कर चुके थे। राजकुमारी दुर्गावती ने एक प्रहर रात्रि तक सेनापति के साथ चर्चा की। कोष प्रमुख, भंडारी, द्वारपाल, उपसेनापति की बैठक लेकर कालिंजर की सुरक्षा का पूरा प्रबंध किया। सुमेर सिंह कालिंजर के किले में आता-जाता था। वह अपने को कालिंजर किले का रक्षक समझता था। समीप के परगने रेतीगढ़ का क्षत्रिय था। मन-ही-मन कालिंजर का राजा बनने का स्वप्न भी देखता था। इस कारण दुर्गावती की ताक-झाँक भी करता था। महाराज कीर्तिदेव सिंह ने उसे दुर्गावती का अंगरक्षक घोषित कर दिया था। वह राजा की छोटी-छोटी आज्ञाओं का पालन करता तथा अपने को योद्धा मानने लगा था यद्यपि तलवारबाजी में दुर्गावती से कई बार घायल हो चुका था। दुर्गावती ने एक बार उसे गहरा घाव दे दिया और बोली—"तुम बंदूक चलाओ तलवार लायक नहीं हो, निशाना तब भी सीखना होगा।" वह रीवा के बघेलों से एक बंदूक खरीदकर लाया था, जो भरमार जैसी थी। आँच से उसका बारूद चल जाता था। वह निशाना लगाना सीख रहा था, किंतु सीखता कम था, सिखाता अधिक था। दुर्गावती के मन में भी सेना में बंदूक शामिल करने का विचार था, किंतु वह धनुष-बाण, भाला, तलवार के संचालन में अति निपुण थी।

कालिंजर किले में घूमनेवाला सुमेर सिंह ने दुर्गावती के निवास में कई चक्कर लगाए, किंतु दुर्गावती का दरवाजा नहीं खुला। अंदर से बंद था। वह आवाज नहीं दे सकता, न किसी से पूछ सकता था। राजकुमारियों की अपनी

जीवनशैली होती है। एक सिपाही राजकुमारी की जानकारी नहीं ले सकता। इसलिए वह परेशान था।

सुबह के 9:00 बज गए। सभी लोग अपने-अपने कार्य में व्यस्त थे, पर रामचेरी और दुर्गावती का दरवाजा नहीं खुला। सुमेर सिंह को प्रतीक्षा बरदाश्त नहीं हो रही थी। वह सेनापति से पूछा—"सेनापति जी, राजकुमारी कहाँ है।" सेनापति ने कहा, "क्यों ? तुम्हें क्या कार्य है ?" सुमेर सिंह बोला—"दरवाजा अभी तक नहीं खुला।" सुनकर सेनापति ने उत्तर दिया—"राजकुमारी का दरवाजा राजकुमारी ही खोलेगी। व्यर्थ की बात मत करो।" सुमेर सिंह बोला—"मुझे कुछ षड्यंत्र दिख रहा है।" सेनापति ने कहा—"षड्यंत्र कैसे हो सकता है ?" सुमेर सिंह बोला—"कल सायं काल राजकुमारी बहुत हँस रही थी।" सेनापति ने कहा—"राजकुमारी भी हँस सकती है, इस बात से तुम्हें क्या लेना-देना है ?" सुमेर सिंह ने कहा, "लेना-देना है। मुझे लगता है, राजकुमारी दलपति शाह के साथ भाग गई।"

सेनापति नाराज होकर बोला—"बकवास नहीं करो। राजकुमारी के बारे में बोलने वाले तुम होते कौन हो ?"

सुमेर सिंह : हम क्षत्रिय हैं। हमारी मर्यादा पर कोई दाग लगाएगा तो हम उसे मिट्टी में मिला देंगे।

सेनापति : तो बाहर जाओ, मिट्टी भी है, तुम भी हो। मिलाओ जो मिलाना हो। हमारा समय व्यर्थ मत करो।

सुमेर सिंह : किंतु राजकुमारी को खोजना तुम्हारा दायित्व है।

सेनापति : मुझे दायित्व मत सिखाओ। अभी भी कहता हूँ, यहाँ से हट जाओ।

सुमेर सिंह : मैं यहाँ का होनेवाला राजा हूँ। मैं दुर्गावती से विवाह करूँगा।

सेनापति : देखो सुमेर सिंह, मेरा मन तुम्हें दंड देने का नहीं है। महाराज के आने पर तुम्हारी शिकायत की जाएगी।

सुमेर सिंह ने तलवार खींचते हुए कहा, "मैं जाता हूँ, राजकुमारी का पता लगाने। रामचेरी का भी पता नहीं है। लगता है, दोनों भाग गईं।" वह किले

के चारों ओर निरीक्षण करके जानने का प्रयास करता है, किंतु कोई सूचना हासिल नहीं होती। तब सेनापति से आकर बोला—"दुर्गावती के कक्ष का दरवाजा तोड़ दिया जाए।" सेनापति बोले—"यहाँ चारों ओर पहरा है, दलपति शाह और उनके सैनिक यहाँ नहीं आए। अतः वह अपहरण करके नहीं ले जा सकते।" सुमेर सिंह ने जोर देकर कहा—"कल सायंकाल मैंने दोनों को बात करते देखा। मुझे लगता है, वह स्वेच्छा से गढ़मंडला चली गई। आप सेना को युद्ध के लिए तैयार कीजिए। क्षत्रिय की मर्यादा के अनुसार हमें युद्ध करना होगा।" सेनापति ने समझाया कि सेना को तैयार करने में समय लगेगा, किंतु इसके पहले महाराज कीर्तिदेव सिंह से आज्ञा लेनी होगी। यदि महाराज नहीं है तो बिना दुर्गावती की आज्ञा के सेना शस्त्र धारण नहीं कर सकती। सेना का दायित्व राजकुमारी की आज्ञा का पालन करना है। रात्रि में राजकुमारी ने सेना को आज्ञा दी थी कि कालिंजर पर आक्रमण हो सकता है। अतः कालिंजर के सैनिक किले को अपने घेरे में रखें। इसलिए चार हजार सैनिक किले के चारों ओर लगे हुए हैं। दक्षिण में महाराज दलपति शाह का आतिथ्य हो रहा है, उनके आतिथ्य में भी दो हजार सैनिक हैं। सुमेर सिंह दौड़ता हुआ कालिंजर किले से बाहर गया। अश्व पर सवार सुमेर सिंह दलपति शाह के शिविर की ओर प्रस्थान किया। जब वह जा रहा था, तब मार्ग में सैनिक आते हुए दिखाई दिए। सुमेर सिंह ने पूछा—"क्यों लौट रहे हो? दलपति शाह और उसकी सेना कहाँ है?" सैनिकों ने बताया, "महाराज दलपति शाह तो सूर्योदय के पूर्व ही सेना सहित चले गए हैं, शिविर में कोई नहीं है।" सुमेर सिंह ने पूछा, "क्या उनके साथ राजकुमारी दुर्गावती को भी जाते देखा है?" सैनिक बोला—"हम लोगों ने तो नहीं देखा, क्योंकि हम सेवा में थे। रात्रि के प्रहरी भी हमारे सैनिक नहीं थे, दलपति शाह की सेना के थे। अब तो पूरी सेना चली गई है और हमारे हर सैनिक को कीमती उपहार भी दिया है।"

सुमेर सिंह मन मार कर कालिंजर किले में लौट आया। दोपहर हो रही थी, दुर्गावती का पट नहीं खुला। सुमेर सिंह बार-बार आग्रह करता कि दुर्गावती के कक्ष के कपाट तोड़ दिए जाएँ, किंतु सेनापति ने सुमेर सिंह की बात नहीं

मानी। सुमेर सिंह नाराज होकर बोला—"मेरे आदेश का पालन करो, नहीं तो युद्ध करो।" सुमेर सिंह के यह कहते ही चारों ओर से सैनिकों ने तलवारें खींच लीं और सुमेर सिंह को बंदी बना लिया। जब सुमेर सिंह राजकुमारी के पता लगाने की गुहार लगा रहा था, तभी सेनापति के पास संदेशवाहक आया और बोला, "सेनापतिजी, राजकुमारी" दुर्गावती कालिंजर राज्य की सीमा के बाहर चली गई हैं, उन्होंने दलपति शाह के साथ गंधर्व विवाह कर लिया है।"

इधर, प्रातःकाल दुर्गावती के साथ महाराज का पूरा सैन्य दल गढ़मंडला की यात्रा में आगे बढ़ गया। नदी, पर्वत, पहाड़, वन, झरने, वन, ग्राम तथा नगरों को देखते हुए सातवें दिन महाराज दलपति शाह सिंगौरगढ़ पहुँच गए। जैसे ही तोरण द्वार से दुर्गावती का प्रवेश हुआ, पाँच पंडित स्वस्ति वाचन करने लगे। उन स्वस्ति वाचन करनेवालों में सबसे तेजस्वी और प्रकांड पंडित थे, रीवा के पंडित बीरबल। एक तरफ गढ़ा के गीत हो रहे थे और दूसरी तरफ पंडितों का वेदमंत्र उच्चारण। कुछ काली-काली स्त्रियाँ पूरे शरीर में चाँदी के आभूषण पहने नृत्य कर रही थीं। दुर्गावती ने एक बार नजरें मोड़कर सारा दृश्य देखा। विवाह के समय लड़की को परिवार की स्त्रियाँ ही सजाती हैं। वर पक्ष से कोई सजाने नहीं आता, किंतु दुर्गावती का तो विवाह सिंगोरगढ़ में हो रहा था। इसलिए सजानेवाली स्त्रियाँ, रामचेरी को छोड़कर सभी वर पक्ष की थी। गढ़ा की स्त्रियाँ दुर्गावती के सुकुमार, छरहरे शरीर को देखकर सजाना ही भूल गईं। एक-दूसरे के कान में कह रही थीं कि यह तो बनी-ठनी पैदा हुई है। दुर्गावती का सहज सौंदर्य इनका मोहक था कि स्त्रियाँ देखती ही रह गईं। ठगी-सी नारियाँ दुर्गावती के सौंदर्य को देखकर आनंदमुग्ध हो गईं। रामचेरी ने दुर्गावती का श्रृंगार किया। एक वनवासी प्रसाधिका दुर्गावती के जूड़े पर पुष्प और दूर्वा की माला बाँधकर चरण चूमती हुई भाग गई। उसके इस आचरण से दुर्गावती लजा गई। दुर्गावती के दमकते मुख-मंडल पर अंगराग लगाकर रामचेरी ने सँवार दिया था। दुर्गावती ने जैसे ही दर्पण को देखा, अपने आप मुसकरा उठी।

दुर्गावती राजवंशीय कुलीन परंपरा की राजकुमारी थी। देह से सुवर्णमयी

तथा मन से अत्यंत कोमल। वह गढ़ा के परिधानों में साक्षात् समुद्र से निकली लक्ष्मी-सी दैदीप्यमान हो रही थी। रामचेरी ने दुर्गावती के चरणों में महावर लगाते हुए आशीर्वाद दिया कि तुम्हारे चरणों में पति का··· इतना ही कह पाई थी कि दुर्गावती ने इशारा करके रोक दिया। आँखों में काजल लगाया, सर्वांगसुंदरी दुर्गावती ने कहा, "रामचेरी, तुम तो इस कार्य में भी बड़ी निपुण हो?" दुर्गावती को रामचेरी ने कुलदेवता के प्रणाम का स्मरण दिलाया। रामचेरी ने पंडितों की आज्ञा से दुर्गावती को अग्र-कर विवाह के मंडप में कन्या के निर्धारित आसन पर बिठा दिया।

पंडितों का स्वस्ति वाचन हो रहा था। दुर्गावती सिर झुकाए हुए बैठी थी। मन-ही-मन दुर्गावती को पिता की याद आ रही थी। विवाह के अवसर पर दुर्गावती लज्जा से नीचे देखने लगी। एक परिचायिका ने रामचेरी से पूछा—"तुम तो चित्रकार हो।" रामचेरी हँसी, बोली, "बाद में बताऊँगी, चित्र भी बनाऊँगी। अभी तो विवाह का समय है।" दुर्गावती के हृदय में सुख का सागर हिलोरें ले रहा था। मान पुरोहित उच्च स्वरों में श्लोक कह रहे थे। उमंग की बरसात थी। विवाह की अपनी पद्धति के अनुसार, दुर्गावती और दलपति शाह को लाल-पीले रंग से सराबोर कर दिया। हवन तथा परिक्रमा में वैदिक मंत्रों के साथ गौंडी गीत गाए जा रहे थे। विवाह संपन्न होते ही दान और पुण्य का कार्यक्रम हुआ। राज्य के प्रत्येक नगर में दान-पुण्य का कार्यक्रम चल रहा था। प्रत्येक नगर में भोज के कार्यक्रम हो रहे थे। दूल्हा वेश में दलपति शाह और दुर्गावती को दुल्हिन वेश में देखकर रामचेरी हर्ष-विभोर हो गई और तुरंत चित्र बनाने के लिए तत्पर हो गई। भगवान् राम-जानकी के विवाह जैसी कल्पना वहाँ पर साकार हो रही थी। तरह-तरह के नर्तक स्वांग रचकर अपनी कला बिखेर रहे थे। रंग-बिरंगे पंखों से आँगन भरा हुआ था। पताकाएँ फहरा रही थीं। सोने-चाँदी-मूँगे और कौड़ियों के गहनों से लदी हुई कुछ गोंड स्त्रियाँ आदिवासी नृत्य कर रही थी। जिसे जो कला आती थी, वह अपनी कला का सर्वोच्च प्रदर्शन कर रहा था। विवाह कार्यक्रम संपन्न हुआ।

मान पुरोहित ने कहा—"महाराज! दलपति शाह और राजकुमारी दुर्गावती

तो राजा-रानी हो गए थे दोनों की स्वीकृति से ही विवाह हुआ।" साथ-साथ आए, यह तो गंधर्वों जैसा विवाह था, किंतु राजकुमारी दुर्गावती ने महारानी रुक्मिणी को आदर्श मानते हुए, भारतीय संस्कृति की रक्षा की। दुर्गावती 'संस्कृति' की जानकार है। जो परंपरा की आराधना करती है। वैदिक विधि से अपना विवाह-संस्कार संपन्न कराया तथा लोक मर्यादा स्थापित की। संविधान बनानेवाले राजपुरुष जब अपने विधान का पालन करते हैं, तो प्रजा भी अनुगामी बनती है। राजकुमारी ने सत्य ही कहा था—सच्चे दांपत्य सुख तथा प्रेम की प्राप्ति विवाह के अलावा किसी अन्य विधि से संभव नहीं। विवाह ही ऐसा आयोजन है जिसके परिणय में बँधनेवाले वर-कन्या को सीता-राम की दृष्टि से देखा जाता है।

दिनमणि अपना तेज लेकर के अस्तांचलगामी हो गए। मुसकराता हुआ चाँद पूर्व से निकलकर दुर्गावती के नगर को किरणों के माध्यम से छूने लगा। दलपति शाह अपने पुण्य और पुरुषार्थ से गद्गद थे। रामचेरी को बुलाकर उन्होंने दुर्गावती के स्वभाव, पसंद और अन्य श्रेष्ठ इच्छाओं की जानकारी ली। रामचेरी ने बताया, "महाराज! हमारी राजकुमारी को वह सब पसंद है, जो हमारी देवियों को पसंद है। सर्वांग सजना, फूलों के गहने पहनना, दुर्गाजी का पूजन करना, चाँद और सूर्य को एक साथ देखना तथा भोजन कराना दुर्गावती को बहुत पसंद है।"

महाराज दलपति शाह ने रामचेरी को विदा किया और दुर्गावती के लिए अपने हाथों से माला गूँथने का विचार किया। दलपति शाह ने सुना था कि चित्रकूट में भगवान् श्रीराम माता जानकी को स्वयं अपने हाथों की गूँथी हुई माला पहनाते थे। उन्हीं की स्मृतियों की पूजा के लिए तथा प्राणेश्वरी को प्रथम भेंट देने के लिए उन्होंने स्वयं अपने हाथों से पुष्प गूँथने और माला पिराने का सोचा। महाराज ने रामचेरी से कहा था कि मैं कंकड़-पत्थर देकर दुर्गावती की भेंट को ओछी नहीं कर सकता। वह स्वयं कालिंजर राज्य की साम्राज्ञी जैसी है। अतः आभूषण के स्थान पर मैं पुष्प मालाओं से उसे रच दूँगा, किंतु मैंने एक वचन दिया था, रामचेरी और मोहनदास का विवाह समतुल्य मुहूर्त में होगा।

अत: कुछ देर बाद उसी मंडप पर रामचेरी के विवाह का आदेश कर दिया। जिस शहनाई और आयोजन में महाराज और दुर्गावती का विवाह हुआ था, उसी शहनाई में रामचेरी और मोहनदास का विवाह प्रारंभ हो गया। इस विवाह में पूरे समय तक महाराज दलपति शाह और महारानी दुर्गावती बैठे रहे। दुर्गावती ने एक बार तो उठकर रामचेरी के कान में कहा, "विवाह के समय जैसा चित्र तूने बनाया है, वैसा मैं नहीं बना पाती।" रामचेरी ने कुछ भी उत्तर नहीं दिया।

रामचेरी का विवाह मोहनदास के साथ संपन्न हो गया। विवाह संपन्न होते ही सर्वप्रथम दुर्गावती ने गले लगकर बधाई दी। आधी रात बीत चुकी थी। दुर्गावती और रामचेरी एक कक्ष में सोने के लिए चली गईं। बाहर उत्सव मनता रहा, संगीत बजता रहा। सारी रात का उल्लास भोर के आगमन के साथ पूरा हुआ। जब तक महाराज दिन चढ़े कक्ष से बाहर निकले, तब तक दुर्गावती सूर्य पूजा करके दुर्गा मंदिर में माँ से विदाई लेने जा रही थी।

दुर्गावती के पिताजी महोबा में हैं और माता दुर्गा की मूर्ति में समाई है। दुर्गावती अश्रुप्लावित नयनों से अर्घ्य आरती की। ठीक उसी प्रकार माँ दुर्गा की सजी हुई मूर्ति के गले लगकर भेंट करने लगी, जैसे पुत्री विदाई के समय माँ से लिपटकर रोती है। माँ पार्वती भी अपनी विदाई के समय सभी नारियों से भेंट करने के बाद दौड़कर अपनी माँ मैना के हृदय से लिपटकर रोई थी। इस क्षण नारी कितनी निरीह और परवश हो जाती है? दृश्य देखकर रामचेरी भी रो पड़ी। दुर्गावती और रामचेरी ने भी गले लगकर विदाई दी। विदाई उपरांत दुर्गावती राजमहल की ओर लौट आई।

दिनभर प्रीतिभोज चलता रहा। परंपरानुसार दुर्गावती ने दोपहर के समय स्वजनों को मिठाई परोसी। हर्ष और उल्लास के वातावरण में दिन ढल गया। आज संध्या का रंग अलौकिक लालिमा लिये था। सारे नभमंडल में सिंदूर रँगा हुआ था। महाकोशल के सारे जंगल, पहाड़ और झरने आज सिंदूरी रंग के हो गए थे। झरनों का पानी लालिमा लिये सा दृष्टिगोचर हो रहा था। अस्तांचलगामी होते-होते भास्कर ने गढ़ा के पर्वत शिखरों को चूमकर विदाई ली थी। पूरब से चाँद भी आकाश की ओर बढ़ने का साहस कर रहा था। इधर,

कलाकारों का समूह नृत्य और गायन कर रहा था। लोगों में उत्साह और आनंद था। पूरे गढ़मंडला में बंदनवार सजाए गए थे। वीथियों में इत्र की सुगंध फैल रही थी। ऐसे पुष्प बिखरे थे, मानो आकाश से पुष्प वर्षा हुई हो। संध्या रानी दुर्गावती की प्रतीक्षा में मानो सजकर नभ से धरती पर उतर आई हो। आकाश में तारिकाएँ एकटक राज्य के कौतूहल को विलोक रही थीं। घर-घर में लोग जागकर आनंदलोक में समाए थे। प्रकृति शीतल, सुकुमार तथा दिव्य हो गई थी। मृदंग की थाप से लोग थिरक रहे थे। एक प्रहर रात्रि व्यतीत होने पर रानी दुर्गावती ने अपने कक्ष की ओर प्रस्थान किया। रामचेरी दुर्गावती को कक्ष में अकेली छोड़कर लौट आई। कक्ष में मणिदीप झिलमिला रहे थे। दुर्गावती कक्ष का अवलोकन करती, तब तक स्वर्ण थाल में पुष्पहार लेकर महाराज प्रविष्ट हो गए। यथास्थान पर थाल रखते हुए जैसे ही दुर्गावती ने महाराज को देखा, झुककर अभिवादन किया। चरणों की ओर हाथ बढ़ाने लगी। महाराज ने झुकती हुई दुर्गावती को दोनों हाथों से पकड़ लिया। "महारानी, तुम्हें आज से चरणों में झुकने के सत्कार से मुक्त करता हूँ। तुम मेरी अर्द्धांगिनी हो। चरणों पर नहीं, हृदय के आकाश को स्पर्श करो।" इसी क्रम में महाराज ने दुर्गावती का आलिंगन कर लिया। शैय्या पर बिठाकर बोले—"मुझे अपनी पूजा कर लेने दीजिए, आपके निमित्त पुष्प मालाएँ स्वत: गूँथी हैं, इन्हें धारण कीजिए।" दुर्गावती बोली—"महाराज यह तो मेरा कर्तव्य है। आप स्वामी हैं, मैं दासी हूँ। यही परंपरा युगों से चली आ रही है।" महाराज बोले—"परंपरा तो पुष्प सिंगार करने की भी है। हमारे अवतार पुरुष श्रीराम ने स्वयं देवी सीता का पुष्प सिंगार किया था।" यह कहते हुए महाराजा ने दुर्गावती के कंठ में फूलों का हार डाल दिया। दुर्गावती मूर्तिवत् खड़ी रह गई। उसके नेत्रों से स्नेह टपकने लगा, "इतना अपार स्नेह मिलेगा, इसकी कल्पना कोई नारी कैसे कर सकती है? महाराज, आप तो प्रेमावतार हैं।" दलपति शाह बोले—"आपके और मेरे बीच में इतना बड़ा संबोधन ठीक नहीं जँचता। 'महाराज' के स्थान पर कोई नया शब्द खोजिए।" यह कहते हुए पुष्प के बनाए हुए आभरण बाँधने लगे। दुर्गावती रोक नहीं सकी। वह बोली, "माता जानकी देवी थी, रामजी

की आदिशक्ति। मैं तो एक तुच्छ नारी हूँ, यह सब रहने दीजिए।" दुर्गावती आँख मूँदकर भाग्य को धन्यवाद दे रही थी। इसी बीच महाराज ने दोनों पैरों पर रक्तपुष्प से पायल बाँध दी। दीप जल रहे थे। प्रकाश झिलमिला रहा था। दुर्गावती और महाराज चुप बैठे वार्त्ता के शब्द ढूँढ़ रहे थे। कुछ देर बाद महाराज बोले—"आप विचारमग्न दिख रही हैं?" दुर्गावती बोली—"'महाराज'! शब्द ही मुझे अनुकूल लगता है, किंतु मैं 'स्वामी' शब्द का संबोधन कर सकती हूँ। मुझे देवी बनाकर मत बैठाइए, बल्कि अपनी सहचरी ही रहने दीजिए।" महाराजा दलपति शाह बोले—"आज तो आप देवी ही हैं। आपके धारण किए हुए पुष्प न कुम्हलाएँ, कुचले न जाएँ तथा पूरी रात सुगंध बिखेरते रहें। मैं ऐसा चाहता हूँ।" दुर्गावती ने कहा—"पुष्पों का भाग्य पुष्प जानें। इनके भाग्य में तो कुम्हलाना तथा सिंगार के बाद उतारना तय है।" दुर्गावती के सामने महाराज असहज थे। उनके तो शब्द ही नहीं फूटते थे। बहुत ही अटकते हुए उन्होंने कहा—"इसके उत्तर में आप मुझे सोने का हार पहना सकती हैं।" दुर्गावती ने देखा, थाल में कुछ हीरे और मोतियों की मालाएँ तो थीं, किंतु स्वर्ण हार नहीं दिख रहा था। इस समय दुर्गावती किसी को आज्ञा भी नहीं दे सकती थी कि कोई स्वर्ण हार लेकर आए। असमंजस स्थिति में महाराज बोले—"देवी, आपके बाँहों का हार ही तो स्वर्णहार है।" आज्ञा मिलते ही दुर्गावती ने अपने बाँहों के हार का कंठाभरण बना लिया।

□

बारह

प्रभात होने के संकेत होने लगे। कुम्हलाए तथा पूजे पुष्पों की माला को दुर्गावती उतारने लगी। महाराज सो रहे थे। आहट पाकर जगे और माला उतारने में सहयोग करने लगे। दुर्गावती ने लज्जापूर्वक चरण वंदना की। महाराज को सुप्रभातम् की बधाई देते हुए धरती को प्रणाम किया। ऊषा काल का भोर गायन हो रहा था। दुर्गावती की सौंदर्य कविताएँ गाई जा रही थीं। दलपति शाह के भाग्य को सराहा जा रहा था। मधुर वाद्य बज रहे थे।

धरती जगी। शीतल हवा बह रही थी। तारे लजा-लजाकर छुप रहे थे मानो लज्जावश पूरा आकाश आरक्त हुआ जा रहा था। उदयाचल से भास्कर किरणें विकसित होने लगी थीं। कमल मुसकराने लगे। गुलाब चटकने लगे। रानी दुर्गावती स्नात तपस्विनी-सी सूर्य की उपासना में संलग्न हो गई। पूजा के अवसर पर रामचेरी भी आ गई। दोनों सहेलियों ने मुसकराकर एक-दूसरे का अभिवादन किया। रामचेरी बोली—"तेरा वह कथन मुझे रात्रि में बार-बार याद आ रहा था।" दुर्गावती ने पूछा, "कौन सा कथन।" रामचेरी ने उत्तर दिया—"तूने कहा था कि श्रेष्ठता जन्म से नहीं आती, गुणों के कारण ही उसका निर्माण होता है। दूध, दही, छाछ, घी एक ही कुल की संतानें हैं, पर उनके मूल्य अलग-अलग है।" महाराजा का समग्र व्यक्तित्व कैसा है, यह पूछने पर दुर्गावती ने बताया—"तूने जो आकलन किया था, ठीक वैसा ही है। थोड़ा और विनम्र कहना चाहिए। हमारे स्वामी पराक्रमी, उत्साही, मान देनेवाले तथा मानवीय मर्यादा के पुजारी हैं। मोहन कुमार के क्या हाल-चाल हैं?" प्रश्न सुनते ही रामचेरी ने लजाकर मुँह छिपा लिया।

पूजनोपरांत रामचेरी पूजन थाल लेकर दुर्गावती के साथ चल रही थी। अन्य सेविकाएँ भी साथ चलने लगीं, तभी महाराज अश्व में आरूढ़ महल में प्रवेश किया। महाराज को देखते ही दुर्गावती पीछे मुड़ गई, किंतु रामचेरी महाराज को देखती रही। ओझल होते ही बोली—"महाराज, अश्वशाला से लौट आए। आज के कार्यक्रम में आपकी सहभागिता रहेगी।" दुर्गावती बोली—"सामूहिक भोज का कार्यक्रम है। प्रजा के दर्शन करने का अवसर मिलेगा।" पूरे दिन भोज चलता रहा। महारानी के आने की खुशी में अनवरत दान चलता रहा। दान देने की व्यवस्था का दायित्व पंडित बीरबल देख रहे थे। दान लेनेवालों में संतोष और दान देनेवालों में उदारता। भोजन के समय दुर्गावती और दलपति शाह की भेंट हुई। भोजन के समय ही दुर्गावती ने बताया, कि तीन हजार गायों के दान का संकल्प लिया था। महाराज बोले—"आपके द्वारा गोदान का शुभारंभ कराना है। गो-पालक ब्राह्मणों का भोज हो रहा है, कुछ ही समय बाद दक्षिणा के साथ गायें दान की जाएँगी।" दुर्गावती तथा दलपति शाह भोजनोपरांत दान यज्ञभूमि में पधारे। दुर्गावती दलपति शाह की जय-जयकार हुई। दुर्गावती ने सर्वप्रथम पुरोहितमान को एक श्वेत गाय दान करके कार्यक्रम का शुभारंभ किया। गोदान का कार्यक्रम पूरे दिन चला। गायों को माता की पदवी वेद दे रहे हैं। हमारा कार्यक्रम तो गोदान के द्वारा वेदों के वचनों का पालन करना है।

जिनको गाय दान दी गई, उनके पते लिखे गए। गोशाला तथा गोचारण की व्यवस्था का आदेश दिया गया। गाय राज्योन्नति का सूत्रधार है। गाय दूध-घी के साथ उत्तम खाद का साधन है। गोमूत्र की औषधि जनमानस में प्रचलित है। गायों के रँभाने से घर में शंख ध्वनि के समान सकारात्मक ऊर्जा का प्रवाह बनता है। बैलों से खेतों की जुताई तथा भार ढोने का कार्य होता है। गाय हमारी कृषि व्यवस्था की रीढ़ है। गाय श्रम की पूजा का मंत्र देती है। वह श्रेष्ठ विचारों की वाहक है। अमृत के समान दूध देती है। गढ़ा में गाय का महत्त्व उसी तरह हो जितना वृंदावन में है। दुर्गावती की इच्छानुसार राज्य में गाय का महत्त्व बढ़ाने के कार्य किए गए।

□

तेरह

अभी विवाह के सभी रीति-रस्म पूरे नहीं हुए थे कि माँ नर्मदा और नर्मदेश्वर की पूजा का दिवस आ गया। महाराज का सैन्य दल नर्मदा पूजा के लिए भेड़ाघाट की ओर प्रस्थान किया। रानी दुर्गावती हाथी पर सवार होकर चल रही थी। साथ में रामचेरी भी थी। नदी और पहाड़ दुर्गावती को अति प्रिय थे। नदियों में स्नान करना तथा पर्वतों की पूजा करना, पर्वतों के बिखरे हुए सौंदर्य को देखना दुर्गावती को अत्यंत पसंद था। नर्मदा के प्रति दुर्गावती के मन में अपार श्रद्धा थी। रानी ने सुन रखा था कि जगत् जननी जानकी ने गंगा माता की विधिवत् पूजा की। गंगा साकार हो गई। नर्मदा पूजा उसके मन की संचित अभिलाषा थी।

दोपहर पूर्व सैन्य दल के साथ दुर्गावती नर्मदा के किनारे पहुँच गई। घने जंगलों के बीच में असंख्य गोल-मटोल पत्थरों की सुंदर आकृतियाँ और उन्हीं से खेलता हुआ नर्मदा का जल-प्रवाह अलौकिक था। अहर्निश संघर्ष करनेवाला जल संगमरमर के अंगों को धोता हुआ, उछल-उछल कर जैसे भागा जा रहा था। वृक्षों की छाया में रानी का आवास बनाया गया। हाथियों को एक किनारे वृक्षों के पास खड़ा कर दिया गया। वे वृक्षों के पत्तों को तोड़-तोड़कर भक्षण करने लगे। इधर, सभी लोगों को नर्मदा स्नान का कौतूहल था। रामचेरी और रानी दुर्गावती साथ-साथ स्नान को चलीं। साथ में सेविकाएँ थी। महाराज का दल भी स्नान को चला। विस्तृत घाट में सभी स्नान कर रहे थे। नर्मदा की उत्ताल तरंगें प्रपात की ओर उन्मुख जल तथा उठते धुएँ को देखकर दुर्गावती का मन प्रकृति की कोमल कठोरता को देखने तथा सोचने में संलग्न हो गया।

तत्काल ही दासियों ने कपड़े का परदा लगा दिया। रानी ने नर्मदा में डुबकी लगाई। यद्यपि रानी दुर्गावती तैरना जानती थी, परंतु नर्मदा में तैरना वर्जित था। तैरने से जलराशि को पैर मारना पड़ता था। इसलिए दुर्गावती डुबकियाँ लगाकर, जहाँ पूजा की व्यवस्था थी, आ गई। महाराज भी स्नान करके आ गए। पंडित बीरबल ने रेवा राशि की प्रशंसा करते हुए पूजन की विधि प्रारंभ की। दुग्ध स्नान, आरती, दान आदि विधियों से पूजा कराते हुए नर्मदा के प्रताप का वर्णन सुनाया। महाराज और रानी दुर्गावती हाथ जोड़कर प्रार्थना कर रहे थे। दुर्गावती भी पीतवस्त्र ओढ़े हुए नर्मदा से अनुनय कर रही थी। अर्चना के बाद दुर्गावती ने खड़े-खड़े वहीं पर परिक्रमा की 'जैसे प्रश्नों के समाधान हो गए हों। परम शांति से आसन पर बैठकर बीरबल से बोली—"विप्रवर! रेवा के उद्गम तथा प्रभाव का वर्णन करें। सुना है, आद्य शंकराचार्य ने नर्मदा के चरणों में बैठकर विद्या प्राप्त की थी तथा गुरु गोरखनाथ नर्मदा के नित्य पुजारी थे।" छोटी आयु में बढ़ी हुई श्रद्धा, जिज्ञासा तथा भक्ति की प्रबल भावना देखकर बीरबल ने सोचा—"रानी दुर्गावती साक्षात् संस्कृति का नारीकरण हैं।" जैसे ही बीरबल ने कथा प्रारंभ करनी चाही, महाराज ने कहा—"कथा तो सायंकाल अच्छी रहेगी।" यद्यपि महाराज रानी की इच्छा के सामने अपनी इच्छा नहीं रखते थे, किंतु दोपहर हो रही थी। रानी दुर्गावती महाराज के मन की बात समझती थी, अतः कथा प्रारंभ होने के पूर्व कथा-कथन के लिए सायं का समय निश्चित कर दिया। सभी लोगों ने माँ नर्मदा को प्रणाम कर प्रस्थान किया।

महाराज दुर्गावती के साथ किंचित् समय के लिए रुक गए। संध्या का साम्राज्य बिछने लगा था। शरद चाँदनी के समान सुकुमार और सुंदर दुर्गावती को देखकर दलपति शाह बोले—"भेड़ाघाट के संगमरमर के भावों को यदि कोई श्लोक में लिखे तो वह श्लोक आपके रूप के समान ही होगा। इस निरभ्र, शरद चाँदनी में आपके मन की व्याकरण तथा रस, कालिदास होते तो संभव है, समझ जाते, किंतु मैं तो एक असमझ राजा हूँ।"

महाराज की बात सुनकर दुर्गावती ने कहा, "महाराज! नर्मदा के जल का स्वर सुनिए। उसमें आपके ही गुणानुवाद मुखरित हो रहे हैं। आपका हृदय

प्रणय को अधीर है, यह महकता हुआ पाषाण संगमरमर भी जान चुका है। आपके अपलक दृग चाँदनी, जलराशि तथा उस प्रकृति को देख रहे हैं, जिसमें सुकुमारता का जन्म होता है। चाँदनी स्पर्श के बिना पूरी प्रकृति को सुख दे रही है। चकवा-चकवी सटकर चाँद की अर्चना कर रहे हैं। लगता है, वृंदावन में वंशी बज रही होगी, जिसकी तान मेरे श्रवण कुटों तक झंकृत है।" महाराज बोले—"प्रणय को प्रणव में ढालना तो कोई आपसे सीखे।"

नर्मदा के तट पर ऋषि-मुनियों की मूक तपस्या तथा योगियों की साधना की कथा प्रचलित थी। रानी का विचार था कि यहाँ तपस्यारत योगियों के दर्शन करने चाहिए। इसी इच्छा से दुर्गावती ने तय किया कि रात्रि विश्राम इसी घाट के समीप किया जाए तथा तीन दिवस के स्नान के बाद यहाँ से प्रस्थान किया जाए। तीर्थ स्थान पर तीन दिनों तक स्नान करने की परंपरा है। सायंकाल नर्मदा दर्शन तथा आरती के लिए पुनः भक्त टोली नर्मदा की ओर चल पड़ी। नर्मदा के पास एक गली से आते हुए, एक अवधूत के दर्शन हो गए। जैसे अवधूत रानी के निकट आया, रानी ने हाथ जोड़कर प्रणाम किया। अवधूत ने खड़े होकर दोनों हाथ उठा दिए, किंतु कुछ बोले नहीं। कुछ ही देर में महाराज ने अवधूत के पास आकर साष्टांग दंडवत् प्रणाम किया। अवधूत हँसा, "उठो गंधर्व! तुम्हें राजा देखने के लिए ही तो प्रतीक्षारत था।" दुर्गावती ने प्रश्नवाचक दृष्टि पहले महाराज पर फिर अवधूत पर डाली। अवधूत फिर हँसा। हँसी अट्टहास में बदल गई।

"आश्चर्य मत करो देवी, बहुत पहले की बात है। यह नर्मदा तट अत्यंत मनोहर तथा गोप्य था। यह अवधूतों के लिए सुरक्षित था। साथ ही, अन्य जनों के लिए दुर्गम। कोई सिद्ध पुरुष ही आ सकता था। आकाश मार्ग से विचरण करते हुए गंधर्व दंपत्ती रेवा के सौंदर्य को देखकर मुग्ध हो गए। कुछ देर तक प्रकृति का अवलोकन किया और देखते-ही-देखते स्नान के लिए उतर आए। दोनों आनंदपूर्वक स्नान करने लगे। तीर्थ क्षेत्र की मर्यादा का भी विस्मरण कर दिया। मैं नया ही अवधूत आया था। घाट की सुरक्षा का भार मुझ पर था। दंपत्ती को नहाते देखकर मुझे क्रोध आ गया और मैंने श्राप दे दिया—"अरे

गंधर्व! तूने मर्यादा का अतिक्रमण किया है। अतः दोनों धरती पर जन्म लो।" मेरा श्राप सुनते ही स्नान छोड़कर गंधर्व दंपत्ती मेरे चरणों में गिर गए और प्रार्थना प्रारंभ कर दी।

"हे महात्मन्! क्या रेवा में स्नान करना कोई अपराध है? हमने कोई पाप नहीं किया है। हमसे मर्यादा का अतिक्रमण नहीं हुआ है। हम तो मात्र दीर्घ अवधि तक स्नान का आनंद लेते रहे। गंधर्वों के अनुनय के समय ही उसी मार्ग से हमारे गुरुजी आ गए। गुरुजी को देखते ही हमारा क्रोध शांत हो गया। गुरुजी ने पूछा, "क्या बात है? गंधर्व युगल क्यों हाथ जोड़े खड़ा है?" गंधर्व ने पुनः प्रार्थना की, "महात्मन्, हम दोनों रेवा की पवित्र जल राशि के स्पर्श का लोभ नहीं छोड़ पाए। स्नान करने की हमसे भूल हो गई। हमने अवधूतजी को देखा भी नहीं, इस कारण से प्रणाम् नहीं किया, किंतु किसी भी तरह विरुद्ध आचरण नहीं किया। बस, इसी अपराध में हमें श्राप मिल गया। हमारे ऊपर कृपा करें।" गोरखनाथ ने अवधूत को देखा। फिर गंधर्व दंपती की ओर देखकर बोले—"यह श्राप नहीं है, यह तो धरती के अनुभव को प्राप्त करने का वरदान है। तुम दोनों इस धरती पर जन्म लो और नर्मदा पर अधिकार के साथ स्नान करो। तुम यहाँ के महाराज बनोगे और तुम्हारी पत्नी महारानी। राजा-रानी बनकर जीवन-दर्शन को लोक व्यवहार में उतारो। धरती में मनुष्य रूप में जन्म लेकर राजा बनने का वरदान मिला है, श्राप नहीं।" गंधर्व बोला—"क्या हमारी भेंट उस समय आपसे होगी?" गुरु गोरखनाथ बोले—"हमसे भेंट नहीं होगी। पहचान भी नहीं पाओगे, किंतु जिस अवधूत ने वरदान दिया है, वह तुम्हें स्मरण कराएगा।" गंधर्व बोला—"क्या हम अपनी पत्नी को पहचान पाएँगे?" गुरु गोरखनाथ बोले—"अवश्य, जैसे ही तुम दोनों की भेंट होगी, प्रबल आकर्षण होगा। एक-दूसरे के बिना रह नहीं पाओगे। तुम्हारा गंधर्व विवाह होगा। तुम्हें देखते ही तुम्हारी पत्नी तुम्हारे पास चली आएगी। चिंता मत करो। यही तुम्हारा मिलन प्रसंग है। मानव जाति में भी तुम गंधर्वों के समान शाश्वत सुख तथा आनंद प्राप्त करोगे, किंतु मानव शरीर क्षणभंगुर है, मोह मत करना।" अवधूत की बात सुनकर रानी मुसकराई।

रानी दुर्गावती ने गढ़मंडला के वन प्रदेशों का भ्रमण प्रारंभ किया। भ्रमण करते हुए दुर्गावती ने महाराज दलपति शाह से पूछा—"मनियागढ़ से सिंगौरगढ़ की यात्रा में मैंने कुछ स्थलों का अवलोकन किया है, किंतु उस दृष्टि से नहीं देखा, जिस दृष्टि से मुझे देखना है।" महाराज बोले—"समूचे राज्य का भ्रमण एक अनिवार्य कार्य है और राजा को अपने राज्य के हर स्थल की भौगोलिक तथा सामाजिक जानकारी होनी चाहिए।" बात होती रही। इसी बीच दुर्गावती ने कहा—"महाराज, यदि आपकी आज्ञा हो तो मैं एक बात जानना चाहती हूँ।" महाराज बोले—"देवी! आपको आज्ञा लेने की आवश्यकता नहीं है। आप तो सब जानकारी निस्संकोच ले सकती हैं, जो मुझे ज्ञात है।"

रानी दुर्गावती ने कहा—"महाराज, आपका राज्य विस्तृत है, जिसमें पर्वत, वन, नगर तथा गढ़ों को देखकर मुझे अपने पूज्य ससुरजी के शौर्य एवं पराक्रम से अपूर्व प्रेरणा मिलती है। महाराज संग्राम शाह चतुर, नीतिवान, तेजस्वी तथा वीर योद्धा के साथ अद्‌भुत पुत्र प्रेमी थे। दुर्भाग्यवश, मुझे उनके दर्शन नहीं हो सके।" दलपति शाह मुसकराकर बोले—"आप हमारे पिताश्री के बारे में जानना चाहती हैं? उन्होंने अपने जीते-जी राजपद मुझे सौंप दिया था। उत्साहपूर्वक मेरा अभिषेक संस्कार कराया। मुझे राजनीति तथा भविष्य की योजनाएँ समझाईं। यद्यपि वे स्वस्थ थे और राज्यपद के योग्य थे, किंतु उनका निर्णय अटल रहता था। उनके निर्णय पर कोई प्रश्न नहीं कर सकता था। वे स्वभाव से ही विजेता थे। वे मुझे महाराज के रूप में देखना चाहते थे। जैसे ही मेरे सिर पर गढ़मंडला का मुकुट बँधा, उन्होंने स्वयं जय-जयकार की।

"एक दिन उन्होंने मुझे अपने कक्ष में बिठाकर समझाया, पुत्र, यह राज्य बहुत बड़ा है।" भैरव की कृपा तथा अपने पराक्रम से मैंने इसे श्री संपन्न किया है। तुम्हारी माँ नहीं है, मैं भी राजपद छोड़ने के बाद राज्य में नहीं रहूँगा। तुम्हें गढ़मंडला का राज्य सौंपकर मुझे अत्यंत संतोष हुआ है। कौन पिता अपने पुत्र के सिर में राजमुकुट नहीं देखना चाहेगा? तुम्हारे योग्य तथा गढ़मंडला की महारानी बनने योग्य मात्र एक राजकुमारी है, उसकी तुम्हें प्रतीक्षा करनी होगी। वह राजकुमारी कीर्तिदेव सिंह कालिंजर के राजा की इकलौती पुत्री है।

उसका नाम दुर्गावती है। यह विवाह तुम्हें ही करना होगा। वंश परंपरा तथा क्षत्रिय भेद के कारण इसमें संघर्ष हो सकता है। साम, दाम, दंड, भेद—चाहे जो नीति अपनानी पड़े अथवा राजकुमारी को अपहरण करके लाना पड़े, यह कार्य तो करना ही होगा। मैं तपस्या करने माँ नर्मदा की शरण में जा रहा हूँ। मुझे खोजने का प्रयास नहीं करना। यह मानो की संग्राम शाह का संग्राम पूरा हुआ। अब संग्राम सिंह तुम्हारे अंत: में समाहित है।

"तुम जानते हो, प्रजा मुझसे भय खाती है, किंतु तुम्हें अधिक आदर देती है। हर पिता ऐसे ही पुत्र को देखने की कामना करता है। वह पिता धन्य है जिसके पुत्र के आचरण से पिता को संतोष मिले। मैं अपने वीरता, विजय तथा राज्य विस्तार से इतना खुश नहीं हूँ, जितना तुम्हें राजा बना हुआ देखकर। पुत्र! मेरे वानप्रस्थ में सहायक बनो। सदा नर्मदा की पूजा करना। यह मानो कि नर्मदा तुम्हारी माँ है। प्रात:काल ब्रह्ममुहूर्त में मैं प्रस्थान करूँगा। मेरा पीछा नहीं करना। जिस अश्व में मैं जाऊँगा वह दूसरे दिन लौट आएगा। उसे हयशाला में बाँधना।

दुर्गावती, मैंने पिताजी के चरण पकड़ लिये। बहुत विनती की, रोया भी किंतु उनका निर्णय अटल था। क्या आप उनके बचपन तथा युद्ध की कथा सुनना चाहती हैं?" दुर्गावती ने कहा—"आपके श्रीमुख से हर उच्चारण आनंदित करता है। कानों में तो मिश्री घुल जाती है, किंतु शेष कथा को मैंने थोड़ा-थोड़ा सुन रखा है।" दलपति शाह बात बदलते हुए बोले, "पड़ाव में पहुँचने के बाद आपको आराम करना है तथा सायंकाल बंदूक के निशाने का अभ्यास करना है। यद्यपि मैंने आपका पिछला लक्ष्यबेध देखा है, आपको कुछ भी सीखने की आवश्यकता नहीं है।" दुर्गावती बोली—"अभ्यास के बिना विद्या पर अधिकार नहीं रहता। हमें तो अभ्यास करना ही होगा। यद्यपि मेरा प्रिय आयुध तलवार है।" दलपति शाह ने कहा—"मैंने सुना है कि आप दोनों हाथों से तलवार चला लेती हैं। घोड़े की बाग को दाँतों से दबाकर कठोर अभ्यास किया है।" दुर्गावती मुसकराई, "महाराज, यह तो खेल-तमाशा है, किंतु युद्ध मेरा प्रिय खेल है। जबसे यहाँ आई हूँ, खेलना बंद है। दलपति शाह ने कहा, "आप मुझसे तलवारबाजी करेंगी?" दुर्गावती घबरा गई। "आप मेरा सिर काट लीजिए,

किंतु ऐसा मत कहिए। खेल में भी मैं आपके लिए तलवार नहीं उठा सकती हूँ। शेष कार्यों के लिए तो मैं आपकी दासी हूँ।" दलपति शाह बोले—"आप मंत्री हैं, दासी हैं, मनोज्ञ पत्नी हैं अथवा मेरी चिंता करनेवाली हृदयेश्वरी हैं।" दुर्गावती ने कहा, "इतने सारे गुण मुझमें नहीं हैं, आर्य।" दुर्गावती की बात सुनते ही दलपति शाह खुश हो गए। बोले—"मेरा संबोधन मिला गया। आप मुझे 'महाराज', 'स्वामी' जैसे ऊबाऊ शब्दों से संबोधन न करें। आर्यपुत्र भी बड़ा है, मुझे 'आर्य' ही कहें। लगता है 'हमारी रानी' नामकरण की भी पंडित है।" वार्त्ता करते हुए समय व्यतीत हो रहा था, किंतु महाराज की वार्त्ता इतनी रसमयी थी कि समय का पता ही नहीं चलता था। दुर्गावती को लगता था कि महाराज कुछ कहते ही रहें।

भांडेर शैलमाला के वन-पथ पर आते हुए गोंड समुदाय के नर-नारी गौंडी गीत अलापते हुए चल रहे थे। बैलों के गले में बँधी घंटियाँ मानो गीत का संगीत दे रहीं थी। प्रातः की स्वर्ण किरण लहरा रही थी। नवीन भास्कर की नवकिरणें ओस बिंदुओं को चूमकर धरती में रोमांच पैदा कर रही थीं। रानी दुर्गावती महाराज दलपति शाह के साथ 'अपनी धरती, अपना राज' के कार्यक्रम में ग्रामों का अवलोकन करती हुई आगे बढ़ रही थी।

वन्य प्राणियों के बीच छोटे-छोटे घास-फूस के बने हुए घरों का गाँव था, जिसमें गोंड लोग रह रहे थे। शिकार खेलना, वनोपज इकट्ठा करना तथा नगर से दूर रहना उनका स्वभाव हो गया था। गोंडों की स्त्रियाँ कमर में कपड़ा बाँधे निश्चिंत भाव से वन में विचरण कर रही थीं, यह दृश्य देखकर दुर्गावती ने कहा, "किस तरह जंगली जीवन जिया जा रहा है? अभाव की पराकाष्ठा है। न पहनने के लिए कपड़े, न खाने के लिए अन्न। अत्यंत वन निर्भर जीवन है।" साथ में ले गए कपड़ों को गाँव में वितरित करके महारानी ने दल सहित गोंडों के साथ कुछ समय बिताया। गोंडों के गीत सुने, पूरा गाँव इकट्ठा हो गया, जब गाँव के लोगों ने जाना कि उनके राजा-रानी हमें देखने आए हैं तो उनके आनंद की सीमा नहीं रही। गाँव के मुखिया ने अपने घर रहने और भोजन करने का निमंत्रण दिया। महाराज ने यद्यपि अपने दल के साथ भोजन का प्रबंध

कर रखा था, किंतु उस दिन का भोजन गोंडों के बीच हुआ और गोंड सरदार की प्रार्थना सुनकर उसी की झोपड़ी में राजा-रानी ने रात्रि विश्राम किया। यद्यपि पहरेदार सैनिक थे, किंतु उस निवास के चारों ओर समूचे गोंड, स्त्री-पुरुष और बच्चे तक पहरेदारी कर रहे थे। सेनापति आधार सिंह के समझाने पर भी किसी भी व्यक्ति ने विश्राम नहीं किया।

शब्द-अर्थ के समान अभिन्न मनवाले राजा-रानी राज्य की प्रजा तथा उसके व्यवहार से सुखी होकर गंधर्व के समान जी रहे थे। पूरी रात चंद्रमा का प्रकाश था। शीतल हवा बह रही थी, जंगल चुप था। दुष्कर तथा भयानक जंगल जैसे अपनी प्रियतमा के साथ विश्राम कर रहा हो।

प्रात:काल महाराज ने रानी दुर्गावती को राज्य का मानचित्र दिखाया। जिस स्थान पर रुके हैं, उसकी स्थिति समझाई। गढ़ा राज्य की पूरी तसवीर जिन-जिन राज्यों को छूती थी, वह दर्शाया गया था। सभी के बारे में परिचय दिया। मालवा, सागर, गढ़ा, कोटा, बघेलखंड तथा मांडू मानचित्र के किनारे दरशाए गए थे। पश्चिमी भाग से आक्रमण की आशंका रहती थी। मांडू के बारे में भी बताया। मांडू का सुल्तान हमेशा गढ़मंडला से युद्ध की इच्छा रखता है। महाराज दलपति शाह मानते थे कि मांडू गढ़ा का जन्मजात शत्रु है। मांडू सदा अशांत और युद्ध की अग्नि में जलनेवाला क्षेत्र है। दुर्गावती की इच्छा हुई कि कभी इस छोर को देखा जाए।

□

चौदह

जाड़े के दिन थे। दुर्गावती प्रात:काल पूजनोपरांत यात्रा के लिए तैयार हो गई। साथ में रामचेरी थी। आगे-आगे जैसे चल समारोह दिख रहा था। दुर्गावती जहाँ पर जाती, सूक्ष्म निरीक्षण करती। किलों के बारे में पूछती रहती। हर गढ़ के निचले भाग पर तालाब, पहाड़ की ढाल पर मंदिर। दुर्गावती ने एक शिलालेख देखकर महाराज से निवेदन किया कि मुझे संस्कृत पढ़ने में आनंद की अनुभूति होती है। सामने की शिलालेख को पढ़ना चाहती हूँ। हाथी से उतरकर दुर्गावती शिलालेख के पास आई। शिलालेख में बाघदेव पड़िहार का नाम था और उसमें संवत् 1300 विक्रमी खुदा था। दुर्गावती शिलालेख पढ़कर खुश हो गई। "यह हमारे मायके के पूर्वजों के अधीन राजा थे।" दलपति बोले, "200 वर्ष के ऊपर हो गए। क्या यहाँ किला रहा होगा ?" दुर्गावती कुछ बोली नहीं। तमाम गढ़ महाराज संग्राम शाह के बनवाए हुए हैं, किंतु अब जीर्णोद्धार की आवश्यकता है। दुर्गावती ने सोचा, चंदेल, पड़िहार अथवा तुर्क पठानों के आक्रमण से क्षीण हुआ यह किला विवाद का विषय नहीं है। दुर्गावती सुरंग तथा बुर्जों का निरीक्षण करने लगी। बुर्ज के ऊपर खड़ी हवा में लहराती दुर्गावती के ऊपर सूरज की किरणें तप रही थीं। वहीं तालाब के पास लोगों का आना-जाना लगा था। दुर्गावती को देखकर लगता था कि किसी पर्वत शिखर पर पर्वतारोही ने अपना ध्वज लहरा दिया हो अथवा महाराज दलपति शाह की कीर्ति ध्वजा हो। वहाँ की हरियाली तथा प्रकाश से दुर्गावती का मन खुश था, सुरंगदेही चमक रही थी। धीरे-धीरे सब बुर्ज से उतर आए। महाराजा दलपति शाह ने बताया कि इसके एक मील आगे हिरण नदी बहती है। कुछ दूर में हिरणों का झुंड भी

दिखाई दिया। दिन समाप्त हुआ। सभी संध्या में राजमहल पहुँच गए। दूसरे दिन दलपति शाह के छोटा भाई चंद्र सिंह ने आकर भाभी रानी के चरण छुए और निवेदन किया कि आप नई-नई आई हैं और सबसे इस तरह से हिल-मिल जाती हैं, जैसे पुरानी पहचान हो। आप महारानी हैं, आपका ऐसा व्यवहार मुझे अखरता है। हमारे यहाँ तो परदा होता है। दुर्गावती ने कहा—"गोंड कब से परदा करने लगे?" चंद्र सिंह बोला—"हम राजगोंड-क्षत्रिय हैं।" दुर्गावती ने कहा—"जब राजगोंड के आयोजन होंगे तब मैं परदा करूँगी। आपको नहीं अखरना चाहिए। प्रजा के सामने परदा नहीं होता।" चंद्र सिंह दुर्गावती की बात सुनकर चला गया। राज्य के कोषालय में मोहरें गिनने का कार्य चल रहा था। कुछ मोहरें अलाउद्दीन के समय की थी। उन मोहरों को देखकर दुर्गावती कुछ सोचने लगी। दलपति शाह ने कहा—"आप क्या सोच रही हैं?" दुर्गावती ने उत्तर दिया—"यह अलाउद्दीन वही है न, जो मंदिरों पर आक्रमण करता था?" दलपति शाह बोले—"हाँ, वही अलाउद्दीन।" आधार सिंह ने राज्य की लगान वसूली का विवरण बताया। ऐसे क्षेत्र, जो अवर्षा के कारण संकट में आ जाते हैं और वहाँ तालाब नहीं है। यदि वहाँ तालाब खुदाए जाएँ, तो राज्य की आय बढ़ जाएगी। बड़े बाँधों और तालाबों की आवश्यकता है। दलपति शाह ने आधार सिंह से कहा—"तालाब खुदवाने में जो भी खर्च आएगा, वह कृषि आय से पूरा हो जाएगा।" इसके बाद राज्य के सीमा-क्षेत्रों की जानकारी बताई गई। गढ़मंडला सीधा-सीधा राज्य नहीं है। इसकी सीमा तेलंगाना से लांजी तक और चाँदा से मांडू तक फैली है। पहले रायसेन का गढ़ भी राजगोंडों का था, किंतु अब नहीं है। दुर्गावती ने कहा, "क्षेत्र बहुत बड़ा है। देखने योग्य है।" आधार सिंह ने जानकारी दी—"घनघोर जंगल और पहाड़ हैं, वन्यप्राणियों की बहुतायत है। पश्चिम में मांडू से सदा आशंका रहती है। कभी दिल्ली के अधीन, तो कभी स्वतंत्र उपद्रव करता है। मालवा के सूबेदार का ध्यान विजयनगर की ओर है।" सेना संबंधी चर्चा के बाद एक जानकारी दी गई कि कई क्षेत्रों में ओले से नुकसान हुआ है। बहुत दिनों के बाद इतने बड़े-बड़े ओले पड़े। पानी भी बहुत गिरा है, अभी भी लोग परेशान है। यदि पानी बरसना नहीं रुका और

पुनः ओले पड़े तो किसानों पर संकट आ जाएगा। किसानों की हालत देखने योग्य हैं। ···ऐसा कुछ किया जाए जिससे कुछ सहायता की जा सके। कहते हैं कि बहुत बड़े-बड़े ओले पड़े हैं। लोगों में त्राहि-त्राहि मची है। पूजा-पाठ काम नहीं आया। रानी के आते ही यह सब हुआ। नाम दुर्गा देवी है, किंतु काम कुछ और है। लगता है, कालिंजर से बिजली-पानी लेकर आई है। प्रजा है, कुछ भी कह सकती है। भागकर चली आई, अब पत्थर बरसा रही है। इन शब्दों को सुनकर दुर्गावती खिन्न हुई, किंतु दलपति शाह हँस पड़े। प्रजा की अभिव्यक्ति है, उन्हें सीधा-सीधा कहना आता है। वह गोल-गोल घुमाकर नहीं कह सकते। उनका भाव गलत नहीं है। जो देखा, कह दिया। कहने से पहले सोचते नहीं हैं। चित्रकूट में रामजी को भी तो निष्कासित राजकुमार कहकर वनवासी प्रेम करते थे। प्रकृति का कोप किसी के ऊपर तो थोपना ही होता है। उन्हें सहायता का प्रबंध करना चाहिए। दुर्गावती ने कहा—"जहाँ-जहाँ प्राकृतिक आपदा है, तुरंत निरीक्षण करना चाहिए।"

उपलवृष्टि से पक्षियों पर सबसे अधिक विपदा आती है। खुले आकाश के नीचे पेड़ों पर बसेरा डाले हुए पक्षी बादल के इस पत्थरबाजी को नहीं झेल पाते। वृक्षों के नीचे अंडे, बच्चे बिखरे पड़े थे। वृक्षों के पत्ते तक गिर गए थे। प्रातःकाल चिड़ियों का चहकना बंद था। प्रकृति ने मानो अपना तांडव दिखाकर प्रस्थान कर लिया था। बादल छँट गए। यात्रा के हाथी तैयार किए गए। दोपहर होते-होते सभी यात्री सिंगोरगढ़ से निकल पड़े। मार्ग गीला था, किंतु हाथी मस्ती से चल रहे थे। दो घंटे बाद सभी हिरण नदी के किनारे पहुँच गए, किंतु हिरण नदी जाड़े में भी बढ़ी हुई थी। लहरों में सावन की मौज थी। नदी का पाट चौड़ा हो गया था। तेजी से बहती हुई हिरण नदी मानो भागी जा रही थी। एक हाथी पर दुर्गावती, रामचेरी और परिचारिका के साथ महावत और उसका पुत्र बैठा था। दूसरे हाथी पर महाराज दलपति शाह और आधार सिंह सवार थे। लगभग 10 हाथी थे, जिसमें राज्य के अन्य कर्मचारी थे। सभी नदी के किनारे खड़े हो गए। हाथियों को जबरन नदी में उतारा गया, किंतु पानी अधिक था, हाथी की पीठ तक पानी पहुँच गया। जल के थपेड़े से हाथी डोल जाते थे। दुर्गावती

का हाथी प्रवाह से विचलित हो गया। लगा, बह जाएगा। रामचेरी ने दुर्गावती को छूते हुए पूछा—"आप तो तैर लेती हैं।" दुर्गावती बोली—"मैं तैर तो लेती हूँ, किंतु तुम डर रही हो।" महावत का लड़का पानी छू रहा था। पानी छूते ही वह हाथी की गरदन से फिसल गया और एक ही झटके से धार में बहने लगा। अपने पुत्र को बहता देखकर भी महावत कूद नहीं सकता था। हाथियों की दशा ठीक नहीं थी, तब आदमी की क्या दशा होगी? एक परिचायिका चिल्लाई। दुर्गावती तुरंत हौदे से खड़ी हुई, अपनी साड़ी को बाँधा और बहते हुए महावत के पुत्र की ओर छलाँग लगा दी। उस सेना में एक भी तैराक ऐसा नहीं था, जो प्राण रक्षा कर सके। हाथी आगे बढ़कर किनारे की ओर चल पड़ा। रामचेरी चिल्ला रही थी। दुर्गावती पानी में हाथ मारती हुई, तीव्र गति से महावत के पुत्र के पास पहुँच गई। दुर्गावती ने उसे धीरे-धीरे धक्का देना शुरू किया और धार से काटकर किनारे ले गई। महाराज बेचैन थे, उनकी आँखें मुँद गई थीं, किंतु तेज पानी में और किसी ने छलाँग नहीं लगाई। पानी को काटती हुई मेहँदी लगी गोरी बाँहें लड़के को बचाने में सफल हो गई थीं। पानी से लड़ती हुई दुर्गावती को देखकर सभी का कलेजा धक्क हो गया था। उस किनारे पर राजा के स्वागत के लिए भीड़ खड़ी थी। वे भी सब चिल्ला रहे थे। जैसे रानी किनारे पहुँची, लोगों ने लड़के को उठाकर लिटा दिया। दुर्गावती ने लड़के को उल्टा करके पानी निकाला। तब तक पूरा दल किनारे आ गया। कुछ देर बाद लड़के ने आँखे खोल दीं। लोगों की जान में जान आई। महावत हाथी से उतरकर दुर्गावती के चरणों में गिर गया। रामचेरी दौड़कर लिपट गई। महाराज को कुछ नहीं सूझ रहा था। उन्होंने भी सबके सामने दुर्गावती को पकड़ लिया। ठंडी हवा चल रही थी, सभी सिकुड़े जा रहे थे। जन-समुदाय दुर्गावती के जयकारे लगा रहा था। लोग राजा का स्वागत भूल गए। जो पुष्प मालाएँ लाए थे, दुर्गा देवी के चरणों में चढ़ा दीं। जो अपने प्राणों की परवाह न करके दूसरे के प्राणों की रक्षा करता है, उसके लिए सभी लोग प्राण देने को तैयार रहते हैं। आज दुर्गा देवी ने उस जनमानस में देवी का स्वरूप पा लिया था। महावत अपने लड़के को लिपटाकर रो रहा था। दुर्गावती ने समझाया कि रोने

की यहाँ क्या आवश्यकता है? यहाँ तो जन्मोत्सव गीत गाने चाहिए। महावत बोला—"दुर्गा माई, तुम वास्तव में दुर्गा हो।" उसने सूखे कपड़े लाकर लड़के के बदन को लपेटा। सभी लोग निश्चित आवास में चले गए। दुर्गावती के पैर छूने के लिए लंबी पंक्ति लगी थी। दुर्गावती ने कहा—"नदी से तो बच गई, किंतु ठंड से नहीं बचूँगी। यदि आप पैर छूना बंद करें, तो मेरे आग तापने का प्रबंध हो।" दुर्गावती ने अंदर जाकर कपड़े बदले और आग तापी। रामचेरी के साथ मोहनदास भी आ गया। दुर्गावती के पैर छुए। आज रामचेरी और मोहनदास, दोनों की आँखों से कृतज्ञता के आँसू बह रहे थे। रानी के दर्शन करने के लिए भीड़ दौड़ी आ रही थी। सब 'दुर्गावती की जय' चिल्ला रहे थे। दलपति शाह और आधार सिंह भीड़ का नियंत्रण कर रहे थे। वास्तव में ऐसा आचरण करना चाहिए, जिससे लोगों को तेजस्वी जीवन की प्रेरणा मिले।

सत्य है, एक असाधारण घटना मनुष्य को महान् बना देती है। दुर्गावती के होंठों में कर्तव्य-कौशल की मुसकान फैली थी। कलेजा कँपानेवाली ठंड में भी संतोष और दायित्व की गरमी थी। दुर्गावती नदी से बचकर अग्नि सेवन कर रही थी। जिस मचिया पर दुर्गावती बैठकर आग सेंक रही थी, उसी के सामने दलपति शाह के लिए एक मचिया रखी थी। पास में मात्र रामचेरी थी। महाराज दलपति शाह का चित्त उद्विग्न था। प्रजा से मिलकर वे भीतर आए। उन्हें एक क्षण को लगा था कि जैसे उनकी दुर्गावती मिलकर बिछुड़ गई हो। हृदय हाहाकार कर उठा था। वे दुर्गावती के पराक्रम से इतने खुश नहीं थे, जितने दुर्गावती के निर्णय से नाखुश थे। उनके मुख से बोल नहीं निकल पा रहे थे। क्रोध और शीत के कारण उनका शरीर काँप रहा था, किंतु प्रजा के सामने कुछ कह नहीं सकते थे। दुर्गावती को आग सेंकता देखकर वे भी चुपचाप मचिया में बैठकर हाथ सेंकने लगे।

पारखी दुर्गावती को समझने में देर नहीं लगी कि महाराज बहुत नाराज हैं। दुर्गावती को कुछ बोलने का साहस नहीं हो रहा था। महाराज के प्रेम को पहचानकर उसकी आँखों से आँसू गिर गए। महाराज दलपति शाह दुर्गावती को रोते नहीं देख सके। सो बोल उठे—"जो हो गया सो हो गया, किंतु आप

महारानी हो। आपको कम-से-कम मेरे बारे में सोचना चाहिए था।" दुर्गावती के आग तापते हुए हाथ क्षमा की मुद्रा में जुड़ गए। अबसे ऐसी कोई आतुरता नहीं होगी। पुत्र के लिए माँ कुएँ में कूद जाती है। रामचेरी बोली—"ऐसा सुना था, किंतु पुत्र के लिए माँ नदी में कूद जाती है यह तो देख भी लिया।"

पुत्र और प्रजा के प्रसंग आ जाने से दुर्गावती को बड़ी राहत मिली। यद्यपि महाराज दलपति शाह के हृदय की धड़कन अब भी बढ़ी हुई थी। दुर्गावती के खो जाने का डर उन्हें अभी भी विचलित कर रहा था, किंतु वे बड़े संयत शब्दों में बोले—

"देवी, प्रकृति दुर्जेय है। यह नियंता की नियति है। देखने में मनोरम है, किंतु सेवन में भयावह। अग्नि की तरह या धुआँधार की तरह। हिमाच्छादित उत्तुंग शिखर देखने में मनोरम है, किंतु चढ़ने में नहीं। ढलान, घाटी, विवर, जलराशि—सभी मानव के लिए दुष्कर हैं। प्रकृति से तारतम्य बिठाकर जियो। आपका साहस प्रकृति के विरुद्ध था। देवी, तुम 18 वर्ष की हो, अब मेरे लिये 18 क्षण की हो गई। तुम्हारा जन्मोत्सव मनाएँगे, पर यह अवश्य बताएँगे कि आपका यह दुस्साहस मुझे अत्यंत पीड़ादायक था।" दुर्गावती बोली—"एक बार क्षमा कर दीजिए। हमारे तैराक पीछे थे, बेमौसम यह घटित हो गया। मुझे ऐसा अनुमान नहीं था। मैं अपने को रोक नहीं पाई।" रात्रि में महाराज ने भोजन नहीं किया। इस कारण उनके दल ने मात्र दूध पीकर रात्रि विश्राम किया।

पूरा कटंगी गाँव दर्शन करने आ गया। भांडेर पहाड़ के नीचे बसा यह गाँव संपन्न था। आँच में बैठी हुई दुर्गावती ने गनू के बारे में जानकारी ली। गनू ने आकर मातारानी को प्रणाम किया और बोला—"मैं महावत का काम आज सीख गया। आज से मैं आपका साथ कभी नहीं छोड़ूँगा। गनू का रोम-रोम पुलकित था और रोम-रोम में कृतज्ञता का संचार था। उस रात्रि सब वहीं पर रुक गए। गाँव के उजाड़ की समीक्षा हुई तथा लोगों को सहायता दी जाने की घोषणा की गई।

रानी दुर्गावती महाराज दलपति शाह, मंत्री आधार सिंह के साथ गोंडवाना दर्शन हेतु यात्रा कर रहे थे। दूसरे दिन बाजना मठ पहुँचे। आलीशान मंदिर की

भव्य रचना को देखकर दुर्गावती का मन वैभव के अतीत की कल्पना करने लगा। दुर्गावती ने पूछा—"यह मठ तथा विशाल सरोवर देखकर अनुमान लगाना कठिन है कि इसके निर्माण में कितनी राशि और समय लगा होगा? भव्यता के दर्शन से मन धन्य हो जाता है। इस मंदिर में किस देवता का स्थान है?"

दलपति शाह ने कहा, "यह स्थान तो हमारे कुलदेवता भैरव का है।" दुर्गावती उत्सुकता से बोली—"महाराज, पहले तो भैरवनाथ जी के दर्शन करना चाहिए।" दलपति शाह बोले—"अवश्य, किंतु आज की पूजा संपन्न हो चुकी होगी। बाबा भैरवनाथ की गुफा निश्चित समय में खुलती है। यह तो तंत्र विद्या का मंदिर है।" दुर्गावती ने निवेदन किया, "कृपा करके इस मंदिर का इतिहास बताएँ।" दलपति शाह ने आधार सिंह की ओर देखा, पुजारी महेश ठाकुर ने आखिरकार कहानी प्रारंभ की। महारानी, यह एक छोटा-सा मंदिर था, काले पत्थरों से बना हुआ। एक बहुत बड़ी चट्टान को काटकर तराशा गया था। चट्टान के नीचे गुफा थी। उसी गुफा में एक प्रसिद्ध तांत्रिक रहता था। कालांतर में पता चला कि वह विचित्र हठ योगी था। उन दिनों बलि की प्रथा थी। पशुबलि बंद होने के कारण वह बहुत नाराज था। संयोगवश महाराज संग्राम सिंह उस तांत्रिक के अनुयायी बन गए।

"तांत्रिक ने सोचा, यदि राजा को वश में करके इसी की बलि दे दूँ, तो यह बाबा भैरव नाथ की अनोखी पूजा होगी। तांत्रिक स्वयं संग्राम सिंह की बलि देकर राजा बनना चाहता था, किंतु महाराज संग्राम सिंह नीतिवान, चतुर, पराक्रमी तथा समग्र योद्धा थे। वे कभी किसी से भयभीत नहीं हुए और इसके कारण कभी-कभी अकेले ही बाजना मठ चले जाते थे। एक बार पूजा के विधान के समय ही महाराज संग्राम सिंह तांत्रिक की गुफा के पास चले गए। राजा को आया हुआ देखकर तांत्रिक खुश हो गया। वह भैरवनाथ की गुफा का अलौकिक वर्णन करता हुआ, भैरवनाथ की मूर्ति के पास ले गया। पता नहीं, संग्राम सिंह को तांत्रिक की योजना पर आशंका हो गई। भैरवनाथ के सामने उबलते हुए कढ़ाह को देखकर, उन्होंने तांत्रिक की योजना समझ ली। तांत्रिक ने महाराज संग्राम सिंह के हाथ में पूजा सामग्री देते हुए बोला—"महाराज,

इस उबलते कढ़ाह में आप अपने भविष्य का दर्शन करें। यदि दर्शन करते समय भैरवनाथ दिख जाएँ, तो आप अखंड राज्य करेंगे।" तांत्रिक राजा को धक्का देकर कढ़ाह में डालना चाहता था। महाराज संग्राम सिंह ने अपने वस्त्र में छुपाई कटार को त्वरापूर्वक निकालते हुए एक ही प्रहार से तांत्रिक के सिर को काटकर उसी कढ़ाह में डाल दिया। तेल उछलकर भैरवनाथ के पास तक चला गया। धूर्त तांत्रिक का कबंध एक ओर निष्प्राण होकर लुढ़क गया और कढ़ाह में पड़ा हुआ सिर थोड़ी देर में पककर ऊपर आ गया। तांत्रिक को दंड देकर महाराज ने अपने सेनापति को पूरी बात बताई तथा इस तरह के पाखंडियों पर काररवाई का आदेश दिया। प्रजा पालक संग्राम सिंह ने उन्हीं दिनों राज्य में कई गढ़, मंदिर तथा तालाबों का निर्माण कराया। संग्राम सिंह से कोई भी शत्रु विजय हासिल नहीं कर सकता था। उनके अद्‌भुत पराक्रम के कारण ही मुगल सम्राट ने 'शाह' की उपाधि दी। महाराज ने गोंडवाना को सुरक्षित करके अपने युवा होते हुए पुत्र को राज्याभिषेक कर दिया और स्वयं वानप्रस्थ लेकर नर्मदा के किनारे चले गए।

कहानी सुनकर दुर्गावती में वीर रस का संचार हो गया, किंतु कुछ बोल नहीं सकीं। कुछ देर बाद महाराज दलपति शाह बोले—"मंदिर की परिक्रमा कर लें?" मंदिर की परिक्रमा के बाद तालाब का दृश्य देखते हुए पूरे दिन वहीं पर विश्राम किया। प्रात:काल भ्रमण दल गढ़ की ओर चला। मदन महल के नयनाभिराम मनोरम दृश्य को देखकर रानी दुर्गावती प्रकृति में मानो रम गईं। पहाड़ की चोटी पर उड़ते हुए मेघों को देखकर ऐसा लग रहा था कि मेघ महल में यात्री बनकर आते हैं, रहते हैं और चल देते हैं। प्रवासी देवता भी बादल का आकार लेकर मदन महल को देखने का लालच संजोए हुए हैं। शिल्प-कला का अद्‌भुत नमूना तथा पत्थरों की कारीगरी से मन खुश हो जाता था। मदन महल की सुंदरता के कारण कई दिनों तक भ्रमण दल वहाँ रुक गया। रानी दुर्गावती ने समूचे क्षेत्र की जानकारी ली। कृषि उपज, न्याय-व्यवस्था तथा प्रजाजनों से मिलना तथा उदारतापूर्वक सहयोग करना रानी दुर्गावती की कहानियों के रूप में सुना जाने लगा।

समय व्यतीत होने लगा। श्रावण का महीना आया। रानी दुर्गावती अपने लाव-लश्कर के साथ ग्रामीण भ्रमण पर निकली थीं। आगे राजा की सवारी थी। महाराज दलपति शाह के मंत्री तथा सेना नायक साथ-साथ थे। रानी दुर्गावती और रामचेरी एक ही हाथी पर सवार थीं।

नर्मदा के पास पहाड़ी के नीचे से मार्ग था। ढलान के नीचे ही एक खेत पर निराई करती हुई कुछ कृषक ललनाएँ कार्य में लगी हुई थी। समीप जाने पर वहाँ से मधुर गीत की आवाज सुनाई दी। रानी ने आदेश दिया, हाथी को बिठाया जाए। हाथी बैठ गया। रानी सवारी से उतरी। साथ में रामचेरी भी उतर गई। दोनों पैदल खेत की ओर चल पड़ी। खुरपी चलाती हुई, निराई करती महिलाएँ निराई गीत बड़े ही स्वर, से गा रही थी, जिसके कुछ ऐसे भाव थे—'कृष्ण ने राधा से कहा—बादल चूने लगे हैं, अंग भीगने लगे हैं, हवा चल रही है, फसल बढ़ रही है, धरती मगन है, पूरी वसुन्धरा गीली हो गई है, प्रेम के अंकुर फूटने लगे हैं। कृष्ण, अब तुम्हें भी दर्शन दे देना चाहिए। हमारे खेतों में लक्ष्मी का वास हो, किसान सुखी और संपन्न हों और सभी देश की आराधना में लगे हों।' गीत का भाव समझकर रानी दुर्गावती मुसकराती हुई उनके बीच में चली गई। रानी को महिलाओं ने पहचान लिया। सभी महिलाएँ आदरपूर्वक रानी के पैर पूजने लगीं। रानी बोली—"पैर नहीं पूजो, गले लग जाओ।" महिलाओं ने कहा, "हमारे हाथों में मिट्टी लगी है, सारा शरीर मिट्टी से रच गया है, गले लगने से आपके शरीर पर मिट्टी लग जाएगी।" रानी बोली—"लग जाने दो।" सभी महिलाओं ने बारी-बारी से दुर्गावती के गले लगकर भेंट की। रानी ने भी बड़े ही प्रेम से सबको गले लगाया। दुर्गावती की चमकती देह पर मिट्टी लग गई थी। एक कृषक वधू बोली—"कहती थी न, आपके गीली मिट्टी चिपक जाएगी।" रानी हँसती हुई बोली—"मिट्टी का तो शरीर है, बिना मिट्टी के कैसे सुखी रह सकता है! यह गोंडवाना की मिट्टी नहीं, यह गीला चंदन है, जिसे बदली ने गीला किया है, इसी मिट्टी की सुगंध तो मुझे खेतों में खींच लाई है। परिश्रम करो, सुखी रहो और सदा गाती रहो।" तब-तक महाराज दलपति शाह और आधार सिंह भी आ गए। रानी ने सभी महिलाओं को स्वर्ण मुद्राएँ देकर विदा लिया।

रानी प्रत्युत्पन्नमति थी। कई ऐसे न्याय के प्रकरण आए, जिसे सहज बुद्धि के लोग सुलझा नहीं सकते थे। रानी की अद्भुत निर्णय क्षमता के कारण वे सभी प्रकरण सुलझ गए। इन प्रकरणों से रानी दुर्गावती को असाधारण लोकप्रियता मिली। इसी बीच रामचेरी ने सुमेर सिंह का जो आभूषण अपने साथ रख लिया था, उससे तालाब खुदवाने की इच्छा जाहिर की। रामचेरी के नाम से 'चेरी' ताल बना। कृषि-व्यवस्था तथा जल-प्रबंधन के लिए ही नहीं, बल्कि नगर के सौंदर्य सृष्टि के लिए तालाबों की उपयोगिता थी। दो वर्षों की समयावधि में ही रानी ने गोंडवाने का कायाकल्प कर दिया। रानी दुर्गावती में दुर्गा, लक्ष्मी और सरस्वती का स्वरूप दिख रहा था। अपने संपूर्ण संतुष्ट गृहस्थ जीवन को जीते हुए प्रजा रंजन के साथ समय व्यतीत होने लगा।

जेठ मास का अवसान था। आकाश में बादल के चिह्न भ्रमण कर रहे थे। पर्वत प्रांतों में पत्र फूटने लगे थे। डालियों में हरीतिमा झाँकने लगे थी। आम के पेड़ों से पकने की सुगंध आ रही थी। रानी दुर्गावती का भ्रमण दल चौरागढ़ के दक्षिण पहाड़ी प्रांत की ओर था। दोपहर के समय एक बगीचे में भ्रमण दल ठहर गया। पास ही नदी थी। भोजन पकानेवालों ने अपना कार्य प्रारंभ किया। लोगों ने घाटों को तलाशकर स्नान की सुविधा बनाई। रानी और रामचेरी कुछ दूर स्थित दूसरे बगीचे में चली गईं। बगीचे में कुटी बनी हुई थी, जिसमें एक वृद्ध महिला रखवाली के लिए निवास करती थी। उसके हाथ में गुलेल थी और महिला वृद्ध होने के बाद भी स्वस्थ थी। महिला ने दोनों को बड़े आश्चर्य से देखा फिर पूछा—

महिला : कहाँ से उतरी हो?

रामचेरी : (मुसकराकार) आकाश से।

महिला : देवी हो?

रामचेरी : नहीं, मानवी हैं।

महिला : लगती तो देवी जैसी हो।

रामचेरी : किंतु हैं नहीं।

महिला : किंतु ये दूसरी तो साक्षात् लक्ष्मी लग रही है।

रामचेरी : है तो लक्ष्मी ही, किंतु नाम दुर्गा देवी है।

महिला ने हाथ जोड़कर प्रणाम किया। "देवी! आपने बड़ी कृपा की, दर्शन दिए", कहती हुई महिला दुर्गावती के चरणों में गिर गई। दुर्गावती बोली—"उठो माँ, मैं कोई देवी नहीं, दुर्गावती हूँ, गढ़ा राज्य की दुर्गावती।" महिला उठकर दुर्गावती की ओर देखने लगी। "हमारी रानी दुर्गावती? धन्यभाग, दर्शन हो गए। हम साधनविहीन हैं। आपका दर्शन दुर्लभ है। आपने बड़ी कृपा की जो इस बगीचे में पधारीं। आपकी क्या सेवा करें? न बैठने के लिए आसन है, न पानी पिलाने के लिए बरतन।" दुर्गावती बोली—"हम तो नदी से पानी पीकर ही आए हैं और पेड़ के नीचे बैठ जाते हैं।" महिला ने अपना पुराना कंबल बिछा दिया। रानी दुर्गावती उसी में बैठ गई।

दुर्गावती : दोपहर हो गई, भोजन कर लिया?

महिला : बना लिया है, रखा है।

दुर्गावती : भोजन तो हम भी करेंगे।

महिला : आपके लायक नहीं है।

दुर्गावती : भोजन में क्या है?

महिला : आम का पना और रोटी।

दुर्गावती : उसी में हम भी भोजन करेंगे। इस ऋतु में तो सभी यही भोजन करते हैं।

महिला : आप मोटा अनाज खा लेती हैं?

दुर्गावती : मोटा अनाज बहुत ही प्रेम से खाते हैं।

बड़े संकोच से महिला ने हाथ से पिसे हुए चने और तुअर के चूर्ण की रोटी हाथ में रख दी, जो मोटी थी, किंतु अच्छी तरह पकी हुई थी। साथ में मिट्टी के बरतन में आम का रस रख दिया। दुर्गावती, रामचेरी और महिला ने भोजन किया। कुछ देर बाद रानी की खोज में, उन्हें ढूँढ़ते हुए महाराज दलपत शाह के दूत बगीचे में आ गए। रानी दुर्गावती अपने साथ महिला को लेकर गईं। अपने पड़ाव में भोजन कराया। आधार सिंह को वहाँ तक मार्ग निर्माण के लिए आदेश दिया। साथ ही, महिला को रानी ने वस्त्र और आभूषण देकर

विदा किया। रानी मानवीय संवेदनाओं को भलीभाँति पढ़कर प्रजानुकूल आचरण करती हुई, सभी का मन मोह लेती थी।

तीसरा वर्ष प्रारंभ होने के कुछ समय बाद रानी ने एक स्वस्थ शिशु को जन्म दिया। समूचे राज्य में सुख, संपन्नता और श्री का मोद बह रहा था। पुत्र जन्म में पूरे राज्य में उत्सव मनाया गया। पुत्र का नाम वीरनारायण रखा गया। इस तरह दुर्गावती का जीवन खुशियों से भर गया।

एक दिन सायंकाल महाराज दलपति शाह कुछ अनमने से दुर्गावती के कक्ष में प्रविष्ट हुए। उनके कुम्हलाए कमल-से मुख-मंडल को देखकर दुर्गावती ने पूछा—"क्या हुआ महाराज, आपके मुख-मंडल पर चिंता की लकीरें दृष्टिगोचर हो रही हैं?" महाराज दलपति शाह बोले—"चिंता की बात तो है, आपके सामने यह कहते हुए मुझे संकोच हो रहा है कि शेरशाह सूरी ने कालिंजर किले पर डेरा डाल रखा है।" दुर्गावती जैसे नींद से जाग उठी। घबराकर बोली—"महाराज, पुष्ट जानकारी क्या है? बताइए, मुझे बेचैनी हो रही है।" महाराज—"जानकारी इतनी ही है।" कहते हुए, पुनः जानकारी लेने का आश्वासन दिया।

□

पंद्रह

इधर, दुर्गावती के गढ़ा और महाराज कीर्तिदेव सिंह के महोबा चले जाने के बाद कालिंजर किले में कैद सुमेर सिंह परेशान था। पाँचवें दिन महाराज लौटकर आए और सेनापति को आदेश दिया कि सुमेर सिंह को मुक्त कर दिया जाए। सुमेर सिंह महाराज के पास आकर चरणों से लिपट गया। रोते हुए बोला—"महाराज! सबकुछ नष्ट हो गया। दुर्गावती रामचेरी को साथ लेकर भाग गई। आपकी सेना यदि मेरा सहयोग करती, तो क्षत्रिय कुल की मर्यादा इस तरह न भंग हुई होती।" महाराज कीर्तिदेव सिंह बोले—"जो घटना हो गई, उसका स्मरण मत करो। अब आगे के लिए सोचो, क्या करना चाहिए" सुमेर सिंह बोला—"महाराज, अब मेरे लिये आपके अलावा कोई शरण नहीं है। कालिंजर को शत्रुओं से खतरा है। अब तो गोंडवाना भी शत्रु है। हमें अपनी शक्ति बढ़ानी चाहिए।" सुमेर सिंह जानता था, यदि यहाँ पराजित भी होते हैं तो भागकर अपने रेतीगढ़ में चले जाएँगे। महाराज के आदेश पर सैनिक भरती किए गए। सुमेर सिंह जानता था, कि मुगलों के पास तोप ढालने का कारखाना है। इस काम में उसे रुचि भी थी। अत: उसने महाराज से आदेश प्राप्त करके तोप ढलवाने का कार्य भी प्रारंभ कर दिया। जब यह समाचार प्राप्त हुआ कि शेरशाह इन दिनों जोधपुर तथा मारवाड़ में युद्धरत है, मालवा के पठानों ने आत्मसमर्पण कर दिया। इसके बाद भी शेरशाह ने किले पर अधिकार करके सबको मृत्युदंड दिया। जोधपुर में भी उसने अन्याय से विजय हासिल की। वह मेवाड़ पर आक्रमण कर सकता है। मेवाड़ के बाद वह कालिंजर के बारे में सोच सकता है।

कालिंजर को पड़ोसी राज्य से सहायता मिलना संभव नहीं था। गोंडवाने से वार्त्ता नहीं कर सकते थे। यद्यपि महाराज कीर्तिदेव सिंह अपने गुप्तचरों से दुर्गावती के सुख तथा कार्य की जानकारी लेते रहते थे, किंतु वे सहायता नहीं माँग सकते थे। वह पुत्री से मिल भी नहीं सकते थे, क्योंकि ऐसा करने पर क्षत्रिय राजा हँसी उड़ाते तथा सुमेर सिंह भी नाराज हो जाता। सुमेर सिंह बड़े मनोयोग से कालिंजर का काम कर रहा था। वह महाराज कीर्तिदेव सिंह को यह ध्यान दिलाना चाहता था कि उनका सबसे बड़ा हितैषी वही है। कभी-कभी महाराज कीर्तिदेव सिंह का मन पुत्री से मिलने के लिए तड़प उठता था, किंतु मिथ्यापूर्ण मर्यादा तथा लोगों के नाराज न हो जाने के कारण वे अपने मन को समझा लेते थे। सुमेर सिंह शत्रुओं से न मिल जाए, यह आशंका भी महाराजा कीर्तिदेव सिंह को बनी रहती थी। इधर, सुमेर सिंह कुछ तोपों तथा गोलों की ढलाई से खुश हो रहा था। पुरानी प्राचीरों तथा परकोटों के बीच-बीच में तोप तथा पत्थर इकट्ठा किए गए। युद्ध के सामान रखे गए। महाराज कीर्तिदेव सिंह गोंडवाने की सहायता प्राप्त करना चाहते थे, किंतु महाराज के निकट सहयोगी इस पक्ष में नहीं थे। ग्रीष्मऋतु बीतने के बाद वर्षा प्रारंभ हो गई। बरसात आते ही युद्ध की आशंका समाप्त हो जाती है। तब सैनिक और किसान सब अपने खेतों की ओर ध्यान देते हैं। वर्षा ऋतु आने से सुमेर सिंह का तोप ढलाई का काम भी रुक गया। महाराज कीर्तिदेव सिंह और सुमेर सिंह, दोनों ने भविष्य की चर्चा की। निकट भविष्य में शेरशाह का युद्ध संभव है, इसलिए अपने किले को ऐसा बना दें कि वर्षों तक युद्ध लड़ा जा सके। कीर्तिदेव सिंह ने कहा कि गोंडवाने के पास बहुत बड़ी सेना है। कहते हैं, कई हजार घुड़सवार और हजार हाथी की सेना है। गोंडवाना का नाम सुनते ही सुमेर सिंह के कलेजे में साँप लोट गया। वह दुर्गावती को भुला नहीं सका था। ऊपर से रामचेरी को अपशब्द भी कह देता था। इसी भूतनी के कारण दुर्गावती मुझे नहीं मिल पाई। कीर्तिदेव सिंह ने कहा, “गोंडवाना बहुत बड़ा राज्य है। उनकी सेना में क्षत्रिय और लोधियों की बड़ी संख्या है।” कीर्तिदेव सिंह की बात सुनकर सुमेर सिंह बोला—“महाराज, दुर्गावती ने जो अपमान किया है, उसे आप कैसे भूल सकते

हैं ? एक अपात्र के साथ अपने राज्य को छोड़कर चली गई, फिर ये कौन से लड़ाके हैं ? वे तो तुर्कों का भी मुकाबला नहीं कर सकते।" महाराज कीर्तिदेव सिंह बोले—"मुझे तो सारे योद्धा एकलव्य जैसे शूरवीर दिखाई देते हैं। साहस के धनी हैं, पराजित होना ही नहीं जानते।" सुमेर सिंह ने कहा, "ये तो छोटी जाति के योद्धा हैं।" किंतु कीर्तिदेव सिंह के सामने बेटी का चेहरा, उसके शिकार करने की शैली, उसके बात करने का अंदाज और पिता के असीम स्नेह का सागर सामने आ जाता था। सब सोचते हुए बोले—"जो हो गया सो हो गया। कोई रिश्ता तो रखना नहीं है। मैंने प्रस्ताव में 'न' भी कर दिया था, किंतु विधाता को जो मंजूर था, वह हुआ।" सुमेर सिंह बोला—"शिकार खेलने के कारण ही तो सब गड़बड़ हुई। दुर्गावती न शिकार खेलने जाती न उस राजा से भेंट होती और न ही यह सब होता।" महाराज कीर्तिदेव सिंह बोले—"मेरा विचार है कि पुत्री, पुत्री होती है। दुर्गावती मेरे लिये पुत्र भी है। वह मेरी रक्षा कर सकती है। यदि शेरशाह पर दोनों ओर से आघात किया जाए तो हमारी विजय हो सकती है। इधर से कालिंजर और उधर से गोंडवाना।" सुमेर सिंह बोला—"यह कैसे होगा, महाराज ? सारी इज्जत मिट्टी में मिल जाएगी। सभी क्षत्रियों की नाक नीची हो जाएगी। लोग आपको क्या कहेंगे ?" महाराज कीर्तिदेव सिंह बोले—"चुप रहो, सुमेर सिंह। इन ऊँची जातियों में कैसे-कैसे लाँछित कार्य हुए हैं, तुम्हें पता नहीं है। इन चंदेलों को देखो, इनकी उत्पत्ति का इतिहास क्या है ? पर यह प्रसंग छोड़ो। हमें तो गोंडवाने से सहयोग लेने में बुराई नहीं दिखती। अरे, गोंडवाने और शेरशाह को लड़ा दो। हम बच जाएँगे।" सुमेर सिंह चाहता नहीं था, किंतु 'हाँ' में 'हाँ' मिला दी। उसे महाराज के प्रस्ताव से भविष्य की चिंता होने लगी। कहीं पुत्री का प्यार बेघर न कर दे। बातों से हताश सुमेर सिंह को कीर्तिदेव सिंह ने कुल की बड़ाई करके समझाया—"हम क्षत्रिय हैं, हमारे सामने दूसरे तो खड़े भी नहीं हो सकते, किंतु काम पड़ने पर मनुष्य किससे सहायता नहीं ले लेता। इसलिए गोंडवाने की सहायता से हमारा फायदा होगा। हमारा फायदा यानी तुम्हारा फायदा। मैं तो तुम्हारे लिए ही सोच रहा हूँ।" सुमेर सिंह को लगा कि बूढ़ा राजा उसके लिए ही कर रहा है। उसने

'हाँ' में 'हाँ' मिला दी।" सुमेर सिंह उस दिन से महाराज कीर्तिदेव सिंह को पिताजी कहने लगा। वह बोला—पिताजी, आप जैसा करें, सब ठीक है।" तब कीर्तिदेव सिंह ने कहा कि गोंडवाना को पत्र लिखो। गोंडवाना पत्र भेजा गया। कुछ दिनों बाद दलपति शाह का उत्तर आ गया, महाराज, तुर्कों से कोई चिंता न करें। जब जैसी आज्ञा होगी, गोंडवाना सहायता करेगा, किंतु इन दिनों दुर्गावती से कालिंजर के गुप्तचर नहीं मिल पाए, क्योंकि दुर्गावती ने पुत्र जना था। उत्सव की तैयारी हो रही थी। दलपति का उत्तर लेकर गुप्तचर जब लौट रहा था, तो उसकी भेंट सुमेर सिंह से हो गई। उसने गुप्तचर को बुलाया और पत्र की थैली को लेकर के गुप्तचरों का सत्कार किया, धनराशि दी और एकांत में पत्र पढ़ लिया। दलपति शाह ने लिखा था—

महाराज कीर्तिदेव सिंह को दलपति शाह का चरण स्पर्श प्रणाम।

आप मेरे पिता ही नहीं भगवान् हैं। आपकी कृपा से ही मेरा भाग्योदय हुआ है। यदि आपका आर्शीवाद प्राप्त न होता तो मुझे दुर्गावती जैसी श्रेष्ठ जीवन संगिनी कभी न मिलती। आपकी दूरदृष्टि तथा योजना से ही हम जाति-पाँति के फँदे से निकल सके हैं। आपको यह बताते हुए हमें अपार सुख हो रहा है कि आप नाना बन गए हैं। आपके पौत्र का नाम वीरनारायण रखा गया है। यह आपके वंश की कीर्ति दिग्दिगांतर तक फैलाए, आप ऐसा आशीर्वाद प्रदान करें। आपकी पुत्री स्वस्थ और सानंद है। कालिंजर का संकट हमारा संकट है। आपके लिए हम प्राण प्रण से लड़ेंगे, आप आदेश देते रहें।

आपका आज्ञाकारी पुत्र
दलपति शाह

पत्र पढ़-पढ़कर सुमेर सिंह सुलग उठता था। इस बुड्ढ़े की सारी योजना है और मुझे बेवकूफ बनाकर रख दिया? मेरे साथ छल किया है। एक दिन मैं ऐसा छल करूँगा कि इसके पास न पुत्री, न जामाता रहेगा और न ही कालिंजर रहेगा। पत्र को उसी तरह थैली में बंद करके गुप्तचर को लौटा दिया। दूसरे दिन कीर्तिदेव सिंह ने सभा में पत्र की चर्चा की। दुर्गावती के पुत्र जन्म की बात

बताई तथा दलपति शाह के क्षमा-याचना की वार्त्ता को भी सभा को बताया। सेनापति ने कहा—"गोंडवाना बड़ा राज्य है। यदि हमारी सहायता करे तो हम शेरशाह से बच सकते हैं।" सुमेर सिंह बोला—"गोंडवाना की सेना आए चाहे न आए, हमारी सेना ही शेरशाह के छक्के छुड़ा देगी। बड़ी तोपें बन रही हैं, किले के प्राचीर भी सुदृढ़ है। हम युद्ध में विजयी होंगे।" कीर्तिदेव सिंह यह नहीं जानते थे, कि सुमेर सिंह के मन में क्या चल रहा है और सुमेर सिंह ने भी ऐसा कुछ नहीं जताया कि वह कीर्तिदेव सिंह से बहुत नाराज है।

कुछ ही दिनों बाद शेरशाह ने कालिंजर पर चढ़ाई की योजना बना दी। शेरशाह की योजना ऐसी थी कि उसने अपने सैनिकों को कालिंजर के चारों ओर रहने का आदेश दे दिया था। उसके सैनिक कालिंजर के नागरिकों को तंग नहीं करते थे, बल्कि किसानों से सहायता लेकर आगे बढ़ रहे थे। यह खबर महाराज तक पहुँच गई। कुछ दिनों बाद ही बड़ी-बड़ी छावनियाँ बनने लगीं। सुमेर सिंह ने सोचा, यदि जीतते हैं तो कालिंजर के राजा बनेंगे और आत्मसमर्पण कर देते हैं तो कालिंजर के सूबेदार, किंतु कीर्तिदेव सिंह के मन में तो यह बात तय थी कि जब तक साँस शेष है, तब तक युद्ध करेंगे। शेरशाह ने सभी के साथ विश्वासघात किया है। इसलिए वह आत्मसमर्पण के बाद भी वही करेगा, जो पराजय के बाद होता है। अगली रात्रि में कुछ सैनिक किले के पास तक आ गए। सुमेर सिंह को कीर्तिदेव सिंह से सारी बातें बताईं। उसने बताया कि शत्रु की टुकड़ी को हमने भगा दिया है। किले के अंदर कोई प्रवेश नहीं कर सकता। युद्ध को हम वर्षों तक खींच सकते हैं। इसलिए आप चिंता न करें। रात्रि में ही एक शत्रु सैनिक ने प्राचीर के उस पार से थैली फेंकी थी। उसे कालिंजर के गुप्तचर ने प्राप्त कर लिया। कीर्तिदेव सिंह ने थैली खोलकर देखा—शेरशाह का एक पत्र। उसमें लिखा था—कालिंजर के राजा सुमेर सिंह, तुम्हारी योजना के अनुसार मैंने युद्ध की तैयारी की है। तुम युद्ध करो, किंतु बेटे! हमारे ऊपर गोला न चला देना। ऐसी जगह गोला चलाना कि हमारा कोई नुकसान न हो तथा हमारी फौज जब पास में पहुँचे तो फाटक खुलवा देना। तुम्हारी गद्‌दी तुम्हें मिल जाएगी। राजा कीर्तिदेव सिंह को या तो कैद कर लो

या तो हलाक कर दो, मुझे कोई दिलचस्पी नहीं है।

महाराज कीर्तिदेव सिंह ने पत्र पढ़कर सुमेर सिंह को ही दे दिया। बोले—"पुत्री गोंडवाना चली गई और तुम्हें पुत्र माना तो तुम मेरे बदले में शेरशाह से समझौता कर लिया।" सुमेर सिंह ने सोचा 'मामला' गड़बड़ा गया है। वह रोता हुआ कीर्तिदेव सिंह के चरणों में गिर गया। बोला—"पिताजी यह शत्रु की चाल है। जान-बूझकर पिता-पुत्र को लड़ाना चाहते हैं। आप मेरा सिर काट लीजिए, मैं कभी गद्दारी नहीं कर सकता। महाराज कीर्तिदेव सिंह ने पत्र को फाड़कर फेंक दिया।" महाराज कीर्तिदेव सिंह के पास इस अवस्था में मृत्यु के अलावा कोई और चारा नहीं था। वह जानते थे कि यदि युद्ध हुआ तो कालिंजर तबाह हो सकता है। चारों ओर से प्रपंच भी चल रहे हैं। इन षड्यंत्रों में भगवान् ही रक्षा कर सकता है। कीर्तिदेव सिंह सुमेर सिंह से बोले—"बेटा! इस पत्र की किसी से चर्चा नहीं करना।" युद्ध समीप आ गया। तोपें चल रही थी। कालिंजर के युद्ध में शेरशाह ने पूरी ताकत झोंक दी थीं, क्योंकि शेरशाह का भविष्य कालिंजर की विजय पर निश्चित था। चंदेल राजा भी वंश के गौरव का गुणगान करके लड़ने का मन बना लिया था। तोपें आग बरसाने लगीं। शेरशाह की ओर से भी तोपें चल रही थीं। गरमी के दिन थे। लू के-थपेड़े चल रहे थे। शेरशाह की तोप से निकली चिंगारी हवा के झोंके के कारण शेरशाह के बारूद भंडार में गिर गई। बड़ा जोरदार धमाका हुआ। शेरशाह उसी बारूद के ढेर में जल-भुन गया। उसके सिर का भाग शेष था, बाकी पूरे शरीर के चीथड़े निकल गए। वह चिल्ला रहा था, मैं मर रहा हूँ, क्या मेरे मरने के बाद किला जीतोगे?" उपचार प्रारंभ नहीं हुआ और शेरशाह खुदा को प्यारा हो गया। इधर सिपाही युद्ध कर रहे थे। दोनों ओर से युद्ध हो रहा था। कुछ सिपाही किले के भीतर जा चुके थे। फाटक खोल दिया गया। बाहर की फौज भीतर हो गई। कीर्तिदेव सिंह, सुमेर सिंह, सेनापति—सभी बंदी बना लिये गए। कैदियों को देखकर शेरशाह के सेनापति ने कहा कि शेरशाह की आज्ञा थी कि कीर्तिदेव सिंह को मार देना और सुमेर सिंह छोड़ देना। कीर्तिदेव सिंह सुमेर सिंह की ओर देखकर घृणा से हँस दिए।

कीर्तिदेव सिंह की मृत्यु का समय पास आ गया। इस्लाम शाह ने कहा—"कैदी आखिरी इच्छा बताओ?" कीर्तिदेव सिंह ने कहा—"कुछ नहीं।" इस्लामशाह ने कहा—"सुना है, तुम महोबा के पान बहुत खाते हो, मँगवाऊँ?" कीर्तिदेव सिंह बोले—"अब मैं पान नहीं खाऊँगा, तेरी तलवार खाऊँगा।" इस्लाम शाह को बहुत गुस्सा आया। उसने एक ही वार से कीर्तिदेव सिंह का सर धड़ से अलग कर दिया। शत्रु सेना खुशी से नाच उठी। पहाड़ी में शेरशाह की रखी हुई लाश के चारों ओर विजय की खुशी मनाई जा रही थी। इस्लाम शाह ने सुमेर सिंह से कहा, "तूने हमारी मदद की। तूने तोपें ढलवाई हैं। तू रेतीगढ़ जा और कालिंजर छोड़। यह हमारा जीता हुआ इलाका है।" सुमेर सिंह अपने साथियों के साथ रेतीगढ़ चला गया। मुँह में कलंक पोते हुए रेतीगढ़ जाता हुआ सुमेर सिंह सोच रहा था, दुर्गावती भी हाथ से गई और कालिंजर भी। इस तरह महाराज कीर्तिदेव सिंह का गौरव कालिंजर के साथ इतिहास बन गया।

□

सोलह

कालिंजर के पतन की कहानी सुनकर दुर्गावती का चित्त विचलित हो गया। पिता की निर्मम हत्या तथा कालिंजर के पराभव को सुनकर वह फूट-फूटकर रोई। पूरे दिन पानी तक ग्रहण नहीं किया। वह महाराज कीर्तिदेव सिंह की इकलौती पुत्री भी थी, पुत्र भी। दलपति शाह ने उसे सांत्वना दी। दूसरे दिन प्रात:काल पंडितों को बुलाकर पिता का पिंड दान कराया, श्राद्ध किया तथा उनकी आत्मा की शांति के लिए दान किया। दुर्गावती के आचार-व्यवहार में व्याकुलता बनी रही। हर प्रकार से मन बहलाने का प्रयास करने के बाद भी दलपति शाह अपने को असहज पा रहे थे। तब नन्हे वीरनारायण को सामने किया। वीरनारायण के कारण ही महारानी अब धीरे-धीरे अपने कार्यों में ध्यान देने लगी। राज्य की समस्या सुनना तथा समाधान करना, राज्य में भ्रमण करके प्रजा की जानकारी प्राप्त करना, उनके प्रकरणों का निराकरण करना, यह रानी के ही कार्य थे। धीरे-धीरे रानी ने शोक को भुलाकर पुनः प्रजा पालन का दायित्व निर्वाह प्रारंभ कर दिया। रानी के व्यवहार, नीति-कौशल तथा कार्य-कुशलता के कारण गोंडवाना की सुख-समृद्धि बढ़ रही थी।

ऋतुएँ बदलती रही, सुखमय समय बीतता गया। तभी एक दिन सायंकाल महाराज दलपति शाह ने कहा, "बहुत दिनों से शिकार खेलने नहीं गए।" दुर्गावती ने महाराज की इच्छा देखते हुए अगले दिन शिकार के लिए जाने की स्वीकृति दे दी। महाराज मंच में चढ़े थे, तभी उनको व्याकुलता लगी। उन्होंने दुर्गावती को आवाज दी—"लगता है, मेरे शरीर में ताप है।" शिकार कार्यक्रम स्थगित करके रानी दुर्गावती दलपति शाह के साथ राजधानी लौटी।

महाराज को तेज बुखार था। औषधि दी गई, किंतु कई दिनों तक बुखार ठीक नहीं हुआ। औषधि लग नहीं रही थी। तभी एक रात्रि उन्हें खून की उल्टी हुई। शरीर थरथराने लगा। वैद्यों ने पूरी कोशिश की, किंतु रोग बढ़ता ही जा रहा था। दुर्गावती ने पूजा-अर्चना की, देवी-देवताओं को मनाया, दान-पुण्य किया, मढ़िया मंदिर गई, औलिया-अघोरी की तावीज बाँधी, झाड़-फूँक कराया, संतों-महंतों की शरण में गई, किंतु कुछ भी काम नहीं आया। महाराज का स्वास्थ्य गिरता गया। एक दिन प्रातःकाल महाराज के समीप आकर दुर्गावती ने कहा—"महाराज, सूर्योदय हो गया है। क्या आज सूर्य को प्रणाम नहीं करेंगे?" नित्य महाराज उठकर के सूर्य को प्रणाम कर लेते थे, किंतु आज उनके पास इतनी शक्ति नहीं थी कि वे उठ सकें। दुर्गावती ने सहारा देकर बिस्तर से उठाना चाहा, किंतु महाराज ने इशारा कर दिया कि उठने की हिम्मत नहीं है। दुर्गावती घबरा गई। तभी महाराज दुर्गावती का हाथ अपने हाथों में लेते हुए कहने लगे। दुर्गावती उनकी बात सुनने लगी। बोलने की सामर्थ्य भी समाप्त हो रही है, जीभ लड़खड़ा रही थी—

पति की दशा देख
काँप उठी दुर्गावती।
हो जाएगी आप बिन,
पृथ्वी के भार-सी
हृदय में एक ही धन संचित है,
आपके स्नेह में स्रोत-सा,
वही तिरता है मन में, वाणी में
कर्म ओत-प्रोत सा।
क्यों कर मैं रखूँ शरीर
अलग होकर आपसे
दग्ध होगी देह मेरी
आप संग चिता में।
अग्नि के सामने की थी प्रतिज्ञा यही

प्राण का महत्त्व तो
प्राणनाथ से कम है।
गढ़ नृपेश के बिना
जीवन की कल्पना की ही नहीं मैंने कभी
जब से मिली हूँ।
आप ही कहते थे, मेघ-सा मैं हूँ
दुर्गावती विद्युतलता-सी दमकती हृदयाकाश में।
मेघ विदा होकर चला जाए अंबर से
विद्युतलता तब क्यों शेष बच पाएगी?
आपके साथ अर्द्धांगिनी भी आपकी
चलेगी सहर्ष मगन मन मोद में
आपका उन्नत भाल साथ में रहेगा
आपकी भार्या दुर्गावती की गोद में।
घबराए दलपति शाह
बड़े ही आग्रह से
दुर्गावती का पद्मपाणि
लिए निज पाणि में।
देवी, मैं जानता हूँ
मृत्युभय योद्धा को
होता नहीं समर में।
मृत्यु तो खेल है
जाने का परम धाम।
जाना ही होता है,
बुलावे पर सभी को।
आगे-पीछे चलते हैं
कितने ही प्राणयान
पहुँचकर मिलते हैं

धरती की गाथा को
बार-बार सुनते हैं।
जानता हूँ, आपको सहज है
मृत्यु का वरण यह।
विधाता के लेख को
कौन छेंक पाया है,
नारियों ने पति का
अनुगमन भी किया है,
किंतु इससे इतर
श्रेष्ठ जीवन भी जिया है।
प्रजा और पुत्र को जीवन दिया है॥
कौशिल्या और कुंती ने
देह-त्याग छोड़कर
पति की आज्ञा को
मानकर जिया है।
मृत्यु से भी कठिन है, पति विहीन जीना।
अपनी तलवार से
काटकर स्वयं शीष
अर्पित कर सकती हो,
तुम वीरांगना हो।
किंतु वीरनारायण
पुत्र पर दया करो।
सोचो, हमारा पुत्र
अकिंचन अनाथ हो
अपमानित-सा द्वार-द्वार
भिखारी-सा भटकेगा।
पुत्र और प्रजा को

पाल-कर आओ तुम,
इसके लिए तो
धरती-सा बनना है।
प्रेम के लिए वियोग भी सहा गया,
यही तो दर्शन है, मानव के जीवन का।
प्रेम में मरो नहीं
प्रेम में जीवित रहो
दलपति की कामना है।
शरीर धारण कर
क्षत्राणी-सी हुँकार में
अब ढलो दुर्गावती।
तुम्हारी तलवार की
धार अभी बाकी है।
राज-रानी से बनो
आज राजमाता तुम।
विषाद मत करो
दुःख वर्जित है राजा को,
अश्रु देखकर मुझे
अपार क्लेश होता है।
तुम्हें कभी रोते हुए
देखा नहीं, दुर्गावती।
अश्रु पोंछकर सोचो क्या करना है ?
आँखों में अग्नि और अधरों में मधु हो
ऐसी ही कामना करके मैं देखा था।
मधु पर्व पूरा हुआ
देवी संतुष्ट हूँ
आँखों की ज्वाला से

राज्यत्राण करना है।
कालिंजर धरती की
लाज रखो दुर्गावती
राजकुल जनता है
देवी मनस्विनी है।
लालसा नहीं है तुम्हें
अपने इस जीवन की,
दूसरों के लिए जो
जीते वही जीते हैं।
सफल हुआ जन्म मेरा,
तुम्हारा साथ पाकर,
यद्यपि संक्षिप्त रहा
फिर भी मैं तृप्त हूँ।
राजनीति-कूटनीति, युद्धनीति आदि सब
समझता है सिंह कब
वन में विनोद से?
किंतु रह पाता है
कानन में मोद से।
युद्ध ही विनोद रहा
जीवनभर आपका।
इतिहास यह कहेगा
धन्य थी दुर्गावती
कहते हुए महाराज
अटक गए बीच में।
अंतिम बार देखा नृप
एक निरायाचक से
शिथिल हो गया तभी

हाथ में रखा हाथ,
चल पड़े उस पार।
जहाँ पर, देह त्याग
मात्र प्राण जाते हैं।
दुर्गावती सिहर उठी
गिरी वक्षस्थल पर
विदाई की वेला में
चीत्कार कर रो पड़ी।
कैसा यह पाठ था,
कैसी यह सीख थी
रानी दुर्गावती की,
निकल पड़ी चीख थी॥

परमशोक से संतप्त रानी अश्रु प्रवाह कर रही थी। जीवन निष्फल हो गया। उसके मन में बात आ रही थी कि महाराज ने सती न होने के लिए आज्ञा दी है, यह जीवन ढोना व्यर्थ है। द्वंद्व विहीन रानी कर्मठ थी। ईश्वर जो कार्य सौंपता है, उसे करना ही होता है। भावनाओं से ऊपर उठकर कर्तव्य को माननेवाली रानी ने आँसू बहाते हुए पुत्र वीरनारायण को देखा तो रानी की अश्रुधारा पुनः बह चली। पुत्र को हृदय से लगाते हुए, पुत्र को समझाया। वीरनारायण कह रहा था, "पिताजी सो रहे हैं। जगा दो, जग जाएँगे।" ऐसे वार्त्तालाप से शोक और गहरा रहा था, किंतु यह समय साहस, धीरज और संयम का था। पूरे राज्य में यह समाचार आग की तरह फैल गया कि महाराज दलपति शाह स्वर्ग सिधार गए। पास में खड़ा हुआ चंद्र सिंह रुदन कर रहा था। आधार सिंह अंत्येष्टि की तैयारी में जुट गए। दुर्गावती के समीप आकर के चंद्र सिंह ने रोते हुए कहा—"भाभी, सब समाप्त हो गया। आपके बिना गोंडवाना राज्य अधूरा हो जाएगा, किंतु कुल की मर्यादा और परंपरा तो निभानी ही पड़ती है।" चंद्र सिंह की बात समझकर दुर्गावती बोली—"देवरजी, अपने ज्येष्ठ भ्राता की अंत्येष्टि पर ध्यान दो। मुझे क्या करना है, क्या नहीं करना, यह मेरे ऊपर छोड़ दो।"

रामचेरी ने आधार सिंह को सूचना दी कि रानी दुर्गावती सती नहीं हो रही हैं, बल्कि महाराजा की आज्ञानुसार वीरनारायण के समर्थ होने तक राज्य की सेवा करेंगी। राज्य और राजा के प्रति यह निष्ठा ही महाराजा दलपति शाह की श्रद्धांजलि होगी। प्रजा को यह निर्णय बहुत ही अच्छा लगा। टूटती हुई प्रजा का साहस जुट गया। परंपरानुसार महाराज दलपति शाह की अंत्येष्टि हो गई। पुत्र वीरनारायण को राजा का पद सौंपा जाना था। राज्याभिषेक की तैयारी हो रही थी। इस निर्णय से प्रजा संतुष्ट थी। कार्यक्रम के बीच में चंद्र सिंह ने दुर्गावती को विधवा रूप में देखकर कहा, ''भाभी जी, आपका यह वेश परंपरानुकूल नहीं है।" चंद्र सिंह को समझाते हुए दुर्गावती ने कहा, "मुझे अब इसी वेश में राजमाता बनकर रहना है।" चंद्र सिंह ने उत्तर दिया, "मैं ऐसा बरदाश्त नहीं कर सकता।" दुर्गावती ने समझाया, "आपको जो अच्छा लगता है, वह कीजिए।" चंद्र सिंह विरोध करता हुआ सभा से निकल गया। इस विषम संकट में राज्य के दीवान आधार सिंह ने रानी दुर्गावती की सेवा और सहायता की। महारानी की दृढ़ता और सूझ-बूझ से विरोधी भी विद्रोह नहीं कर सके। रानी दुर्गावती की जीवन यात्रा ने अपने आस्थावान सहयोगियों के सहारे पुनः गति पकड़ ली। वीरनारायण को सिंहासन में बिठाकर रानी दुर्गावती उनकी संरक्षिका थी। प्रजा को अपने पुत्र के समान पालने वाली रानी पूरा समय प्रजा पर देने लगी। इसी बीच पुत्र की शिक्षा व्यवस्था किले में ही प्रारंभ की गई। शिक्षकों ने वीरनारायण को नीति-रीति की शिक्षा दी। साथ ही, क्षत्रिय शिक्षा में रानी ने स्वयं ध्यान दिया। वीरनारायण सुंदर, स्वस्थ और तेजस्वी बालक था। शिक्षा-व्यवस्था हेतु पूरे गोंडवाना में शिक्षकों का सम्मान किया गया। छोटे-छोटे राज्य, जो गोंडवाना को दुर्बल मान बैठे थे, उनके सरदारों को रास्ते पर लाने का कार्य किया। रानी दुर्गावती ने उन सबको भरपूर उत्तर देकर यह समझा दिया कि गोंडवाना को आँख दिखाना संभव नहीं है। सैन्य संगठन, सैनिकों का अभ्यास, प्रशिक्षण तथा युद्ध नीति में रानी स्वयं निपुण थी। आधार सिंह की कर्तव्यनिष्ठा और राज्य की भक्ति ने चार चाँद लगा दिए।

गढ़ा राज्य की प्रतिष्ठा चारों ओर फैल गई। प्रजा के अंदर सुख-समृद्धि

का भाव आ गया। धन की वर्षा हो रही थी। दुर्गावती का राज्य वैभव सुनकर दूर देश के शासक दाँतों तले उँगली दबाते थे। कौशल की सूझ-बूझ, राज्य संचालन की दृढ़ता, निरंतर निर्माण कार्य, प्रजा का पालन, शिक्षा की व्यवस्था तथा सबके विकास के कारण राज्य की व्यवस्था श्रेष्ठ हो गई। सब तरह से अनुशासन तथा श्रम की महत्ता बढ़ गई। राज्य की सुख-समृद्धि और सद्बुद्धि से वैभव का रथ दौड़ रहा था। देश, धर्म और मर्यादाएँ परिभाषित हो गईं। सेना में लोगों ने बढ़-चढ़कर हिस्सा लिया। मातृभूमि की रक्षा का भाव पूरे राज्य में प्रबल हो गया। लग रहा था कि हर नागरिक सैनिक है। सभी सैनिक धर्म निभाने के लिए तैयार थे। स्थान-स्थान पर युद्ध के प्रशिक्षण दिए जाने लगे। देश सर्वोपरि है, संस्कृति ही श्रेष्ठ है, हम सदा आजाद रहनेवाले प्राणी हैं, इस भाव का संचार पूरे राज्य में हो गया था। रानी का एक-एक क्षण राज्य के लिए था। अश्वारोहियों की बड़ी फौज खड़ी हो गई। रानी ने हाथियों की सेना की एक नई वाहिनी बना ली और हाथीताल के पास एक नया सैन्य संगठन खड़ा हो गया। हाथियों का दल हाथीताल में स्नान करने आता था। रानी दुर्गावती के श्रम का फल पूरे राज्य को मिल रहा था। बैनगंगा के तट पर कई बार युद्ध का अभ्यास किया गया। बारीकी से युद्ध-कौशल सिखाया गया। सैनिक निर्भय किए गए। सभी सैनिकों में शत्रु की छाती चीरने का साहस था। इस तरह दुर्गावती का राज्य सब तरह से परिपूर्ण और स्वाधीन गौरव युक्त चल रहा था।

रामचेरी ने तेजस्वी युवतियों की एक नारी सेना भी बना ली थी, जो मातृभूमि पर मर मिटने के लिए तैयार थीं। मदन महल छावनी जैसा बन गया था, जहाँ पर युद्ध के परीक्षण होते थे। ऐसा प्रतीत होता था मानो सभी लोग मातृभूमि की पूजा के लिए ही पैदा हुए हैं। सिंगौरगढ़ सेना का प्रशिक्षण केंद्र था। वीरनारायण किशोरावस्था को प्राप्त हो चुके थे। उनका रणकौशल भी देखने योग्य था। गढ़ में विद्वानों का समादर था। विद्वान् लोग चर्चा करने आते थे। उन्हीं दिनों रानी दुर्गावती के मन में जिज्ञासा हुई कि कोई पुराण कथा नित्य सुननी चाहिए। यह सोचकर पुरोहित को कथा सुनाने के लिए कहा गया। कथा के बाद रानी नित्य गुप्तचरों की बैठक लेती थी तथा चारों ओर से संदेश लेकर

गुप्तचर रानी को वस्तुस्थिति बताते थे। साथ ही, व्यापार मंडियों के समाचार, किसानों की सुविधाएँ तथा राज्य के संदेश को हरकारे रानी तक पहुँचाते थे।

इसके बाद रानी सेनापति तथा अन्य सैनिक अधिकारियों से परामर्श करती थी। रानी दुर्गावती का यह नित्य कर्म था। कई ताल तथा मनोरम स्थलों का निर्माण हो चुका था। रानी दुर्गावती की दूरदृष्टि के कारण पूरा गोंडवाना राज्य सफल, सबल तथा श्रेष्ठ राज्य के रूप में यश का विस्तार कर चुका था। ऐसा लगता था कि गोंडवाना में राम का राज्य लौट आया है। रामनगर, नयनपुर, करंजिया, कांजीवाड़ा, लांजी, धूमा, कतंग, बैहर, पिपरौनी डिंडोरी सभी स्थानों पर प्रशासन ने श्रेष्ठ कार्य किए थे। जुहिलापार, कोतमा, बिजुरी, पिंडरा, ककरवेर, गाडरवारा, शोभापुर—सभी क्षेत्र रानी दुर्गावती की यश गाथा को गा रहे थे। मनखेड़ी, सोहागपुर, मैहर, गौहरगंज, भेलसा, गंजबासौदा, रायसेन, सिरोज, बिलहरी, भोजपालपुर, मुड़वारा, गढ़ाकोटा, सिहोरा, पनागर—सभी में एकता, सामंजस्य और मातृभूमि के प्रति भक्ति थी। ऐसा राज्य देखकर शत्रुओं का साहस नहीं होता था कि गोंडवाना की ओर देख सकें।

महारानी दुर्गावती ने पं. बीरबल को पुरोहित के रूप में शिक्षा तथा दान देने के लिए नियुक्त कर दिया था। बीरबल शिक्षा में प्रबंध के साथ नियमित दान किया करते थे। अधिकांश स्थानों पर गोदान होता था। कहीं-कहीं प्रजा के लिए अन्न दान, भूमिदान तथा धातुदान भी करते थे। धन-समृद्धि बढ़ने के कारण दान देने में बीरबल के हाथ कुछ अधिक ही खुले हुए थे। एक छोटे से कार्यक्रम में बीरबलजी ने 25 हजार स्वर्ण मुद्राएँ दान कर दीं, जो राज्य की व्यवस्था के अनुकूल नहीं था। दान दीन को नहीं दिया गया था, यह सुनकर महारानी दुर्गावती को दुःख हुआ। उन्होंने बीरबल को बुलाया और आदरपूर्वक स्वर्णाभूषण दान देते हुए विदाई कर दी। चूँकि बीरबल के बारे में रानी दुर्गावती को ज्ञात हुआ था कि वे दिल्ली दरबार जाना चाहते हैं, इसलिए एक संदेश भी दिया। "पं. बीरबलजी अपने धर्म से श्रेष्ठ कोई शरण स्थली नहीं होती। अपने सुविधानुसार मनुष्य कहीं भी रहे सकता है, किंतु मातृभूमि, देश और जाति की समृद्धि के लिए जीना ही श्रेयस्कर है।" बीरबल ने महारानी को प्रणाम किया

और गढ़ा छोड़कर दिल्ली दरबार की ओर चले गए।

गढ़मंडला सबल राज्य बन गया था। इसके उत्तर में बघेलखंड की सीमा थी। दक्षिण में बराज, पश्चिम की सीमा में रायसेन, पूर्व की सीमा में रायगढ़, उत्तर-पश्चिम में बुंदेलखंड, उत्तर-पूर्व में सुरगुजा। बीच में प्रकृति से भरा-पूरा गढ़मंडला का श्रेष्ठ राज्य था, जहाँ पर द्वेष और स्वार्थ का अभाव था। तपस्विनी-सी दुर्गावती शक्ति संचयन करके प्रजा की सेवा कर रही थी। नर्मदा के चंचल प्रवाह में दुर्गावती का यशगान गूँज रहा था। स्वाभिमानी प्रजा का सुयश दिगदिगंत तक फैल गया। रानी दुर्गावती अपनी प्रजा को वही सुख देना चाहती थी जो भगवान् राम अपनी प्रजा को देते थे। राज्य में न कहीं दुराचार था, न कहीं चोरी। सब सुखपूर्वक निवास कर रहे थे। प्रगति के साथ बढ़ता हुआ समृद्ध राज्य पूरे देश में उदाहरण बन रहा था। एक विधवा रानी ने एक उदाहरण प्रस्तुत कर दिया। यह खबर जब बाज बहादुर को लगी तो वह बेचैन हो उठा। उसने सोचा, इतना समृद्ध राज्य तो जीतने योग्य है। विधवा रानी के दिन पूरे हुए, अब गढ़ा पर हमारा अधिकार होगा। अफगान सैनिकों के साथ बाज बहादुर ने सभा की और आक्रमण करने की योजना बना ली। गुप्तचरों के द्वारा रानी को पता चला कि बाज बहादुर गढ़ा पर आक्रमण करना चाहता है।

रात्रि में रानी ने सेना के अधिकारियों की बैठक ली तथा मालवा की जिस ओर से बाज बहादुर आक्रमण की तैयारी कर रहा था, उसका मानचित्र समझाया। प्रकृति से दुर्गम क्षेत्र के बीच से बाज बहादुर की सेना को आना था। रानी ने रणनीति तैयार कर दी। सेना की एक बहुत बड़ी टुकड़ी, जिसमें हाथी, घोड़े और पैदल थे, को रात्रि को ही रवाना कर दिया। रानी स्वयं हाथी पर सवार होकर चल पड़ी। वीरनारायण जब रोकर माँ से लिपट गए तो माता दुर्गावती ने वीरनारायण को समझाते हुए रामचेरी को सौंप दिया। मोहनदास को साथ में चलने की आज्ञा दी। गढ़ से उत्तर-पश्चिम में सुदूर पर पहाड़ियों के पीछे हाथियों की सेना को रोक दिया। दो पहाड़ियों के बीच की भूमि से मार्ग था, जिस मार्ग से बाज बहादुर की सेना आ सकती थी। यही मार्ग गढ़ा में प्रवेश करने का द्वार था। बाज बहादुर के पास सैनिकों की संख्या पर्याप्त थी। दुर्गावती

ने मार्ग के दोनों ओर अपनी पैदल सेना को लगा दिया था तथा चेतावनी दी कि बिना युद्ध की घोषणा के किसी को लड़ना नहीं है। सब सैनिकों के पास पाँच दिन का भोजन था। रानी स्वयं नेतृत्व कर रही थी। पीछे घोड़ों की सेना थी। रानी ने आदेश दिया था कि रणवाद्य नहीं बजेगा, जयकार नहीं लगेंगे। चुपचाप हमें युद्ध जीतना है। योजनानुसार सभी सैनिक लग गए। बाज बहादुर की सेना मार्ग पर आ गई। आगे-आगे हाथी चल रहे थे, उसके पीछे घोड़े और सबसे पीछे पैदल सेना। बाज बहादुर और उसका लड़ाकू चाचा फतेह खाँ सेना के बीचोबीच चल रहे थे। सेना बढ़ रही थी। तय किया था कि मार्ग तय करने के बाद उससे युद्ध किया जाएगा। जब बाज बहादुर की पूरी सेना दोनों पहाड़ियों के भीतर आ गई, तब रानी दुर्गावती ने आक्रमण का संकेत दे दिया। घनघोर युद्ध प्रारंभ हो गया। दोनों ओर से तीर फेंके जा रहे थे। दुर्गावती की सेना में गोंड, लोदी, मुसलमान और राजपूत भी थे। तीरों की बौछार से बाज बहादुर की सेना धराशायी हो रही थी। कुछ तीर हाथियों पर मारे गए, जिससे बाज बहादुर के हाथी घबराकर उल्टी दिशा में भाग खड़े हुए। हाथियों के भागने से बाज बहादुर के बहुत से सैनिक रौंदे गए। कुछ सैनिक तलवार लेकर पहाड़ियों पर चढ़ने लगे, वहाँ पहले से बैठी हुई दुर्गावती की सेना ने उन्हें गाजर-मूली की तरह काट दिया। इस भयंकर युद्ध से फतेह खाँ घबरा गया। वह अपनी तलवार लेकर पहाड़ी की ओर चढ़ने लगा। पहाड़ी की ढलान पर बैठे हुए सैनिक ने फतेह खाँ के सिर पर पत्थर पटक दिया। पत्थर सहित लुढ़कता हुआ फतेह खाँ नीचे गिर गया। घायल होने के बाद भी उसने अपनी तलवार उठाकर फिर से युद्ध प्रारंभ किया। तब तक दुर्गावती सामने आ गई। दुर्गावती ने तलवार का परिचय देते हुए कहा—"यह तलवार कालिंजर के लोहे से बनी है, तुम्हारी गरदन ढूँढ़ रही है।" फतेह खाँ ने रानी पर भरपूर प्रहार किया, किंतु तलवार से टकराकर फतेह खाँ की तलवार आधी टूट गई। रानी ने दूसरे प्रहार में फतेह खाँ का सिर धड़ से अलग कर दिया। बाज बहादुर की सेना इस रुंड-मुंड को देखकर भयभीत हो गई और फतेह खाँ का सिर लेकर भाग खड़ी हुई। बीच में आई हुई सेना पर दुर्गावती की सेना ने घनघोर युद्ध किया। बहुत से सरदारों

के सिर लुढ़के हुए पड़े थे। यह दृश्य देखकर बाज बहादुर भाग खड़ा हुआ। मोहनदास ने उसका पीछा किया, किंतु मोहनदास घायल था। बाज बहादुर को पकड़ नहीं सका। भगोड़ा बाज बहादुर थोड़े से सिपाहियों के साथ भागने में सफल हो गया। इस युद्ध में बाज बहादुर की तीन–चौथाई सेना निपट गई। युद्ध–नीति के कारण दुर्गावती के बहुत कम सैनिक हताहत हुए। घायलों के उपचार की व्यवस्था की गई। रानी दुर्गावती ने अपने बहादुरों को पुरस्कृत करने की घोषणा की, जिनमें तीन बहादुरों को विशेष पुरस्कार दिए गए—पहला मोहनदास, दूसरा रामदास गोंड और तीसरे मियाँ भिखारी रूँमी थे। राज्य में खबर लगी, विजय जुलूस निकाले जाने लगे। रानी दुर्गा के रूप में प्रतिष्ठित हो गई। विश्राम करती हुई सेना गढ़ लौटी। सींगवाला सिंह केसरिया ध्वज आकाश में लहरा रहा था। पंडित पुरोहितों ने लौटती सेना की अगुवाई की। महेश ठाकुर ने स्वस्ति वाचन किया। प्रजा ने फूल बरसाए। आनंद गीत, झूले–तमाशों का आयोजन हो रहा था। स्वेच्छा से धनिकों ने राजकोष में धन की वर्षा कर दी। गोंडवाना सुरक्षित होकर स्वाभिमानपूर्वक जीने लगा। दिग्दिगांतर में रानी दुर्गावती की कीर्ति पताका फहरा रही थी।

आधार सिंहजी ने राज्य का बजट तैयार किया। नई योजनाओं की चर्चा हुई। सड़क निर्माण कराए गए। सिंचाई की व्यवस्था दी गई। राज्य की सुरक्षा बढ़ाई गई। उन दिनों पहाड़ी क्षेत्र में एक दस्यु का गिरोह गढ़मंडला के ग्रामों में डाका डालता था। रानी दुर्गावती को इस बात की सूचना हुई। एक दिन जब संध्या गाढ़ी हो गई। रानी ने रामचेरी को बुलाया। दो घोड़े तैयार किए। रानी ने धनुष–बाण धारण किया, तलवार ली और रामचेरी के साथ दस्यु–दलन के लिए पहाड़ी की ओर रवाना हो गई। कोई तीन घंटे बाद पहाड़ी की ढलान पर दस्यु गिरोह से भेंट हो गई। दस्यु दल डाका डालने जा रहा था और रानी दस्युओं के स्थान को ढूँढ़ने जा रही थी। दश्यु सरदार घोड़े पर सवार आगे–आगे चल रहा था। सामने रानी को आता देखकर उसने तलवार चला दी। रानी ने भी अपना बचाव किया। पुनः घोड़े को मोड़ा, फिर से दोनों आमने–सामने हुए। इस बार रानी की तलवार ने दस्यु सरदार का कंधे सहित दायाँ हाथ धड़ से अलग कर

दिया। सरदार घोड़े सहित धरती पर गिरा। रानी भी घोड़े से उतरी। रानी ने कहा, "उठो सरदार, युद्ध करो।" सरदार कराह रहा था। रानी से क्षमा माँग रहा था, "मैंने समाज को अपमानित किया है, आत्मसमर्पण के पहले मैं समाप्त हो रहा हूँ। आप साक्षात् देवी हैं, मेरे साथियों को क्षमा करें। इनको पुनः जिंदगी जीने का अवसर प्रदान करें।" दस्यु दल के सभी सदस्यों ने रानी के चरणों में तलवारें रख दीं। रानी ने आदेश दिया कि सभी दश्यु अपने ग्राम में चले जाएँ और नागरिक जीवन का निर्वाह करें। सभी के अपराध क्षमा किए जाते हैं। रानी की क्षमा से दस्यु समूह सामान्य जिंदगी जीने लगा। सुबह होते-होते रानी राजधानी लौट आई। प्रजा और राज्य का हाल जानने के लिए कई बार रानी रात्रि में छद्म वेश बनाकर राज्य में भ्रमण करती थी।

□

सत्रह

महेश ठाकुर रात्रि में कथा वार्त्ता करते थे। रानी दुर्गावती को पुराण और इतिहास सुनने की सदा जिज्ञासा रहती थी। वह स्वयं संस्कृत जानती थी और श्लोकों के भाव समझ सकती थी। रानी दुर्गावती दक्षिण के जंगल में भ्रमण करके लौटी थी। वहीं पर श्रवण ताल नाम का एक स्थान देखा था, जो वन्य पशुओं से भरा पड़ा था। यह कथा त्रेता युग के महाराज दशरथ और श्रवण कुमार से जुड़ी हुई थी। ऐतिहासिक स्थल पर भले विश्वास न हो, किंतु पौराणिक कथा पर पूर्ण विश्वास रहता है। श्रवण ताल रमणीक तथा प्रकृति के उपादानों से भरा था। रानी ने देखा था कि वन्य प्राणी निर्भय होकर रहते हैं। वहाँ पर कोई शिकार नहीं खेलता। यदि कोई वहाँ पशु का वध कर देता है, तो उसे श्रवण कुमार के वध का पाप लग जाता है। रानी दुर्गावती ने श्रवण ताल की कथा सुनाने को कहा। महेश ठाकुर ने विष्णु भगवान् की सस्वर स्तुति की। भगवान् श्रीमन् नारायण का स्वरूप गाते हुए उनके आँखों से प्रेमाश्रु निकल पड़े। दुर्गावती ऐसे भावविभोर प्रार्थना को श्रवण कर सोचने लगी, भक्ति की सरिता भी कैसे आँसुओं से नहला देती है ? महेश ठाकुर ने कहानी प्रारंभ की—"सूर्यवंश में रघुनाम के प्रतापी राजा हुए। उनके पुत्र अज, जो रानी इंदुमति के साथ सदा वनों में घूमते रहते थे और गंधर्व की जिंदगी जीते थे। उनके पुत्र दशरथ हुए, जो प्रतापी राजा थे। स्वयं इंद्र उनसे सहायता माँगने आते थे। दशरथजी को इंद्र अपने समान ही समझता था। महाराज दशरथ के धन को जानकर कुबेर स्वयं लज्जित हो जाता था। उन्होंने पूर्व जन्म में भगवान् की तपस्या करके साक्षात् परमात्मा के दर्शन किए थे। महाराज दशरथ की तीन रानियाँ थी, किंतु उनसे

कोई पुत्र नहीं था। इसी चिंता में कभी-कभी उदास होकर वनभूमि में विचरण करने चले जाते थे। महाराज दशरथ का रथ इसी जंगल में विचरण कर रहा था। यहाँ हाथियों की संख्या अधिक थी। राजा ने आवाज सुनी की कोई हाथी पानी पी रहा है। महाराज दशरथ शब्दबाण के ज्ञाता थे। उन्होंने हाथी को घाट से हटाने के लिए शब्दभेदी बाण चला दिया, किंतु वहाँ हाथी नहीं था। श्रवण कुमार अपने माता-पिता के लिए जल लेने गए थे, जो घट को नदी में डुबो रहे थे। श्रवण कुमार के वक्ष पर बाण लगा। आर्त पुकार निकली। रथ से कूदकर महाराज दशरथ गए। श्रवण कुमार की छाती से बाण निकाला। पता पूछा, किंतु पता बताते-बताते श्रवण कुमार ने प्राण त्याग दिए। पश्चात्ताप करते हुए दशरथ जल लेकर श्रवण कुमार के माता-पिता के पास गए और घटना की जानकारी दी। जल पीने का आग्रह किया। श्रवण कुमार के पिता ने प्राण त्यागते हुए दशरथ को श्राप दे दिया कि तुम भी पुत्र के वियोग में तड़प-तड़प कर मरोगे। महाराज दशरथ बोले—"यह श्राप है कि वरदान ?" तब से इस जंगल में शिकार खेलना बंद है। तभी तो अनगिनत मृग सहज देखने को मिल जाते हैं।" श्रवण कुमार की कहानी सुनते-सुनते वीरनारायण को नींद आ गई। रामचेरी वीरनारायण को शयन कराया। रानी दुर्गावती महेश ठाकुर से प्रश्न किया। "क्या महात्माओं के श्राप वरदान से मिले-जुले होते हैं ?" महेश ठाकुर ने निवेदन किया "महारानी, यह विधि का विधान है, विधाता स्वयं अपने मुख से कुछ नहीं कहता। वह तो तपस्वियों के मुख से ही बोलता है।"

शेरशाह के देहांत के समय हुमायुँ भारत में नहीं था। हिंदुस्तान के बाहर वह भटक रहा था। शेरशाह के पुत्र सलीम शाह ने अपने ही सरदारों को मरवा दिया था। इसके बाद भी वह एकक्षेत्र राजा नहीं बन सका। मालवा और गुजरात स्वतंत्र हो चुके थे। गढ़ा भी अपना स्वतंत्र राज्य कर रहा था। इसी बीच सलीम शाह की अचानक मृत्यु हो गई और उसका पुत्र फिरोज खाँ गद्दी पर बैठा, किंतु उसके मामा ने उसकी भी हत्या कर दी और मोहम्मद शाह आदिल के नाम से गद्दी पर बैठ गया। आदिल भोगविलासी और आलसी था। कहते हैं कि उसका राज्य संचालन एक हिंदू सरदार करता था, जो जाति का धूसर था,

किंतु प्रतिभाशाली था। वह कुशल सेनानायक था। उसके पास बड़ी सेना थी। हिंदू और मुसलमान, दोनों में आस्था जगाए था। इसी बीच हुमायूँ हिंदुस्तान लौटा। हेमू ने अपने को सम्राट घोषित कर दिया था। हारा हुआ हुमायूँ पंजाब की पहाड़ियों में भटक रहा था और हेमू आगरा के इर्द-गिर्द युद्ध कर रहा था। अवसर पाकर हुमायूँ ने दिल्ली पर अधिकार कर लिया और अपने को बादशाह घोषित कर दिया। एक दिन दिल्ली की ऊँची इमारत पर खड़ा वह आकाश के परिंदे देख रहा था, देखते-देखते उसका पैर फिसल गया और नीचे गिरकर खुदा को प्यारा हो गया। अकबर तब दिल्ली में ही था। वह बादशाह घोषित हुआ। उसकी आयु लगभग 14 वर्ष की थी और वीरनारायण 10 वर्ष के थे। अकबर का रिश्तेदार बैरम खाँ अकबर का सबकुछ था। उसी के आधार पर नियुक्तियाँ होती थीं। दिल्ली का सूबेदार तारदीबेग हेमू से पराजित हो गया और भाग निकला, जहाँ पर बैरम खाँ पड़ाव डाले था। बैरम ने तारदी को अपने डेरे पर बुलाया और भोजन में जहर देकर मार दिया। हेमू ने आगरा और दिल्ली पर अधिकार कर दिया। तारदी वाले युद्ध में जो धन मिला उसे सेना में बाँट दिया। इसके बाद बैरम की सेना से उसका युद्ध पानीपत में हुआ। हेमू ने जोरदार युद्ध किया। हेमू के पास हाथियों की संख्या अधिक थी। विरोधी ने हाथियों पर हमला बोला। युद्ध में हेमू की विजय निश्चित थी, तभी विजय के कुछ क्षण पहले एक तीर उसकी आँख में लगा। वह मूर्छित होकर गिर पड़ा। नायक के मूर्छित होते ही युद्ध ढीला पड़ गया। हेमू का हाथी भागकर जंगल चला गया। सिपाही सभी दिशाओं में बिखर गए। बैरम के सिपाहियों ने हेमू का पीछा करके उसका वध कर दिया और इस युद्ध में बैरम की जीत हो गई। अब पूरा यह क्षेत्र अकबर के अधीन था। अकबर के नाम से बैरम खाँ राज्य कर रहा था। अकबर जब लगभग 18 वर्ष का हुआ, तब वह महत्त्वाकांक्षी शिकारी, कुशाग्र बुद्धि और लक्ष्यबेधी स्वस्थ युवक के रूप में सामने आया। बैरम खाँ का शासन अकबर को पसंद नहीं था। बैरम खाँ ने अकबर के वध की योजना बनाई, किंतु अकबर को यह ज्ञात हो गया और उसने बैरम खाँ को हज करने के लिए मक्का जाने को कहा। बैरम खाँ ने बगावत की और युद्ध

में पराजित हुआ। वह पहाड़ों की ओर भाग खड़ा हुआ। यद्यपि पकड़ा गया, किंतु अकबर ने क्षमा करते हुए उसे बरबस हज में भेज दिया।

दिल्ली के बादशाह अकबर को शहंशाह बनने में अभी देर थी। हरम की अन्य स्त्रियों के साथ अकबर की धायमाता का बोलबाला था। अकबर की वीरता की कहानियाँ फैलाई जा रही थीं। साथ में, अकबर को उदार बादशाह के रूप में प्रस्तुत किया जा रहा था। इसी बीच अकबर ग्वालियर शिकार खेलने गया। वहाँ उसने शिकार भी किया। अकबर ने लौटते हुए संतों के दर्शन किए। अकबर हिंदी बोल लेता था। उसने साधुओं से जानकारी प्राप्त की। एक साधु ने अकबर को संबोधन में उसको 'दिल्लीश्वर' कह दिया। उस साधु से अकबर ने पूछा कि कहाँ से आ रहे हो, तो उसने गढ़ा का नाम लिया। कहाँ जा रहे हो, पूछने पर उसने बताया कि वह हिमालय जा रहा था। अकबर उसकी वेशभूषा देखकर मुसकराया। इसके बाद अकबर ने कहा, "गढ़ा का हाल बताओ। सुना है, वहाँ एक औरत शासन करती है?" साधू बोला—"जी सरकार। स्त्री नहीं, सुंदरी है। साक्षात् इंद्र की परी, किंतु घमंड भी देवियों जैसा है। शिकार में उसकी कोई बराबरी नहीं है। वह भूमि पर खड़ी होकर नाहर का वध कर देती है।" अकबर ने पूछा, "क्या नाम है उसका?" साधु ने बताया, "उसका नाम दुर्गावती है, किंतु वह साक्षात् दुर्गा है।"

अकबर : कितनी फौज है, उसके पास?

साधु : हाथियों की बड़ी फौज है। 25 हजार घुड़सवार है। पैदल सेना पता नहीं।

अकबर : ठीक-ठीक बताओ।

साधु : ठीक ही तो बता रहा हूँ। दुर्गावती के पास सफेद हाथी भी हैं।

अकबर : उसकी फौज में कौन-कौन है?

साधु : राजपूत, पठान, गोंड ब्राह्मण।

अकबर : गोंड कैसे होते हैं?

साधु : देवताओं को माननेवाले, हल चलानेवाले, हठी, पराक्रमी और काले।

अकबर : तुम्हारा घर कहाँ है?

साधु : अब जंगल ही घर है।

अकबर : क्या सचमुच रानी दुर्गावती ने बाज बहादुर को हराया था!

साधु : सही सुना है, श्रीमान् जी।

अकबर : क्या दुर्गावती ने अपनी तलवार से फतेह खाँ का सिर काट लिया था।

साधु : हाँ सरकार। दुर्गावती ने बाएँ हाथ से तलवार चलाकर एक ही वार से उसकी गरदन को अलग कर दिया था।

अकबर : कोई मुकाबला नहीं हुआ था?

साधु : वह साक्षात् दुर्गा है, कौन मुकाबला करेगा?

अकबर : तुम्हारे जमात में कितने लोग हैं?

साधु : 51 साधु और 10 हाथी।

अकबर : कहाँ जा रहे हो?

साधु : सरकार, बताया तो, भीख माँगते हुए हिमालय जा रहा हूँ।

अकबर : तुम मेरा काम कर सकते हो?

साधु : आज्ञा दीजिए सरकार।

अकबर : तुम मुझे गढ़ा का पूरा समाचार दो। हमें यह बरदाश्त नहीं है कि गढ़ा में एक औरत राज्य करे। तुम्हें मैं जागीर दूँगा। सारा पता लगाकर बताओ।

अकबर की बात सुनकर लालची साधु सोचने लगा कि अब अच्छे दिन आ गए। यद्यपि अकबर नशे में था, किंतु साधु उसकी बात को गंभीरता से ले लिया और गढ़ा के हाल बताने के लिए अपने दल को लौटा लिया। उस साधू का नाम था, बाबा गोप। गढ़ा पहुँचने में साधु को समय लग गया। दुर्गावती उन दिनों राज्य के भ्रमण पर थी। साधु राजधानी से दूर जंगल में ठहर गया। इधर अकबर की लड़ाइयों और उसके विजय के समाचार आते रहते थे। साधु के शिष्यों ने आधार सिंह से कुछ बातें बताईं। साथ में बताया कि बहुत बड़े साधु पास में निवास कर रहे हैं। आधार सिंह साधु से मिलने के लिए उसके

पास गए। साधु की पूजा की, पैर छुए और चरणों में थैली रख दी। साधु ने बताया, "दिल्ली के बादशाह से भेंट हो गई थी। उन्होंने रानी की बहुत प्रशंसा की है। जिस रानी ने बाज बहादुर को हराया है, उसकी वीरता पर हम प्रसन्न है। हम सहायता करने को तैयार हैं।" आधार सिंह ने कहा, "आपकी सहायता नहीं, कृपा चाहिए। हमें किसी से कुछ नहीं चाहिए।" साधु ने कहा कि "जब दिल्लीश्वर ने संदेश भेजा है, तो शुभकामना का स्वागत करना चाहिए।" साधु की बातों से आधार सिंह को लग रहा था, कि यह भजनानंदी साधु नहीं है। यह कोई दुष्ट साधु है, जो राजनीति की बात करता है, दो राजाओं में युद्ध करा सकता है। आधार सिंह ने दुर्गावती को संदेश भेजा। दुर्गावती ने साधु को बुलाया, उसे सम्मानित किया। सम्मान के बाद साधु ने कहा कि वह माता नर्मदा का भक्त है जो नर्मदा के दर्शन करने जा रहा हैं। इस यात्रा के बहाने साधु दुर्गावती की शक्ति को देखना चाहता था। दो महीने बाद साधु ने पुनः आधार सिंह से भेंट की और बोला कि "मैं दिल्ली जा रहा हूँ। मुझे अभी संदेश मिला है कि अकबर के प्रिय बैरम खाँ हज यात्रा में गए थे। वहाँ किसी ने उन्हें मार डाला है।" तब रानी दुर्गावती सिंगोरगढ़ में थी।

रात्रि में महेश ठाकुर का कथा वाचन होना था। दिनभर के राजनयिक समस्याओं को भुलाकर कथा में बैठना सभी को अच्छा लगता था।

महेश ठाकुर ने कथा प्रारंभ की—

"महाभारत की कथा है, द्रोणाचार्यजी राजकुमारों को धनुर्विद्या का अभ्यास करा रहे थे। राजकुमारों में 100 कौरव, 5 पांडव के साथ उनके पुत्र द्रोणी को यह सुविधा मिली थी कि वह पिता के साथ रहकर राजकुमारों के समान शिक्षा ग्रहण कर सके। दुर्योधन के कारण कभी-कभी अनुशासन में बाधा पड़ती थी। अतः राजकुमार एकाग्रचित्त नहीं हो पाते थे। भीमसेन हमेशा तनाव में बने रहते थे। दुर्योधन अर्जुन से भी बैर रखता था। उसे पांडवों की उपस्थित बहुत खलती थी। विद्याभ्यास की उत्तम व्यवस्था के बाद भी छात्रों में प्रखरता नहीं आई थी। यह देखते हुए द्रोणाचार्यजी ने परीक्षा का आयोजन किया। परीक्षा में उन्होंने एक यंत्र-शुक का निर्माण किया, जो गरदन घुमा सकता था, पुतली

घुमा सकता था और कुछ दूर उड़ सकता था। एक पेड़ पर शुक को स्थापित करके आचार्य ने राजकुमारों से प्रश्न करते हुए शुक की आँख पर लक्ष्य बेध करने को कहा। उनके 104 शिष्य इस परीक्षा में असफल रहे। अश्वत्थामा की परीक्षा नहीं ली। अंत में अर्जुन से निशाना साधने को कहा। अर्जुन ने शुक की आँख पर लक्ष्य-बेध किया। मात्र एक राजकुमार इस परीक्षा में सफल हो सका।" महेश ठाकुर की कथा सुनते हुए वीरनारायण को हँसी आ गई। बोला—"आचार्य के 106 विद्यार्थियों में मात्र एक विद्यार्थी सफल हो सका। परीक्षा परिणाम पर गुरुजी बहुत खुश हुए होंगे।"

"तब परीक्षा परिणाम की समीक्षा गुरु करते थे, वत्स। न तो समीक्षा की बैठकें होती थीं, न अनुत्तीर्ण करने की परंपरा थी।" वीरनारायण बोला—"गुरुजी, यह तो बहुत कम परीक्षा परिणाम था। एक प्रतिशत भी नहीं था।" गुरुजी हँसे, "पुरानी परीक्षाओं में कोई विरला ही सफल होता था। विरला ही योगी होता था, विरला ही गुरु होता था।" रानी दुर्गावती मुसकराई। वीरनारायण ने फिर कहा—"गुरुजी, क्या आचार्यजी को अपने विद्यार्थियों के कौशल पर चिंता न हुई होगी?" गुरु महेश ठाकुर बोले—"अवश्य हुई होगी। द्रोणाचार्यजी को चिंता हुई कि हमारे विद्यार्थियों को इस तरह से लक्ष्य से भटकना नहीं चाहिए। जिसके बल, पौरुष और पराक्रम से समाज का निर्माण होना है, उसकी शिक्षा ही अधूरी है। राजकुमार आपस में द्वेष करते हैं। अभ्यास छोड़कर तमाशे पर समय नष्ट कर रहे हैं। अतः द्रोणाचार्यजी ने अभ्यास का महत्त्व बताने के लिए एक नया वैज्ञानिक प्रयोग किया। यंत्र-शुक की तरह यंत्र-मानव अभ्यास के लिए रख दिया। धनुष विद्या निरंतर अभ्यास से ही आ सकती है। द्रोणाचार्यजी विज्ञान के विशारद थे। वैज्ञानिक उपकरणों द्वारा शिक्षा के अभ्यास का महत्त्व बता सकते थे।" वीरनारायण बोला—"गुरुजी, द्रोणाचार्यजी के यंत्र-शुक, यंत्र-मानव और यंत्र-श्वान की जगह शुक-मानव एवं श्वान क्यों कहा गया है?" गुरुजी बोले—"कथावाचक अथवा लेखक गुरु की महत्ता बताने के लिए ऐसा कहते हैं।" दुर्गावती बोली—"पंडितजी, अभ्यास के द्वारा कुत्ते का मुख बंद करके अभ्यास का महत्त्व प्रतिपादित किया, किंतु राजकुमारों को इससे

जितनी शिक्षा लेनी चाहिए थी, उतनी शिक्षा ग्रहण नहीं कर पाए।" पंडितजी ने स्वीकृति का सिर हिला दिया। वीरनारायण बोला—"पहले योद्धा एक बाण चलाते थे, जिसके हजारों बाण होकर लगते थे। अब ऐसा क्यों नहीं है?" पंडितजी ने उत्तर दिया, "कुँवर जी, महाभारत युद्ध में हमारा पूरा विज्ञान ही समाप्त हो गया। इस युद्ध की आग में सारी सभ्यता स्वाहा हो गई। मानव पुनः आदिमयुग के मानव की तरह किंकर्तव्यविमूढ़ हो गया। भला हो धर्मराज का, जिन्होंने धर्म की प्रतिष्ठा करके युग को अंधकार से बचा लिया और नवीन समाज रचना की।" कहानी सुनने के बाद वीरनारायण अपने आवास की ओर चला गया और दुर्गावती राज्य के पदाधिकारियों के साथ बैठक में चली गई।

सावन का महीना था। दुर्गावती के राज्य में मेघ मानो आज्ञा पालन कर रहे थे। चारों ओर से नदी–नाले भरे हुए थे। उन्हीं दिनों दक्षिण भारत से आकर नर्मदा तट में रमे हुए संत वल्लभाचार्य के पुत्र स्वामी विट्ठलजी कॉशा गाँव में रुक गए। गाँव में रुकने के बाद उन्होंने इच्छा प्रकट की कि आज ठाकुरजी का भोग यहीं बनेगा। ब्राह्मणों की बस्ती थी। दक्षिण से आए हुए विट्ठलनाथजी के अनुयायियों को कॉशा गाँव के एक घर में ठाकुरजी की रसोई बनानी थी। रसोई बनाने के लिए स्वामीजी के शिष्य ने गृहणी से आग माँगी। गृहणी बोली, "हम किसी को आग नहीं देते।" स्वामीजी के शिष्य गाँव के हर घर में अग्नि माँगने गए, किंतु द्रविण ब्राह्मण को गाँव के किसी भी घर से आग उपलब्ध नहीं हुई। ठाकुरजी का भोग नहीं बन सका। विट्ठल स्वामी इस प्रतिकूलता से नाराज हो गए। उन्होंने कह दिया, "हम तो यहाँ से जाते हैं, किंतु इस गाँव की अग्नि बुझ जाएगी। सभी के चूल्हे ठंडे हो जाएँगे।" आग बुझ गई। पूरे कॉशा गाँव में जलाने पर भी आग नहीं जलती थी। गाँव वाले हैरान थे। सारी आग जैसे बुझ गई हो। एक–दूसरे से चर्चा कर रहे थे।

राज्य था रानी दुर्गावती का। रानी दुर्गावती को सूचना दी गई। कारण बताया गया कि स्वामी विट्ठलजी को यहाँ से अग्नि प्राप्त नहीं हुई, इस कारण पूरे गाँव में यह आफत आ गई। सभी के चूल्हे ठंडे हो गए। संवाद सुनते ही रानी दुर्गावती यह चमत्कार देखने के लिए गाँव पहुँची। गाँव की बुझी आग

को देखकर रानी महाराज विट्ठलनाथ की सेवा में उपस्थित हुई। रानी ने हाथ जोड़कर स्वामीजी से क्षमा प्रार्थना की। रानी ने कहा, "प्रजा के द्वारा किया गया अपराध राजा का ही अपराध है।" रानी को सामने विनयी देखकर विट्ठलनाथ प्रसन्न हो गए। काँशा गाँव में फिर से आग जलने लगी। इस क्षमादान से रानी दुर्गावती ने मन-ही-मन संकल्प लिया कि महाराज की सेवा में 150 सौ गाँव दान करती हूँ। संकल्प प्रकट करने पर विट्ठलजी ने गाँव लेने से मना कर दिया। विट्ठलनाथजी बोले—"रानी दुर्गावती, मैं दान लेनेवाला ब्राह्मण नहीं हूँ।" विट्ठल स्वामी की बात सुनकर रानी ने अत्यधिक प्रार्थना की, "महाराजजी मेरी आत्मा ने संकल्प कर लिया है, मैं आपको 150 गाँव दान देती हूँ। अतः आप इन्हें ग्रहण कीजिए।" रानी की विनम्रता देखकर विट्ठलजी ने कहा—"मुझे तो चाहिए नहीं, किंतु यदि गढ़ की महारानी का संकल्प हो गया है, तो यह गाँव मेरे सामने यहाँ के ब्राह्मणों को दान कर दिए जाएँ।" रानी ने अपनी और उनकी बात रखने के लिए ब्राह्मणों को बुलाया और 150 गाँव दान कर दिए।

पहले अग्नि न जलने का चमत्कार, दूसरा, इतनी बड़ी संपत्ति न लेने का निर्लोभ—यह किसी भी साधु में यदि हो, तो वह श्रेष्ठ संत ही माना जाएगा। दुर्गावती स्वामी विट्ठलजी से इतनी प्रभावित हुई कि उन्होंने विट्ठलजी को अपना गुरु स्वीकार कर लिया तथा भैरव के उपासक महाराज संग्राम सिंह की पुत्रवधू होते हुए भी वैष्णव मत की दीक्षा ग्रहण कर ली। जब दुर्गावती के कानों में वैष्णव मत का मंत्र 'ओम् नमो नारायणाय' सुनाई दिया, जैसे उसकी आत्मा गद्गद हो गई। स्वामीजी से वैष्णव मत की दीक्षा लेकर दुर्गावती दुर्गा से वैष्णवी होती हुई राजधानी लौट आई।

वर्षा ऋतु समाप्त होने के बाद तैलंग ब्राह्मण मधुकर भट्ट अपने साथियों के साथ नर्मदा तट में विचरण करने के लिए आए और यहाँ की संपन्नता देखकर कुछ लोग यहीं पर रुक गए। कुछ बुंदेलखंड चले गए और मधुकर भट्ट गोंडवाना से बुंदेलखंड और बुंदेलखंड से बृज में रहने लगे। जो गढ़ में रुक गए थे, उन्हीं के वंशज आगे चलकर पद्माकर के रूप में विख्यात हुए।

□

अठारह

रानी दुर्गावती से पराजित होकर बाज बहादुर पुनः सैन्य संगठन करने लगा। उसने छद्म रूप से कई बार गढ़ पर आक्रमण किया, किंतु हर बार वह रानी से हारता रहा। इधर, बाबा गोप दिल्ली दरबार को गोंडवाने की सूचना देता रहा। इस बार वह अकबर से तो मिल नहीं पाया, किंतु गोंडवाना की संपत्ति तथा रानी की बढ़-चढ़कर प्रशंसा की कि एक औरत गोंडवाना में शासन कर रही है, जिसने कई योद्धाओं को हराया है। अकबर ने गोंडवाना के अध्ययन के लिए अपने सिपहसालारों की बैठक ली। जब उसे ज्ञात हुआ कि वास्तव में गढ़ वैभवशाली है तथा उसकी सैन्यशक्ति भी समर्थ है, तब उसके मन में लालच आ गया। उसने कहा कि सीधे गढ़ पर आक्रमण ठीक नहीं है। सबसे पहले मालवा को अपना करना चाहिए और सेना के साथ मालवा जाने का स्वयं विचार किया। मुगल सेना और बाज बहादुर की सेना में युद्ध ठन गया। बाज बहादुर इस युद्ध में पराजित हुआ और भागकर चौरागढ़ की पहाड़ियों में छिप गया। रानी की सेना ने उसे खदेड़ दिया। तब वह पराजित घायल श्वान की तरह भटकता हुआ, शरण की तलाश में एक दिन दिल्ली दरबार पहुँच गया। अकबर के सामने गिड़गिड़ाया और अपने स्वधर्मी होने का प्रमाण दिया। साथ ही, निवेदन किया कि गोंड जाति के लोग युद्ध कर रहे हैं। रानी घमंडी है तथा उसने कई बार मेरा मान मर्दन किया है। खुदा के लिए उस रानी के राज्य को तहस-नहस कर दो। मैं तो गुलाम हूँ, आपका गुलाम रहूँगा, किंतु इस गुलाम की एक अरज है कि उस रानी का सिर दिल्ली दरबार के सामने झुकना चाहिए। बहादुर शाह की बात सुनकर अकबर ने कहा—"ऐसा

ही होगा।" बाज बहादुर रोता हुआ सभा से बाहर चला गया।

अकबर ने मालवा को जीतने के बाद अब गोंडवाना को जीतने की रणनीति बनाई। उसने बाँधवगढ़ को आदेश दिया कि वह अपनी सेना तैयार रखे। इधर, रानी दुर्गावती ने अपनी सेना को तैयार रहने के लिए आदेश दे दिया। ताकतवर शत्रु के आक्रमण की आशंका थी, किंतु रानी को बुद्धि से काम लेना था। सैनिक हथियारबंद तैयार थे। नागाधिपति अर्जुनदास वैश्य, वाहिनी सेनापति मुबारक खाँ एवं कुँवर कल्याण, गढ़पाल, मियाँ भिखारी रूँमी, दीवान आधार सिंह—सभी ने अपना कार्य प्रारंभ कर दिया। मातृभूमि का प्रेम उनके रक्त में बह रहा था। अन्यायी के सामने घुटने टेकने के लिए तैयार नहीं थे। यदि युद्ध थोपा गया, तो वे युद्ध लड़ने को तैयार थे। कायर बनकर जीना उन्हें अच्छा नहीं लगता था। सीमाओं के चारों ओर दुश्मनों के आने की सूचना थी। रानी दुर्गावती के मुख-मंडल पर चिंता की रेखाएँ थीं। सीना तानकर जीना सिखानेवाली रानी कभी भी समझौता नहीं कर सकती। मातृभूमि के प्रति गौरव का भाव रानी की आत्मा में बसा था। वह सर्वस्व समर्पण करके भी अपनी धरती को लज्जित होने देना नहीं चाहती थी। आधार सिंह ने रानी के आगे संधि करने की बात भी रखी, किंतु रानी ने उनके प्रस्ताव को यह कहकर मना कर दिया कि दुर्गावती जीवित अवस्था में किसी के अधीन नहीं हो सकती। आत्मसमर्पण करने के बाद भी मुगलों की दमन नीति बंद नहीं होगी। वह अपनी दानवीय प्रवृत्ति से अंतत: वही दंड देंगे, जो युद्ध में पराजित योद्धा को मिलता है। हम छले जाएँगे। आँख दिखानेवाले की आँख निकाल लेना, हमें यही सिखाया गया है। हमने अपने पूरे जीवन में हाथ जोड़ना नहीं सीखा। यह सौदा स्वाभिमान के साथ है। स्वाभिमान के विरुद्ध दुर्गावती कोई समझौता नहीं कर सकती। शत्रु धूर्त है। वह कुछ आदेश देकर कुछ करना चाहता है। देश-धर्म की लाज बचाने के लिए बलिदान देना श्रेयस्कर है, किंतु गुलाम होना ठीक नहीं है। आधार सिंह हाथ जोड़कर मौन हो गए। सभी के मुख-मंडलों पर भावी युद्ध की छाया पड़ रही थी। तब रानी बोली—"देशहित में जीना और देश के हित में मरना आता है।" इस प्रकार मंत्रणा करके सभा ने दृढ़नीति बनाई। "शत्रु के आक्रमण करने पर

प्रजा में देशभक्ति के प्रति अनुराग, सेना में बहादुरी, स्वाभिमान और बच्चे-बच्चे में देश हमारा प्राणों से प्यारा का भाव भरना होगा। इतिहास स्वाभिमान के वैभव का साधन बनेगा।"

घर-घर में रण संदेश पहुँचाने के लिए ग्रामीण गायकों का दल प्रबोधन कर रहा था। प्रसिद्ध गढ़ गायन रमैनी के द्वारा दुर्गावती का चरित्र गाया जा रहा था। पंडित, पुरोहित, शिक्षक, प्रधान—सबने गढ़ की कथा को जनता तक पहुँचाने में अपना कर्तव्य प्रारंभ कर दिया था। हर मार्ग में कथा गायक मिल रहे थे। हर-हर महादेव के नारे लग रहे थे। 'नर्मदा की जय' तथा 'दुर्गा की जय' से पूरा गोंडवाना जाग्रत् हो रहा था। बाल, वृद्ध, नर-नारी —सब देश के लिए तैयार हो रहे थे। रानी दुर्गावती अकेली नहीं है, उसके साथ समूचा देश है। स्वाभिमान के लिए हम मर मिटेंगे, किंतु अपने जीते-जी इस देश को म्लेछों के अधीन नहीं होने देंगे। जिस जाति को स्वाभिमान के लिए मरना आता हो, वह जाति कभी भी समाप्त नहीं हों सकती। वैसे भी हिंदू जीवन दर्शन में जन्म-मृत्यु तो खेल है, किंतु देश शीर्ष पर है। देश के लिए बलिदान ही सिखाया जाता है। गोंडवाने का अद्भुत स्वाभिमान जाग उठा। जन-जन के मन में देशभक्ति का ज्वार उठ खड़ा हुआ। देश पर मर मिटने का भाव, रानी माँ के आदेश पालन का भाव सब में बलवान हो चुका था।

रानी ने समझाया, "दैन्य और पलायन मैंने पढ़ा ही नहीं। मेरे हाथों में तलवार है, माँ दुर्गा का स्मरण करके मुझे युद्ध का मार्ग तय करना है। जीत हो या हार, युद्ध के अलावा कोई और मार्ग नहीं बचा। भारत के इतिहास में यदि चिंगारी बची रहेगी, तो कल यह दावानल बनकर उभरेगी। चिंगारी बुझ गई तो भारत के इतिहास का गौरव मुँह दिखाने लायक नहीं बचेगा। जितने भी आत्मसमर्पण हुए हैं, व्यक्तिगत सुख को केंद्र में रखकर किए गए हैं और उन्हें सिर्फ दंड मिला है। पुर्नजन्म के सिद्धांत को माननेवाले हिंदुओं के लिए यह बात तीर जैसी चुभ रही है। आत्मगौरव से पतित होकर कौन सा जीवन बचा रहता है, पराधीन होनेवालों का।

"अकबर के हरम में हिंदू राजकुमारियों का जाना, इस तेजस्वी जाति पर

कितना बड़ा कलंक है? पद्मिनी के देश की नारियाँ जौहर के स्थान पर नरक का वरण क्यों कर रही हैं? इतिहास जब भी उत्तर माँगेगा, यह समाज अपना सिर नीचा कर लेगा। जिस समाज में सीता जैसी पावन नाम की माला जपी जाती हो, उस समाज का इतना पतन कैसे हो गया? आधार सिंहजी, आप हमारी सेना के आधार हैं। दुर्गावती के शरीर के हजारों टुकड़े जमीन में बिखर जाएँ, किंतु दुर्गावती कभी भी अकबर की अधीनता स्वीकार नहीं कर सकती।

"सीता ने रावण जैसे घोर अहंकारी, धर्मभ्रष्ट से कहा था, 'दशकंधर, तेरे पास तलवार है, तू मेरा सिर काट सकता है। तू इतना बहादुर भी है, किंतु मैं भूमिजा हूँ। धरती की लाज के आवरण में पैदा हुई हूँ। मैं धरती की मर्यादा का मृत्युपर्यंत पालन करूँगी।' वह देवी थी, मैं अनुचरी हूँ, किंतु अकबर के धर्मघृणा के परिवर्धन का हिस्सा कदापि नहीं हो सकती। मैं युद्ध रचूँगी, सेना तैयार है।" दुर्गावती की वाणी सुनकर आधार सिंह चरणों में गिर गए, "माँ मुझे क्षमा करो। मैंने संधि का प्रस्ताव करके आपको पीड़ा दी।" रानी की आँखों से अंगारे बरस रहे थे। रानी बोली—"उठो आधार सिंह, रणभूमि की तैयारी करो। बलवान शत्रु को देखकर हमने डरना नहीं सीखा। हम स्वयं यमराज से लड़ने का साहस रखते हैं। वीर कभी दुबारा नहीं मरता, एक बार मरता है, किंतु कायर रोज मरते हैं। समर में मृत्यु का वरण भी लज्जित नहीं करता। इन आततायियों से कभी संधि नहीं करना। अकबर की कुटिल नीति तथा आचरण देखिए, किसी नारी को कलावती का नाम देकर हरम में रखा है। दुनिया को बताया जा रहा है कि यह दुर्गावती की बहन है। पूरा समाज जानता है कि कालिंजर के महाराज कीर्तिदेव सिंह की एकमात्र संतान दुर्गावती थी। ऐसे पाखंडी पापियों से संधि की पवित्रता सोचना मूर्खता है। रणभेरी बजेगी, रणचंडी सजेगी, कालिका खप्पर ले नाचेगी, विकट युद्ध होगा। काल अट्टहास करेगा और दुर्गावती इस युद्ध में अपना पराक्रम दिखाएगी।"

□

उन्नीस

अकबर बादशाह था। वह जवनमहामहिपाल था। भविष्य पर नजर थी। पूरे हिंदुवाने में मुगलिया राज्य स्थापित करना था। हिंदुओं के धर्म का अध्ययन करने के बाद उसे धर्म की गहरी नींव से घबराहट हुई। हिंदू अपने गुरु को खुदा का दर्जा देता है। अकबर भी ऐसा ही खुदा बनना चाहता था। बादशाह तो बर्बर मानव का रूप है, जो श्रद्धा हिंदू गुरु को देता है, वही श्रद्धा मुझे मिले। काश! ऐसा हो सकता है? मुझे देखते ही प्रजा का सिर श्रद्धा से झुक जाए।

हो सकता है, किंतु धर्म परिवर्तन करके हिंदू धर्म स्वीकार करने पर, किंतु अकबर के जीवन में ऐसा कदापि नहीं हो सकता। हिंदू बनने के लिए मेरा जन्म नहीं हुआ। मेरी सत्ता का सिद्धांत ही है इस्लामीकरण, भला मैं हिंदू जीवन कैसे जी सकता हूँ? किंतु हिंदुओं के देश में शासन करने के लिए कुछ तो करना होगा।

अकबर ने घोषणा की कि हिंदू तीर्थों में यात्रियों से कर नहीं लिया जाएगा। अकबर ने हिंदुओं के तीर्थों की जानकारी ली। प्रयाग के समीप कड़ा सूबे पर अपना पड़ाव डाला। वहाँ का सूबेदार अब्दुल मसीद था। पन्ना क्षेत्र की रियासतों को जीतने के बाद अकबर ने उसे आसफ खाँ की उपाधि के साथ 5,000 की मनसबदारी दी थी।

आसफ खाँ अपनी विलासी प्रवृत्ति के कारण बदनाम था। उसने रात्रि में अकबर को कई ऐसे इलाके गिनाए, जहाँ आक्रमण किया जा सकता था। बातचीत का सिलसिला चल रहा था, इसी बीच गोंडवाना का जिक्र आ गया। गोंडवाना का व्यापार उन्नत है। वहाँ के बने बरतन यहाँ के बाजार में बिकते

हैं। वहाँ की साम्राज्ञी दुर्गावती है। बहुत मालदार है। अकबर ने पूछा—"क्या स्थिति है?" आसफ खाँ बोला—"गढ़ों की गढ़ी है। चौरागढ़, सिंगौरगढ़, चंद्रगढ़ प्रमुख हैं। गढ़ राजधानी है। 25 कोस के इर्द-गिर्द सभी प्रमुख गढ़ हैं। पहाढ़ी पर किले हैं। रानी गढ़ में रहती है, किंतु वह सभी गढ़ों में जाती रहती है। रानी गजब की खूबसूरत है, किंतु धर्मनिष्ठ है। सुरंगों का जाल बिछा हुआ है। उसकी फौज का सही आकलन नहीं हो पाया। हजार के ऊपर हाथी हैं। उसके फौजी सिपाही किसान हैं। खेती भी करते हैं, युद्ध भी करते हैं। सेना में राजपूत तथा कुछ मुसलमान भी हैं। सेना में तोपों का अभाव है और अधिकांश हाथी मंडला में रहते हैं।" रानी की अवस्था पूछने पर आसफ खाँ बोला, "है तो 36 की, किंतु दिखती 22 की है।" अकबर बोला—"तुम्हें हरम में कितनी और औरतें चाहिए।" आसफ खाँ सिर नीचे कर लिया। अकबर बोला—"गोंडवाना को लूटना है। तुम्हारी नजर रानी और उसके खजाने पर है।" आसफ खाँ बोला—"गोंडवाने को जीते बिना चैन नहीं है, जहाँपनाह। बाबा गोप ने एक अच्छी बात बताई है। लांजी से होकर गोंडवाना का रास्ता जाता है। लांजी का राजा गोंड है। बहादुर है, दुर्गावती का घोर बैरी है। वह हमारे काम का है।" अकबर बोला—"छोटे-मोटे राजाओं से मैं बात नहीं करता। गोंडवाना को रौंदना है, तो रौंदना है। मुझे भी लगता है, दुर्गावती को बढ़ने से रोकना होगा। उसकी निष्ठा पुरातन है। वह गोंडवाना में देवी जैसी पूजी जाती है।"

प्रात:काल बाबा गोप ने आकर आसफ खाँ को बताया कि वह सूचना लेकर आया है। आसफ खाँ ने अकबर से भेंट करा दी। कुछ देर तक दोनों बात करते रहे। आसफ खाँ दूर से सुनने की कोशिश कर रहा था। वार्त्ता के अंत में बाबा गोप झुककर खड़ा हुआ, बोला—"जहाँपनाह, मेरे ऊपर कृपा कब होगी, क्या गोंडवाना जीतने के बाद?" अकबर बोला—"तुम्हें गोंडवाना की जागीर नहीं मिलेगी, दूसरी जगह देखूँगा।" बाबा गोप डर भी रहा था। अकबर तो क्रूर शासक है, नाराज हुआ तो गला काट देगा और बहा देगा गंगा में। कई जासूसों की यही दशा हुई है। बहुत तो जेल में चक्की पीस रहे हैं। बाबा गोप ने सलाम ठोंका, और गोंडवाना की ओर चल पड़ा। अकबर बड़ा बादशाह है। वह कड़ा

के सूबेदार आसफ खाँ के पास क्यों आया था? इतना अनुमान तो दुर्गावती ने भी लगा लिया। गोंडवाना में आक्रमण की दृष्टि से यह महत्त्वपूर्ण पड़ाव था।

गोंडवाना के चारों ओर की स्थिति संवेदनशील थी। उत्तर-पूर्व में बघेल भी आक्रमण करना चाहते थे। मालवा, बराज, गोलकुंडा के सरदार भी मुगलों के आज्ञाकारी थे। आसफ खाँ स्वयं आक्रमण करने के लिए तैयारी कर रहा था। कुछ दिनों में बाबा गोप गोंडवाना पहुँच गए। रानी दुर्गावती उपयोगी जासूस समझकर उसका सत्कार किया। साथ ही, बाबा गोप ने कुछ बातें बताईं कि आसफ खाँ अकबर की आज्ञा पा चुका है, वह आक्रमण कर सकता है। बातों-ही-बातों में महारानी ने बाबा गोप को अपने साथ ले लिया। अकबर के बारे में बात करता हुए, उसने दुर्गावती के पक्ष से प्रतिज्ञा ले ली, कि जब तक आसफ खाँ का दमन नहीं होगा, वह चैन से नहीं बैठेगा। बाबा गोप बोला—"रानी, यह अकबर वीरनारायण से पाँच वर्ष ही बड़ा होगा, किंतु इतना कुटिल कैसे हो गया।" रानी की यात्रा कुछ दिनों की ही थी। कई स्थानों पर रानी प्रजाजन का जागरण किया। इसके बाद सिंगोरगढ़ पहुँची। वहाँ पर मोहनदास, वीरनारायण और आधार सिंह पहुँच चुके थे। आधार सिंह ने बताया कि आसफ खाँ दो चीजों में बड़ा है, एक तो उसके पास तोप है और दूसरी, उसके पास अधिक सेना है। बहादुरी भर से काम नहीं चलता। सेना और शस्त्र चाहिए। हमारे गढ़ों पर सेना है, किले अच्छे हैं, पर तोपों का प्रबंध जरूरी है। कई महाजन राजकोष में दान कर रहे हैं। वे चाहते हैं कि कहीं से भी तोपों का प्रबंध किया जाए, इस पर विचार करना चाहिए।

कड़ा के सूबेदार आसफ खाँ के दूत गोंडवाना पहुँचे। आसफ खाँ ने अकबर की ओर से एक थैला भेजा है, जिसे रानी को देना है। इसका प्रबंध किया जाए। बाबा गोप ने रानी को सूचना दी, "अकबर की ओर से आपके लिए एक भेंट भेजी गई है, संभवत: समझौते की बात हो सकती है।" आसफ खाँ के दो सैनिक, दूत और ठीक उसी समय बाबा गोप अपने शिष्यों के साथ रानी के दरबार में पहुँचा। दरबार में थैला खोला गया, थैले के भीतर एक सोने का पिंजरा था। पिंजरे के भीतर एक पत्र रखा था। पिंजरा खोलकर आधार

सिंह ने रानी की आज्ञा से पत्र पढ़ा। पत्र पढ़कर आधार सिंह सिर नीचा करके बैठ गए। वीरनारायण बोला—"क्या लिखा है खत में, आधार सिंह जी, किंतु आधार सिंह कुछ नहीं बोले। तब वीरनारायण उत्तेजित हो गया। वीरनारायण को देखते हुए रानी ने कहा—"आधार सिंहजी, आखिर पत्र आया है, तो पढ़ना पड़ेगा। पढ़ दीजिए।" बाबा गोप उत्सुकता से बोला—"पढ़िए, दीवान जी।" आधार सिंहजी पत्र को पढ़कर सुनाया—

रानी दुर्गावती, आप एक औरत हैं। औरत क्या चीज है, जो राज करे? वीरनारायण बच्चा है, नाम का राजा। उसके नाम पर राज्य चलाना बंद करो। आप तो चिड़िया हैं, पिंजरे में ही चिड़िया सुरक्षित रहती है। मुगल साम्राज्य के पिंजरे में आ जाओ। पिंजरा भेज रहा हूँ। अपने से बंद हो जाओ, वरना ऐसा भयानक युद्ध होगा कि कहीं की नहीं रहोगी। न भीतर की, न बाहर की। न पिंजरे की, न गोंडवाना की।"

नीचे अस्पष्ट किसी के हस्ताक्षर थे। संभवतः जलालुद्दीन अकबर लिखा हुआ था। पत्र सुनकर बाबा गोप विषाद से व्याकुल होने का प्रभावी अभिनय किया। रानी की आँखों से मानो अंगार बरस रहे थे। सभी उत्तेजित हो रहे थे, किंतु मौन थे। सभा मानो दाँत पीस रही थी। वीरनारायण बोला—"उस दुष्ट की यह मजाल?" दुर्गावती बोली—"शांत हो जाओ सब। उत्तर देना है। पत्र के उत्तर में पत्र भेजा जाए? "दूतों और सैनिकों से दुर्गावती ने कहा, पत्र तैयार हो रहा है, आप इसे लेते जाएँ और आसफ खाँ के द्वारा अकबर को भेज दें।" एक सोने का पिंजर बनाया गया। उसमें पत्र रखा गया, पत्र में लिखा था—

"अकबर, तुम राज्य करने के योग्य नहीं हो। तुम तो रूई धुना करो।" उत्तर सुनकर दुर्गावती की सभा खुश हो गई। दो दिन बाद कड़ा के दूतों के हाथ पत्र भेज दिया गया। सोने के चरखे में रूई भी रख दी गई। महेश ठाकुर बोले—"यो यथा माँ प्रपद्यन्ते तां तथैव भजाम्यहम्। जो मुझको जैसा भजता है, मैं भी उसे वैसा ही करता हूँ।"

□

बीस

युद्ध निश्चित होगा। महाभीषण युद्ध होगा। यह खबर जनता तक फैल गई। लोग चिंतित थे, पर रानी के उत्तर से अति प्रसन्न थे। दुर्गावती माई पर सबको अटल विश्वास था। सभी लोग लड़ाई के लिए तैयार थे। युद्ध गोंडवाने के लिए उत्सवमय हो रहा था। रामचेरी और मोहनदास को रानी ने समझाकर चौरागढ़ भेज दिया। यद्यपि रामचेरी दुर्गावती को छोड़ना नहीं चाहती थी। उसकी अंतररात्मा भी जाने को नहीं कह रही थी, किंतु रानी का आदेश मानना ही धर्म था। इस बार विदा होते समय रामचेरी लिपटकर खूब रोई। दुर्गावती की भी आत्मा रो रही थी, किंतु रामचेरी का दिल हल्का करने के लिए मुसकरा उठी। मुसकराती हुई दुर्गावती के नेत्रों से आँसू चू गए, "कठिन समय के लिए धैर्य के धन को बचाकर इस्तेमाल किया जाता है। जा रामचेरी, मैं तेरे साथ हूँ।" रामचेरी ने मोहनदास के साथ चौरागढ़ को प्रस्थान किया।

रानी दुर्गावती की यात्राएँ संक्षिप्त कर दी गईं। वीरनारायण ने रानी माता से कहा—"आप, कैमोर की पहाड़ियों पर शिकार के लिए तो जाइए, किंतु मनियागढ़ के क्षेत्र में जाना ठीक नहीं है।" दुर्गावती बोली—"पुत्र! अब शिकार तो मुगल योद्धाओं का होगा।" अकबर की बातों को सुनानेवाले बाबा गोप पर वीरनारायण का विश्वास बढ़ गया था। वीरनारायण सोच रहा था, तोप ढालने वाले कारीगर मिल जाएँ, तो यह कार्य अभी शुरू कर दें। इसी वार्त्ता के बीच में बाबा गोप ने किले की सुरंग का पता वीरनारायण से लगा लिया। वीरनारायण के इस व्यवहार पर रानी को आश्चर्य हुआ। किसी दूत को किले की सुरंग का पता नहीं बताना चाहिए। इस रहस्योद्घाटन से दुर्गावती को चिंता हो गई। वीरनारायण

ने भी सोचा कि यह तो अनर्थ हो गया। बाबा गोप की चिकनी-चुपड़ी बातों में आकर मैंने अपना ही भेद बता दिया। वीरनारायण बोला—"आगे से ऐसी गलती नहीं करूँगा।" बाबा गोप सुरंग के रास्ते से नदी तक चला गया। चेलों को समझाया कि इस रास्ते से किले में प्रवेश किया जा सकता है। मुआयना करने के बाद बाबा गोप ने शिष्यों सहित स्नान किया और ध्यान का पाखंड करने लगा। तभी एक आवाज आई, "बाबा गोपजी आपको रानी माता बुला रही हैं।" सभा में सभी गणमान्य लोग बैठे थे, वहीं पर बाबा गोप भी आ गया। बैठने को यथास्थान दिया। इसके बाद महेश ठाकुर ने कथा प्रारंभ की।

"लंका में रावण नाम का प्रतापी राजा रहता था।"

वीरनारायण मुसकराया, जानते हैं।

"वह हर तरह से अजेय था।" वीरनारायण पुनः मुसकराया। "उसके भाई का नाम कुंभकरण और विभीषण था। रावण ने दंडकारण से माता सीता का हरण किया। रामजी समुद्र बाँधकर लंका नगरी पहुँचे। भयंकर युद्ध हुआ। मेघनाथ रावण का पुत्र था। वह भी महान् योद्धा था। युद्ध में मेघनाथ का शक्तिबाण लक्ष्मण के छाती में लग गया। लक्ष्मण मूर्छित हो गए। उनके प्राणों पर बन आई। हनुमान ने विभीषण से पूछा, तब सुखेन वैद्य का पता चला। वैद्य ने हिमालय से बूटी ले आने को कहा। भला कोई लंका से रातभर में हिमालय जाकर कैसे लौट सकता था? सेना चुप थी। श्रीराम विलाप कर रहे थे। हनुमान औषधि लेने चल दिए। इधर रावण को खबर लगी, हनुमान औषधि लेने जा रहे हैं, तो वह घबराया। हनुमान पराक्रमी है। वह कभी असफल नहीं होता, उसका रास्ता रोकना जरूरी है। रावण की सेना में घोर मायावी राक्षस कालनेमि रहता था। वह कोई भी रूप धारण कर सकता था। रावण ने आदेश दिया कि जाओ, हनुमान का मार्ग रोको। वह रावण से बोला—'तुम्हारे देखते-देखते जिसने लंका जला दी, उसका रास्ता मैं क्या रोक पाऊँगा? किंतु आपका आदेश है, उसका पालन करूँगा।' कालनेमि हनुमान के रास्ते में एक भव्य मंदिर बना दिया और उसमें रामभक्त बनकर जोर-जोर से 'राम-राम' चिल्लाने लगा। हनुमान दिनभर युद्ध करने के बाद जा रहे थे। उन्हें प्यास लगी थी। आश्रम देखकर संत से बोले—'मुझे

जल पिलाइए।' कालनेमि बोला, 'इस कमंडल में पानी है, पी लो।' हनुमानजी ने निवेदन किया—'कमंडल के जल से मेरी प्यास नहीं बुझेगी। मुझे जलाशय बताइए।' कालनेमि ने जलाशय बता दिया। हनुमानजी जैसे ही नदी में प्रवेश किया, वहाँ पर निवासरत मकरी ने हनुमानजी का पैर पकड़ लिया। हनुमान के गदा प्रहार से मकरी ने शरीर छोड़ा और दिव्य रूप धारण करके अपना परिचय बताया। फिर हनुमानजी से बोली—'यह कालनेमि मुनि नहीं है, घोर निशाचार है। यह विश्वास योग्य नहीं है,"वीरनारायण हँसा, दुर्गावती को भी हँसी आ गई। महेश ठाकुर बोले—"हनुमान कालनेमि के पास आए और बोले—'मुनिवर मैं जल्दी में हूँ, लौटकर मंत्र लूँगा। गुरुदक्षिणा दिए जाता हूँ।' कालनेमि के कुछ कहने से पहले ही हनुमान ने अपनी लूम से लपेटकर उसे पटक दिया। वह प्राण त्यागता हुआ निशाचर, अपने रूप में आ गया। वीरनारायण बोला—"दुष्ट बहुत पाखंडी था।" महेश ठाकुर बोले—"यह राजनीति का अंग है। ऐसा होता है। किसी के वेश को देखकर विश्वास नहीं करना चाहिए।" कथा सुनकर बाबा गोप सकुचा गया, किंतु कुछ बोला नहीं। उसके शिष्य 'वाह! वाह!' कहते रहे। बाबा गोप ने दुर्गावती की ओर देखा पर आँखें नीची हो गईं। दुर्गावती बोली—"हमें धर्म के लिए युद्ध करना है।" तभी दो गुप्तचरों ने संदेश दिया कि आसफ खाँ की सेना मनियागढ़ तक पहुँच चुकी है। सभासद उत्तेजित हो गए। "यह आसफ खाँ घोर निशाचर है, इसका तो सिर काट लेना चाहिए। "रानी ने कहा, "हमें शिष्टाचार को नहीं भूलना है। 'नतमस्तक शत्रु को देखने में जो अनुभूति होती है, वह अनुभूति छिन्न मस्तक शत्रु को देखने में नहीं होती।" रानी के दान कार्यक्रम के बाद सभा समाप्त हो गई।

बाबा गोप को भी रानी ने हाथी तथा स्वर्णाभूषण दिए। बाबा गोप ने रानी को आर्शीवाद दिया। रानी संतों का सम्मान करनेवाली तपस्विनी थी। बोली—"युद्ध के बाद जागीर देकर गद्दी प्रदान की जाएगी। आप लोग जाइए। युद्ध के बाद फिर मिलेंगे।" मान पुरोहित वहीं बैठे हुए थे। उन्होंने कहा—"रानी माँ, हमें भी युद्ध में रखिए। हम भी लड़ना चाहते हैं।" रानी ने कहा, "पंडितजी, आपको अभ्यास नहीं है। द्रोणाचार्य की परंपरा छोड़ने से ही समाज की यह दशा हुई है।

ब्राह्मण को भी योद्धा होना चाहिए जैसे इतिहास में हुए हैं। अब आप जनता को तैयार कीजिए, यह बहुत बड़ा काम है।" बाबा गोप ने कहा—"अभी हम हाथी और सुवर्ण नहीं लेंगे। पहले से हमारे पास हाथी है। हमारी अमानत यहीं रखी रहेगी। अब हम सुरंग के रास्ते बाहर निकल जाते हैं। वहीं तपस्या करेंगे।" बाबा की बात सुनकर रानी का माथा ठनका, किंतु रानी ने 'हाँ' कर दिया। बाबा गोप ने शिष्यों के साथ प्रस्थान किया। वह अत्यंत खुश था। वह जानता था, आसफ खाँ हारा तो गोंडवाना से जागीर मिलेगी। दुर्गावती हारी तो अकबर बड़ी जागीर देगा! पर अकबर पर विश्वास कम है। काम निकलने पर वह सिर भी काट सकता है, किंतु अब कुछ नहीं किया जा सकता। हमें तो दोनों का बनकर रहना है।

आसफ खाँ विलासी और लोलुप था। मनियागढ़ में लूटपात कर गाँवों में आग लगाता हुआ दावानल की तरह बढ़ रहा था। दामोह की उत्तरी पहाड़ी में पड़ाव डालकर, वहाँ तक की जागीरें अधीन कर चुका था। सर्वत्र आतंक मचा रहा था। विलासी होने के बाद भी वह सतर्क रहता था और किसी पर भी विश्वास नहीं करता था। रानी दुर्गावती ने दामोह क्षेत्र की जानकारी ली। इधर बाबा गोप उदास था। वह गुरु के पास जाकर आशीर्वाद लेना चाहता था, किंतु गुरुजी जानते थे कि यह पाखंडी है। इसलिए कठोर शब्दों में बाबा गोप को धिक्कारा, "हाथी के पीछे चलकर भीख माँगनेवाले भिखारी होते हैं। तुम बाबा हो, एक ऐसी सभ्यता के प्रतीक हो जिसे समाज ने विश्वास रूप में मान्यता नहीं दी। झूठे संवादों को फैलाकर भीख माँगना तुम्हारा काम है। दुर्भाग्यवश रानी दुर्गावती ने तुम्हारे पाखंड पर विश्वास कर लिया।" बाबा गोप गुरु के सामने दंडवत् गिर गया।

दंडवत् गिरे हुए शिष्य को छोड़कर गुरु उसी वेग से चला गया। साथ में कहता गया, "तू असभ्य और अयोग्य है। तू ढोंगी और पाखंडी है। आखिर गुरु, गुरु होता है, वह असलियत तो जान ही जाता है।" बाबा गोप कुछ देर में शिष्यों के साथ योजना बनाने लगा। कुछ दिनों तक रानी से नहीं मिला। इधर आसफ खाँ की सेना लूटपाट करती हुई बढ़ रही थी। दुर्गावती ने भी अपनी सेना को भेज दिया। दूसरी ओर सेना की टुकड़ी के साथ दुर्गावती ने प्रस्थान किया।

□

इक्कीस

प्रस्थान के समय बाबा गोप कहीं से आ गया। बाबा गोप ने महारानी से पूछा, "आपकी यात्रा किस ओर है। महारानी ने बताया—"हमारी सेना दमोह के उत्तर की पहाड़ियों में पहुँच गई है, उसी सहायता के लिए मैं जा रही हूँ।" बाबा गोप ने कहा—"क्या मैं भी चलूँ?" रानी ने ले जाने से मना कर दिया। अपने निवास में बाबा गोप ने शिष्यों से मंत्रणा की और एक शिष्य से कहा—"तुम्हें जाकर आशफ खाँ को सूचना देनी है, जिससे वह सुरंग के मार्ग को जान सके।" आशफ खाँ से लड़ाई छिड़ गई थी। दुर्गावती का दस्ता युद्ध करते हुए पीछे हट रहा था। आशफ खाँ ने तोपों का प्रयोग नहीं किया था। आशफ खाँ को मैदान चाहिए था और रानी दुर्गावती को पहाड़ी। दुर्गावती अपने योद्धाओं को विभक्त करती हुई, घुड़सवारों के साथ पहाड़ियों की खुली जगह में युद्ध के लिए निकल पड़ी। रानी स्वयं घोड़े पर सवार होकर निकली थी। रानी ने पहाड़ियों के घेरे में पैदल सेना को विभक्त किया था। साथ में हाथी नहीं थे। दो पहाड़ियों के बीच से एक नाला था। वहीं से मार्ग था। जब दुर्गावती पहाड़ी की ढलान पर थी, तभी दुर्गावती के घुड़सवारों को आशफ खाँ की सेना ने देख लिया था। लड़ाई शुरू हुई। दोनों ओर से तीरों की वर्षा हो रही थी, अचानक बंदूक चलने की आवाज आई। रानी अपने सवारों को लेकर लौट पड़ी क्योंकि रानी को मार्ग ज्ञात था। आशफ खाँ ने समझा, रानी की सेना भाग रही थी। उसकी सेना ने रानी का पीछा किया। नाले से होती हुई रानी निकल गई। बड़ी संख्या में आशफ खाँ की सेना पीछा कर रही थी। सेना को दुर्गावती के कहीं भी दर्शन नहीं हुए, किंतु थोड़ी दूर चलने पर तीरों की

वर्षा ने उसका स्वागत कर दिया। सेना में भगदड़ मच गई। कुछ गिरे, कुछ मरे और कुछ, लौट पड़े। वे भी लौट-लौट कर बंदूक चला रहे थे। आशफ खाँ समझ गया, शत्रु विचित्र है। इतना आसान नहीं है, जितना वह समझा था। यह लड़ाई रानी की रही, किंतु सैनिक घायल बहुत हुए। घायलों को लेकर रानी सिंगौरगढ़ लौट आई। सेना वहीं मोरचाबंदी करने के लिए रुक गई। रानी ने चिकित्सा का प्रबंध किया और उनके घरों में जाकर सांत्वना दी। इस तरह के छोटे-छोटे युद्ध में आशफ खाँ पराजित होता रहा। हारने के बाद भी वह बढ़ रहा था। वह सिंगौरगढ़ के पहाड़ियों पर तोप लगाने में सफल हो गया। आशफ खाँ के तोपों से बीच-बीच में गोले चल जाते थे। वह दीवारों और बुर्जों पर निशाना लगा रहा था। किले के भीतर से युद्ध किया जा सकता था। सामग्री तथा अन्न-जल का अभाव नहीं था। महीनों बीत गए, आशफ खाँ की सेना ने भांडेर के पर्वत श्रेणी के पीछे भी तोपें रख दीं। आशफ खाँ जानता था, यदि रानी को हरा दिया तो उसके सैनिक अपने आप हथियार डाल देंगे। रानी के पास सिंगौरगढ़ में सेना कम है, दुर्गावती ने सोचा, गढ़ में आधार सिंह, आशफ खाँ को भारी पड़ेगा। सुरंगें सुरक्षित हैं, भय की कोई बात नहीं है। कैमोर पर्वत श्रेणी के पास किसान ही सैनिक हैं, किंतु सब जानकारी बाबा गोप सुन रहा था। दुर्गावती से कहा—"लोगों में उत्साह की कमी है।" तब एक शिष्य ने रानी ने पूछा, "आपकी योजना क्या है? यदि बाहर जाना हो तो बताइए, हम लोग वहीं पहुँच जाएँगे।" रानी चकित रह गई। बाबा गोप की ओर देखा और कहा, "मैं किले में ही रहूँगी।" रानी ने बाबा गोप से पूछा, "आप असहज दिखाई दे रहे हैं।" बाबा गोप ने उत्तर दिया, "जब से गुरु से मिलकर आया हूँ, मुझे विरक्ति-सी हो रही है।" दुर्गावती बोली—"कर्तव्य से विरक्ति हो रही है?" बाबा गोप बोला—"नहीं। मैं अपना कर्तव्य करूँगा, यही तो योग है।" बाबा गोप अपने निवास चला गया और दुर्गावती घुड़सवारों की एक टुकड़ी लेकर बाहर चली गई। कुछ दूर जाने के बाद रानी का परम भक्त, गनू आ गया। रानी घोड़े की सवारी छोड़कर हाथी में बैठ गई। तभी रानी को सूचना मिली कि शत्रु सिंगौरगढ़ को छोड़कर चौरागढ़ जानेवाला है। रानी वीर वेश में आगे बढ़ रही

थी। कवच धारण किए हुए रानी का स्वरूप केसरिया वस्त्रों में दुर्गा जैसा लग रहा था। छाती और गले में तवे बाँधी थी, हाथ में धनुष, पीठ में तूणीर, कमर में तलवार लटक रही थी। हाथी पर सवार रानी सैनिकों का उत्साहवर्धन कर रही थी। रानी संग्रामपुर के पास रुक गई। तभी गुप्तचर ने सूचना दी—"मुगलों की सैन्य टुकड़ी रात के समय जंगल में ठहरेगी। प्रातःकाल गढ़ पर आक्रमण करेगी।" दुर्गावती आधी रात तक वहीं रही। इसके बाद पाँच कोस दूरी पर कुछ सैनिकों को रखकर आगे बढ़ गई। मुगल दस्ता रानी की सेना को मिल गया। रानी की तलवार ने दस्ते को नष्ट कर दिया और प्रातःकाल होते तक सेना के साथ लौट आई। आशफ खाँ को जब यह जानकारी मिली तो वह आश्चर्य में डूब गया। वह बहुत दुःखी था। इसी समय उससे मिलने बाबा गोप का शिष्य आ गया। उसने शिष्य से पूछा, "रानी का हाल बताओ ? दूत ने बताया कि रानी किले में मौजूद हैं। आशफ खाँ ने पूछा, "तुमने देखा है ?" दूत बोला, "मैं वहीं से आ रहा हूँ।" तब तक दूसरा दूत भी आ गया। उसने बताया रानी किले में है। आशफ खाँ क्रोध से बावला हो गया और अपनी तलवार उठाकर दोनों के सिर कलम कर दिए। "सूअर के बच्चे, गद्दार कहीं के, रानी किले में हैं ?" इस तरह का युद्ध चल रहा था। छोटी-छोटी लड़ाइयाँ हो रही थीं। दुर्गावती ने गोलों से टूटी हुई दीवारों की मरम्मत कराई। छापामार युद्ध के कारण आशफ खाँ की सेना आगे नहीं बढ़ पा रही थी।

दुर्गावती के साथ छोटे-छोटे छापामार युद्धों में आसफ खाँ फँसकर रहा गया। बड़ी सेना वाले युद्ध को विराम देता हुआ, उसने भी दुर्गावती के नीति का अनुसरण किया। अपनी मुगल सेना के छोटे-छोटे दल बनाकर उसने गढ़मंडला के कई गढ़ों में भेज दिए।

सिंगोरगढ़ के सुरंग का पता बतानेवाले बाबा गोप के शिष्यों को तो मार दिया गया था। इसलिए अभी उसे सुरंगों का पता नहीं चला था। यद्यपि बाबा गोप सुरंग का इस्तेमाल करता था और अपने शिष्यों से यही से संवाद भेजा था। बाबा गोप वैभवशाली जिंदगी की कल्पना करता हुआ योगाभ्यास भी करता था। वह बार-बार दुर्गावती के राज्य में आ जाता था और भेंट करने की कोशिश

करता था। एक दिन सायंकाल में संध्या करने के लिए वह सुरंग से नदी घाट की ओर गया। घाट में पहुँचते ही उसने देखा कि चार मुगल सैनिक यहाँ आ रहे हैं। मुगल सैनिकों ने इसके शिष्य को पकड़कर मारा। साथ में यह बताया कि आशफ खाँ ने तुम्हारे मित्र को प्राणदंड दिया है। तब तक बाबा गोप ने तलवार निकाल ली। दो शिष्यों और बाबा गोप ने मिलकर तीन मुगलों को मार गिराया, किंतु इस युद्ध में बाबा बुरी तरह से घायल हो गया। मुगल सैनिक नदी में गिरे और बाबा के शिष्य बाबा को लेकर सुरंग के रास्ते आवास ले आए। बाबा अचेत पड़ा रहा। शिष्यों ने मुठभेड़ की बात नहीं बताई। बाबा बार-बार अचेत हो जाता था। बात फैल गई। बाबा रक्त से लथपथ था। राजवैद्य बुलाए गए। उनके जमे, सूखे खून को धोया गया। घाव बड़े ही गहरे थे। उसको साफ करना जरूरी था। संवाद सुनकर वीरनारायण पहुँच गया। वीरनारायण को जाता देख रानी दुर्गावती भी वहाँ पहुँच गई। बाबा गोप के घावों की सफाई हो रही थी। बाबा गोप की बाँह में गोदना देखकर वीरनारायण चकित हो गया। उसके बाँह में, जिसे वह हमेशा ढके रहता था, उसका नाम गुदा था। दुर्गावती ने गोदना पढ़ा। महाराज सुमेर सिंह, रेतीगढ़। रानी सन्न रह गई। दुर्गावती ने बाबा के शिष्य से पूछा, "क्यों जानते हो यह कौन है ?" शिष्य बोला—"हमारे गुरुजी हैं।"

दुर्गावती : तुम्हारे गुरुजी होने से पहले ये कौन थे ?

शिष्य : ये कहीं के राजा थे, किंतु···

दुर्गावती : किंतु क्या ?

शिष्य : इन्होंने संन्यास ले लिया।

दुर्गावती : यहाँ कब और कैसे आए ?

शिष्य : पता नहीं।

वैद्य ने कहा, "पट्टी बाँध दी है। कुछ देर में चेतना लौट आएगी।" वीरनारायण बोला—"माताजी, यह तो सुमेर सिंह है। विश्वासघाती, हत्यारा, पापी, देशद्रोही, दुष्ट।" दुर्गावती ने कहा—"हाँ, पुत्र। वही अधम है।" सुमेर सिंह को चेतना आ रही थी, वह बड़बड़ा रहा था। शिष्यों ने कहा, "रानी माँ, हमें क्षमा करें। यह गिरकर घायल नहीं हुए हैं। सैनिकों ने देख लिया है, नदी

द्वार पर सुरंग का पता पूछनेवाले मुगल सैनिकों से युद्ध हुआ है।" दुर्गावती ने पूछा—"सुरंग का द्वार?" शिष्य बोला—"माताजी, हम भागते हुए आ गए।" तभी सूचना मिली कि सुरंग से मुगल सैनिकों ने प्रवेश कर लिया है। किले में युद्ध हो रहा है। रानी ने वीरनारायण के साथ प्रस्थान किया। सैनिकों को सूचना दी गई कि मुगलों को आगे न बढ़ने दें। ठहरकर ओट में रहकर युद्ध करें। इधर, रानी का खजाना लेकर सेना को गढ़ की ओर रवाना कर दिया गया और रानी स्वयं वीरनारायण के साथ सुमेर सिंह के पास पहुँची। शिष्य ने बताया—"गुरुजी को चेत आ गया है।" दुर्गावती ने कहा—"पुत्र, इसे साथ में ले चलें। नहीं तो मुगल सैनिक इसका वध कर देंगे।" रानी का पुरुष वेश देखकर सुमेर सिंह चकित रह गया। दोनों हाथ जोड़े, पश्चात्ताप के आँसू बहाने लगा। सुमेर सिंह और वैद्य को लेकर रानी ने गढ़ की ओर प्रस्थान किया। आधी रात तक सभी लोग सिंगौरगढ़ में थे। दुर्गावती ने चौरागढ़ जाने का मन बनाया। तीन हजार सैनिकों के साथ रानी ने चौरागढ़ की ओर प्रस्थान किया। कुछ दूर जाने के बाद, कुछ सैनिकों को आते देखकर रानी ने युद्ध की तैयारी की, किंतु वह सैन्यदल रानी का ही था। रानी को ज्ञात हुआ कि आशफ खाँ ने पाटन को आग के हवाले कर दिया और स्वयं चौरागढ़ की ओर बढ़ रहा है। इसलिए रानी वहीं पर रुक गई। वहीं पास में मुगलों का एक शिविर था। रानी ने प्रात:काल शिविर पर आक्रमण कर दिया। पूरा शिविर नष्ट हो गया। कुछ मुगल सैनिक भाग खड़े हुए। इस शिविर में कुछ बंदूकें प्राप्त हो गई, जिन्हें रानी ने अपने पास रख लिया।

गढ़ में आधार सिंह भी थे। दुर्गावती का विजयी संदेश पाते ही अगवानी करने आ गए। हाथी से उतरकर रानी ने अभिवादन स्वीकार किया। सरवन हाथी को फूलों से लाद दिया गया। उसकी पूरी सूंड में मालाएँ झूल रही थीं। रानी ने माला नहीं पहनी। रानी की अगवानी करनेवालों में मान पुरोहित और महेश ठाकुर भी थे। दुर्गावती ने कहा—"सरदारों को तैयार होने का निर्देश दीजिए। सभी को गढ़ छोड़ना है।" इस बीच दुर्गावती ने मान पुरोहित तथा महेश ठाकुर को दो युवा हाथी दान किए। गढ़ की जनता चलने को तैयार थी। रात में गढ़

के दक्षिण-पश्चिमी भाग में नर्मदा पार कर चलने का निश्चय हुआ।

रानी वीरांगना थी। घोर संकट में भी हँसना जानती थी। विपत्ति में भी रास्ता बनाने का हुनर था। विकट परिस्थिति में भी विचलित नहीं होती थी। वह चंडिका-सी उग्र तथा जगदंबा-सी नरम थी।

आसफ खाँ का सिंगौरगढ़ पर अधिकार हो गया। उसकी तोपें बुर्जों के समीप चढ़ा दी गईं। रानी से उसे आशंका थीं, उसने दुर्गावती की खोज के लिए कई टोलियाँ बनाई, जिन्हें चारों ओर भेजा गया, किंतु कोई मार्ग के जानकार नहीं थे। गढ़ में उसने छान-बीन की, किंतु वहाँ घायल सुमेर सिंह ही मिला। आसफ खाँ निराश होकर सिंगौरगढ़ लौट आया, किंतु दुर्गावती के एक सरदार द्वारा उसे पता चल गया कि रानी चौरागढ़ जानेवाली है। अभी जंगलों में छिपी है। उसने तुरंत सैनिक दल रवाना किए। पानी गिरने के कारण असुविधा हुई मार्ग में कीचड़ और पानी भरा था। इधर, नर्मदा का जल-स्तर बढ़ जाने के कारण मार्ग अवरुद्ध था। आसफ खाँ ने मोरचाबंदी की। भेड़ाघाट और बरेला में मोरचा बनाया, किंतु रानी का कहीं पता नहीं चला। अर्धरात्रि तक यह पता चला कि पाँच कोस दक्षिण की पहाड़ी बिछिया के पास रानी की सेना देखी गई, किंतु स्थान दुर्गम हैं। अमौटा का ऊँचा पर्वत लगा हुआ है। बिना तोपों के लड़ना संभव नहीं है और तोपें साथ में नहीं है। तब आसफ खाँ ने अपनी सेना को आदेश दिया कि घेरा डाला जाए। इधर, रानी को आसफ खाँ के मोर्चे का पता चल गया। रानी ने सरदारों की बैठक की, किंतु कम सेना होने के कारण आधार सिंह चिंतित थे। राजाओं ने सेना नहीं भेजी। यदि समय पर हमें सहायता नहीं मिली तो संकट आ सकता है। आपसी लड़ाई के कारण हमारे राजाओं की स्थिति चिंतनीय बनी रहती है। नर्मदा पार करना संभव नहीं था। मियाँ भिखारी रूँमी ने सलाह दी कि प्रात:काल ही आसफ खाँ पर आक्रमण किया जाए। आधार सिंह बोले, “शत्रु की सेना बहुत अधिक है। अपनी सेना के आने की प्रतीक्षा करनी चाहिए।” रानी ने समझाया, “युद्ध आवश्यक है। प्रतीक्षा नहीं कर सकते। शत्रु की शक्ति निरंतर बढ़ रही है। सामना हमें ही करना होगा। विश्वास कायम रखो, डरो नहीं। धैर्य ही मित्र है, तुम बहादुर हो, वीरों

की संतान हो। बहादुर ही विजय के भागी होते हैं।" सभी ने रानी की बातों का स्वागत किया। सभी शौर्य भाव से भर गए। योजना बनने लगी।

ब्रह्म मुहूर्त में वीरनारायण कुछ चुने हुए सैनिकों के साथ भेड़ाघाट के समीप शत्रु सेना पर टूट पड़ा। दोपहर तक मार-काट होती रही। मुगल सैनिक भाग खड़े हुए। इधर, रानी दुर्गावती ने बरेला के पास मुगल सेना पर आक्रमण किया। रानी वीर वेश में सजी थी, साथ में गोंड वीर भी थे। सेना हाथियों पर थी, किंतु रानी घोड़े पर। चारों ओर से तीरों की वर्षा हो रही थी। मुगल सेना बरेला से भी भाग खड़े हुए। कुछ दूर पीछा करने के बाद रानी लौट पड़ी। अब रानी घोड़े से उतरकर हाथी पर सवार हो गई। घाटी पहुँचते ही पुनः भीषण युद्ध प्रारंभ हुआ। दो घंटे में चार सौ सैनिक हताहत हुए। शेष प्राण बचाकर भागे। अपने हताहत सैनिकों के साथ रानी पड़ाव में आ गई। वह आज वीरनारायण के शौर्य से परम प्रसन्न थी। भीषण रण में वीरनारायण ने विक्रम दिखाया था। दंभी मुगल युद्ध से भाग खड़े हुए थे। दुर्गावती नंदन अजेय वैनतेय-सा सुशोभित था। रानी ने रामदास गोंड, आधार सिंह, दोनों की भूरि-भूरि प्रशंसा की। पुत्र के पीठ पर हाथ फेरा। आज दुर्गावती का रण दुर्गा के समान चकित कर देनेवाला था। म्लेछों के मस्तक को विदीर्ण करते हुए रानी ने जो बाण-वर्षा की थी, वह कल्पना से परे थे।

□

बाईस

रात्रि में दुर्गावती ने सेना प्रमुखों की बैठक करवाई। रानी ने सुझाव दिया कि यदि रात को ही हम मुगल मोर्चे पर आक्रमण बोल दें, तो शत्रु नष्ट हो जाएगा। अभी मुगल सेना का तोपखाना नहीं आया। इसलिए युद्ध हमारे पक्ष में हो जाएगा, किंतु सब लोग थके होने के कारण चुप रह गए। रानी ने जोर से कहा, "यह आखिरी अवसर है। सुबह तोपखाना यदि आ गया, तो लड़ाई हाथ से निकल जाएगी", किंतु वीरनारायण भी थका हुआ था, लोग भी घायल और थके हुए थे। किसी के युद्ध में जाने की हिम्मत नहीं थी। अंततः दुर्गावती ने रात्रि का युद्ध निरस्त कर दिया। घायलों को सांत्वना दी और उपचार का प्रबंध किया। इधर, भयानक युद्ध के बाद आसफ खाँ परेशान था। तभी उसने सरदार के रानी के एक सह-सेनापति बदन सिंह को मंत्रणा के लिए प्रस्तुत किया। बदन सिंह के नेतृत्व में रानी की एक वाहनी सेना रहती थी, किंतु कुछ दिन पहले से बदन सिंह लालच में आकर आसफ खाँ को संदेश देने लगा था। बदन सिंह योद्धा कम था, चालाक अधिक था। वह पिछले युद्ध में भी नहीं था। उसने रानी के युद्ध की जानकारी तथा योजना बता दी।

बदन सिंह ने बताया, "नरई नाले के ऊपर एक जलाशय है, जिसमें बहुत पानी एकत्रित है। उसका बधान कमजोर तथा छोटा है। यदि युद्ध के समय बाँध फोड़ दिया जाए तो नरई नाले में बाढ़ आ जाएगी। रानी पहाड़ में चढ़कर युद्ध करना चाहेगी, किंतु वह युद्ध नहीं कर पाएगी। यदि दोपहर बाद ऐसा किया जाए तो रानी का संहार किया जा सकता है।" आसफ खाँ बोला, "यह काम तुम्हें सौंपा जाता है। तुम बाँध के पास जाओ और जब तोपें लग जाएँ, रानी

के सैनिक कम संख्या में रह जाएँ, रानी भागकर पहाड़ की शरण लेना चाहे, उसके ठीक पहले बाँध को फोड़ देना।" बदन सिंह बोला—"ऐसा ही होगा।"

बड़े भोर से युद्ध की तैयारी चल रही थी। वीरनारायण अपनी योजनानुसार आक्रमण के लिए चला गया। रानी दुर्गावती बिछिया पहाड़ी की घाटी में मुगल सेना से लड़ने के लिए बढ़ रही थी। रानी जब घाटी से निकली, मुगल सेना तैयार खड़ी थी। युद्ध प्रारंभ हो गया। रानी की युद्ध-शैली से मुगल सेना पीछे हट गई, किंतु बदेरा की दिशा से एक और दस्ता आ गया। रानी ने अपनी सेना घाटी के भीतर कर ली। मुगल दस्ता तो रुक गया, किंतु छुट-पुट लड़ाई चलती रही। इसी समय सूचना मिली कि वीरनारायण ने मुगल सेना को खदेड़ दिया, किंतु इस युद्ध में वह घायल हो गया। समाचार पाते ही रानी ने अपने सह-सेनापति जोधकायस्थ को आज्ञा दी कि मियाँ भिखारी रूँमी के साथ जाओ और वीरनारायण को चौरागढ़ पहुँचाओ। दोनों रानी को छोड़कर चल दिए। दोपहर हो रही थी। रानी ने देखा कि आसफ खाँ की तोपें लग रही हैं। उसी समय एक गोला छूटा। कई सैनिक हताहत हुए। दुर्गावती के पास सैनिकों की संख्या कम हो गई थी। शत्रु हजारों संख्या में थे, किंतु रानी के पास लगभग 300 सैनिक बचे थे। रानी धैर्य औंर साहस का पुतला थी। वह और उसके सैनिक लगातार तीर चला रहे थे। मुगल सैनिक बढ़ नहीं पा रहे थे। रानी को बंदूक चलाने का अवसर नहीं मिला। तभी नरई नाले में अचानक पानी बढ़ने लगा। रानी नाले के उस पार पहाड़ी में जाना चाहती थी।

रानी ने देखा, नरई नाला बड़े वेग से बढ़ रहा है। लौटने का समय नहीं है। उसी समय एक तीर आकर उसकी दाईं कनपटी में घुस गया। रानी ने उसे जोर से खींचा, किंतु उसकी नोक धँसी रह गई। तभी दूसरा बाण रानी की गरदन में धँस गया। रानी ने जोर देकर बाण को खींच लिया। रक्त का फौव्वारा बह निकला। इस बाण ने गरदन की नस को भेद दिया था। रानी ने गनु को आदेश दिया, "हाथी को बैठाओ। पैदल युद्ध करूँगी।" गनु ने निवेदन किया, "माता रानी, आप अभी चलने योग्य नहीं है। युद्ध बाद में करेंगे।" रानी ने आदेश दिया, "गनु, हाथी को बैठाओ।" गनु ने हाथी को बैठा दिया।

घायल दुर्गावती ने देखा, नदी से निकलना कठिन है। गरदन का घाव घातक था। यदि यह घाव न लगता तो सेना को काटकर नदी के पार पहाड़ी पर होती, किंतु अब समय नहीं रहा। किसी जानकार ने बाँध को तोड़ दिया है। सेनाएँ आ रही हैं। अब युद्ध का आनंद शेष बचा है।

रानी के हाथी से उतरने के बाद गनु ने सरमन को खड़े होने का आदेश दिया और ऐसा संचालन करने लगा, जिससे रानी पर बाण वर्षा को रोक सके। सरमन सूँड़ में घंटा लेकर सैनिकों को मार रहा था, तो कभी पैरों से कुचल देता था। हाथी की दशा देखकर मुगल सैनिक उस छोर से भाग रहे थे तथा दूर से हाथी पर बाण-वर्षा कर रहे थे। युद्धरत मुगल सैनिक रानी के युद्ध-कौशल से भी भयभीत थे। रानी दोनों हाथों से तलवार चलाती हुई, शत्रु सेना का संहार कर रही थी मानो युद्धभूमि में मृत्यु की क्रीड़ा का अभिनय रच दिया हो। घायल रानी के शरीर से रक्त का फव्वारा छूट रहा था और रानी दोनों हाथों से सामने आनेवाले मुगल सैनिक का सर धड़ से अलग कर देती थी मानो दुर्गावती ने आज कालिका के पूजन का व्रत रख लिया हो। रानी की ग्रीवा से अविरल रक्तधार बह रही थी। रानी ने आधार सिंह को रोते हुए देखा। रानी बोली—"अब मेरा युद्ध समाप्त है। अंत आ गया। मेरे शरीर में रक्त नहीं बचा। शक्ति जवाब दे रही है। गले की नस से रिसता खून भी बंद हो रहा है। आँखों के सामने अँधेरा छा रहा है। अब एक भी मुगल सैनिक मेरे सामने जीवित नहीं है, पर दूर से आसफ खाँ की सेना बाण वर्षा करती हुई आ रही है। मेरा शरीर म्लेछ न छू पाएँ। आधार सिंह, अपनी कटार से मुझे मुक्ति दो। देरी मत करो, मेरी आज्ञा का पालन करो। मैं महारानी दुर्गावती बोल रही हूँ। मेरी आज्ञा मानो और शीघ्रता से यहाँ से निकल जाओ। पहाड़ में चढ़कर युद्ध की तैयारी करो। तुम्हें अभी लड़ना है, मेरे पास समय नहीं है।" आधार सिंह बच्चों की तरह रो दिए, "नहीं, माँ। मैं नहीं मार सकता" कभी नहीं। कटार मुझे दो। मुगल दल आ रहा है।" आधार सिंह गिड़गिड़ाया, "माँ, मैं तुम्हें मरने नहीं दूँगा।" दुर्गावती अचेत हो रही थी। बुदबुदाई, "आज तुम मूर्ख हो गए। यह जानते हुए भी मेरे पास अब जीवन नहीं बचा है।" तभी जोर की बाण-वर्षा हुई। हाथी पर चढ़ा गनू घायल

होकर रानी के सामने गिरा। गनू के हाथ में अंकुश था, जिसे मुट्ठी में पकड़ा था। पूरी चेतना के साथ रानी झपटी। एक ही प्रयास में झुककर अंकुश को गनू के हाथ से छीन लिया। गनू अचेत था।

रानी के दोनों हाथ आकाश की आराधना को मानो उठ गए। सकुचाए हुए दिनमणि दुर्गावती के रण को देखकर अस्ताचल की ओर चले। दुर्गावती बोली—"महाराज! आपका वचन पालन किया। अब क्षमा कीजिए। मैंने सुंदर जीवन जिया। इससे सुंदर जीवन नहीं हो सकता। अब खूबसूरत मृत्यु का वरण कर रही हूँ। समर-मरण सर्वश्रेष्ठ मरण है। मैं आपको और गढ़ा राज्य की पावन धरा को प्रणाम् करती हूँ।" फिर अंकुश का जोरदार प्रहार अपनी छाती पर किया। अंकुश छाती को फाड़ता हुआ पीठ की ओर निकल आया। छाती से चिपका दलपति शाह का चित्र भेदता हुआ अंकुश हाथ से छुट गया। गिरते ही रानी का प्राणांत हो गया। गिरती हुई रानी ने जोर से कहा—"गढ़ा की जय!" गनू की मूर्छा टूटी। बाण-वर्षा हो रही थी, गनू उठने लगा, तब तक घायल सरमन गिर गया। रानी की मृत देह को सरमन से ढक लिया। गनु यह दृश्य देखकर पुनः मूर्छित हो गया। गिरे हुए गनु के ऊपर सरमन ने अपनी सूँड़ रख दी। हाथी के गिरते ही मुगल सैनिक दौड़कर पास आ गए। रानी का पता नहीं था। सरमन और गनू को मृत समझकर अपने साथियों की लाशें उठा ले गए। रणस्थल रिक्त हो गया। कुछ देर में गनू को पुनः चेत आया। आवाज नहीं निकल रही थी। दिन अस्त हो रहा था, आकाश का भी, राज्य का भी। रात्रि प्रारंभ—हो गई। लंबी, काली और दासता की।

राय रामदास भी रणभूमि में स्वर्ग सिधारे थे। आधार सिंह नरई नाले के बाढ़ की ओर चले गए थे। प्रातःकाल नदी का वेग कम हो गया। कुछ गढ़ा निवासी युद्धभूमि में आए, जो गनू को पहचानते थे। गनू ने निवेदन किया कि रानी दुर्गावती का शवदाह करना है। हाथी भी मर चुका था। बड़ी कठिनाई से दुर्गावती का शव निकाल पाए। दुर्गावती का शवदाह किया। शवदाह के उपरांत गनू ने भी अपने प्राण त्याग दिए। शवदाह करनेवाले रोते-बिलखते 'दुर्गा देवी की जय' कह रहे थे।

रानी की चिता की चिनगारी अब गढ़ा राज्य की निरीह जनता के दिलों में चमक रही थी। गढ़ा का गौरव सदा के लिए विलुप्त हो गया था। एक तेजस्विनी नारी का यश पूरे देश में चमक रहा था। लोगों ने श्मशान भूमि पर एक चबूतरा बना दिया। जो भी पथिक जाता, मस्तक झुका लेता। बलिदानी देवी को क्या भेंट दें? कंकड़ों की पहाड़ी भूमि थी। श्वेत कंकड़ चढ़ाकर अश्रु अंजलि दे देते। जानेवालों के मस्तक झुक जाते। जब झुका हुआ मस्तक चलने को करता, दो बूँद आँसू अपने आप चढ़ जाते। रानी का यह स्वाभिमान जनता सदा-सदा पूजती रहेगी। देश की भावी पीढ़ियों को बलिदान की गाथा सदा प्रेरणा देती रहेगी। देश की माटी रानी के स्वाभिमान में अंत:करण को भिगोती रहेगी। महारानी दुर्गावती की बलिदान गाथा को चिड़ियों ने गाना प्रांरभ कर दिया। गढ़ा राज्य के प्रभाती गीतों में दुर्गावती ही प्रातः स्मरणीय रही।

□

तेईस

अपिच्—

उधर, वीरनारायण चौरागढ़ पहुँच गया। रानी दुर्गावती के बलिदान की सूचना से चौरागढ़ का कण-कण रो पड़ा था मानो करुण विलाप से दुःख स्वयं दुःखित हो रहा था। मोहनदास और रामचेरी बार-बार अचेत हो जाते थे। वीरनारायण में प्रतिशोध की भावना तथा भावी करणीय कार्य के कथन से लोगों में ढाढ़स बँधा।

वीरनारायण युद्ध करने लायक हो गया था। कुछ सेना भी तैयार हो गई। अभी पचास दिन ही पूरे हुए थे, तभी आसफ खाँ ने चौरागढ़ पर चढ़ाई कर दी। बहादुरी से युद्ध लड़ा गया, फिर तोपों का अभाव था। वीरनारायण की सेना तोपों का मुकाबला नहीं कर पा रही थी। आसफ खाँ ने आत्मसमर्पण करने का संवाद भेजा, किंतु वीरनारायण ने मना कर दिया। वह बोला—"जिस युद्ध में माँ ने बलिदान दिया है, किंतु मुगलों के सामने सिर नहीं झुकाया, मैं उसी दुर्गावती का पुत्र हूँ। मैं कभी भी आत्मसमर्पण नहीं कर सकता।" रामचेरी को भविष्य ज्ञात हो गया। हार के बाद शत्रु हमारी देह को छुए, यह कदापि नहीं होने देंगे। सभी ने जौहर करने का निर्णय लिया। नारियों की देह म्लेच्छ न छूने पाएँ, पावन पवित्रता के लिए इनकी बात पूरी की जाए। आज्ञा देकर वीरनारायण लड़ते-लड़ते किले के बाहर आ गया। चारों ओर मुगल सैनिकों से युद्ध करता हुआ, वह भी वीरगति को प्राप्त हो गया। अकेला योद्धा विजय प्राप्त नहीं कर सकता। उसे कीर्ति से संतोष करना पड़ता है। स्त्रियों ने जौहर कर लिया। जो सैनिक किले में जौहर का सहयोग कर रहे थे, वे सुरंग से

बाहर निकल गए। कई सैनिकों ने भी आत्मदाह कर लिया।

आसफ खाँ को लूट का बहुत सामान प्राप्त हुआ। सोने की ईंटें, अनगिनत मोहरें, हीरे-जवाहरात, हजारों हाथी। आसफ खाँ ने अधिकांश माल और हाथी स्वयं रख लिया। वह गोंडवाना का सुलतान बनना चाहता था। अकबर को थोड़ी-सी सामग्री भेजी। आसफ खाँ की असलियत जानकर अकबर ने उसे बुलाया। हीला-हवाली के बाद वह दिल्ली गया। जहाँ अकबर ने उसे गद्दारी के आरोप में दो टुकड़े करवा दिए। इस प्रकार गोंडवाना की सोलहवीं सदी की महागाथा विश्व के करुण शब्दकोश में बिलखती रही।

□

रानी दुर्गावती से संबंधित ऐतिहासिक तथ्य

1. **जन्म :** 1524 ई. के लगभग
2. **दुर्गावती के पिता :** महाराज कीर्तिदेव सिंह चंदेल
3. **माता :** श्रीमती कमला देवी
4. **विवाह :** सन् 1540 में, लगभग 16 वर्ष की आयु में दलपति शाह, गढ़मंडला के राजा के साथ
5. **विवाह स्थल :** सिंगौरगढ़
6. **पुत्र जन्म :** लगभग 1544 ई.
7. **दलपति शाह की मृत्यु :** सन् 1548 में
8. **वीरनारायण का राज्याभिषेक :** सन् 1548 में
9. **दुर्गावती का बलिदान :** 24 जून, 1564, नर्रई नाले के पास, बारहा पहाड़ी की तलहटी में जबलपुर मंडला मार्ग
10. **दीवान :** आधार सिंह
11. **राजपुरोहित :** महेश ठाकुर
12. **नागाधिपति :** अर्जुनदास वैश्य
13. **वाहिनी सेनापति :** मुबारक खाँ, कुँवर कल्याण
14. **नारी वाहिनी प्रमुख :** रामचेरी
15. **गढ़पाल :** मियाँ भिखारी रूँमी

□□□